상어 이빨 소녀

For my beloved Amelie,
And all those who dream of The Wild Deep

사랑하는 나의 아밀리에, 그리고 와일드 딥을 꿈꾸는 모든 이들에게

THE GIRL WITH THE SHARK`S TEETH

상어 이빨 소녀

글 | 케리 버넬　옮김 | 김래경

山B
위니더북

1장. 달빛에 비친 지도

　미노는 수면 아래 가만히 누워서 시간을 쟀다. 오랜 세월 물에 잠겨 삭아버린 나뭇가지처럼 숨도 멈춘 채 움직이지 않았다. 심장 뛰는 소리가 천둥처럼 귓속에서 울렸다. 미노는 두 주먹을 불끈 쥐어 몸을 고정했다. 브라이턴* 정박지의 잔잔한 물결이 몸을 숨기는 데 최적은 아니지만, 어두워서 눈에 띄지 않았다. 미노는 아무 방해 받지 않고 파도 속으로 뛰어들 수 있는 별빛 흐르는 이곳 은색 검은 바다를 사랑했다. 불빛이 반짝이는 부두 너머 수평선, 한밤중 쪽빛 바다는 자유로워 보였다. 미노한테 저녁 무렵의 정박지는 시원하고 친숙한 곳이었다. 하지만 멀리 깊은 바닷속 어둠은 두려움이었다. 시커먼 물이 회오리치는 바다 모를 심해에서는 빛도 길을 잃을 터였다. 미노는 숨 막히게 짙은 어둠이 무서웠다. 어둠 속에는 야수가 살았다. 미노 꿈속에서 유영하는 야수는 창백하고 희미했다. 미노는 자다가 숨이 막혀서 깨는 일이 잦았다. 그럴 때면 엄마가 두 팔로 꼭 안고 자장가를 불러서 달래줬다. 엄마 이름은 머시였다.

---

　* 　브라이턴: 잉글랜드 남동부, 영국 해협 연안에 있는 휴양 도시

미노는 발목을 가볍게 한 번 움직여서 수면 아래에 잠긴 시페어*호의 선체를 따라 부드럽게 곡선을 그리며 잠영했다. 시페어호는 미노와 엄마의 집이었다. 미노는 물 위로 나온 것도 아니고 잠수한 것도 아닌 상태에서 천천히 원을 그리며 수영하는 법을 스스로 터득했다. 그렇게 하면 눈에 띄지 않고 물속에서 움직일 수 있었다. 수면 아래 미노 주위에는 다른 배들의 밑바닥도 많이 보였다. 그중에서도 시페어호의 선체가 바다의 뼈에서 뚝 떨어져 나온 듯 유독 깊이 잠겼다. 시페어호가 다른 배와 달라 보이는 건 거대해서가 아니라 나무로 조각한 바다 전설의 기운이 달라서였다. 시페어호 뱃머리에는 땋은 머리를 뒤로 휘날리는 아름다운 검은색 인어 목상이 튀어나와 있었다.

미노는 배 옆면에 몸을 바짝 붙이고 고개를 들었다. 설령 누구 눈에 띈다 해도 그저 달빛에 착각했다 여기고 넘어가 주기를 바랐다. 갑자기 첨벙 소리가 나면서 물이 튀었다. 늑대처럼 생긴 것이 시페어호 검은 갑판에서 물속으로 뛰어내리자 미노가 활짝 웃었다. 새파란 두 눈동자가 축축한 코끝이 물속에 잠긴 채 수면 위에서 미노를 찾고 있었다. 미노가 두 팔을 뻗어서 미유키를 끌어안았다. 미유키는 미노가 아끼고 사랑하는 시베리안 허스키였다. 미노는 조용히 하라는 뜻으로 미유키 코를 톡톡 두드리고는 미유키의 은빛 털을 방패 삼아 몸을 숨기고 천천히 일어났다. 빨간색 샌들을 신은 발로 정박지의 걸쭉한 토사를 딛고 일어서자 발가락이 움츠러들었다. 미노가 수면 위로 고개를 내밀고 초조하게 갑판 위로 눈길을 던졌다.

---

* 시페어(The Seafarer): '뱃사람'이라는 뜻

엄마 모습이 보였다. 머리카락이 피처럼 새빨간 엄마는 청바지에 부들부들한 실크 셔츠를 입고 카우보이 부츠를 신었다. 엄마가 전투복 차림이야. 미노가 우울하게 생각했다. 그런데 엄마는 난데없이 배에 오른 낯선 세 남자한테 천 갈래 분노를 쏟아붓기는커녕 부츠 뒤축에 대고 성냥을 긋더니 궐련에 불을 붙였다. 12년 동안 살아오면서 담배 피우는 엄마는 처음 봤다. 낯선 사람을 보는 것 같아서 오싹해졌다.

머시가 가볍게 몸을 날려서 시페어호 옆 수련이라는 배로 건너갔다. 세 남자는 팽팽한 긴장감이 감도는 침묵 속에서 머시를 지켜봤다. 머시가 수련호 갑판 한구석에 있는 허브 정원에서 신선한 박하를 갈고리로 한 줄기 잘랐다. 이내 갑판에서 궐련을 밟아 끄더니 박하를 입에 밀어 넣고는 다리를 한 번 휙 날려 산책로에 올라서서 느긋하게 걷기 시작했다. 미노 목구멍으로 비명이 차올랐다. 엄마가 왜 저러지? 시페어호를 버리고 이웃 배에서도 함부로 굴고 미노랑 미유키가 존재하지 않는 것처럼 행동했다. 미노가 엄마를 따라가려고 머리와 어깨가 수면 위로 드러나도록 똑바로 일어섰지만, 발이 토사 위에서 자꾸 미끄러졌다. 갑자기 남자 하나가 시페어호 갑판을 가로질러 오더니, 손전등으로 물 위를 훤히 비췄다. 미노는 본능적으로 미유키를 끌어당기면서 순식간에 물속으로 몸을 숨겼다. 다행히 미노의 짙은 황금빛 갈색 피부가 밤바다에 스며들었다.

시페어호를 오르내리는 세 남자 발소리가 바닥까지 쿵쿵 울렸다. 배가 좌우로 흔들리며 우르릉 신음했다. 미노는 배로 다가가서 귀를 곤두세우고 갑판에서 나는 대화 소리에 집중했다. 첫 번째 목소리는 낮고 거칠며, 다른 목소리는 높고 요란했다. 마지막 남자는 휘파람을 불고 있었다. 아까 머시한테 경고하러 온 남자였다.

미노는 눈을 질끈 감고 남자가 부는 휘파람에 귀를 기울였다. 어째서인지 마음이 편안해지는 곡조였다. 순간, 미노 입이 떡 벌어졌다. 하마터면 소리 지를 뻔했다. 이건 엄마의 자장가였다! 단숨에 미노를 유년 시절로 데려다주는 노래였다. 안전하게 꼭 안아주는 엄마의 두 팔, 다이아몬드처럼 날카로운 갈고리가 별빛 속에서 반짝였다. 엄마는 붉은색 머리카락을 바람에 휘날리며 노래했다. 악몽을 쫓아버리는 엄마 노래에 괴물과 어두운 바다가 사라졌다. 휘파람 부는 남자가 엄마 자장가를 어떻게 알지?

미노는 배에서 떨어져서 수면 아래로 내려가 시페어호의 녹슨 닻을 붙잡고 토사 위 해초 사이에 다리를 꼬고 앉았다. 어둠이 흐르는 물속에 앉아서 방금 5분간 벌어진 이상한 일을 이해해 보려고 차례대로 되짚어가기 시작했다.

브라이턴의 저녁은 완벽하고 사랑스러웠다. 찌르레기들이 석양을 가르며 날고, 이제 막 잠에서 깬 별들이 수면에서 반짝이고 삭구*가 바람결에 춤추듯 흔들렸다. 낭창낭창한 초록색 비단 그물침대에서 깊이 잠든 미노 다리가 잠시도 가만히 있지 못하고 조금씩 움찔거렸다. 늠름한 미유키가 여느 때처럼 미노 곁을 지켰다. 엄마는 저녁 요가 수업으로 외출 중이었다.

미노가 심해를 꿈꾸고 있는데 갑자기 엄마가 꿈속으로 헤엄쳐 들어왔

---

* 삭구: 배에서 쓰는 밧줄이나 쇠사슬 따위를 가리키는 말

다. 아밀리에. 엄마가 얼어붙은 바닷물 같은 목소리로 불렀다. 미노를 본
명으로 부르는 사람은 엄마밖에 없었다. 그것도 뭔가 단단히 잘못되었을
때만 그렇게 불렀다.

미노가 두 눈을 번쩍 떴다. 약 기운 때문에 머릿속이 몽롱했다. 쉽게 잠
들라고 엄마가 가끔 주는 약이었다. 미노는 애써 잠기운을 떨치고 일어나
똑바로 앉았다. 항구를 가로지르는 한 줄기 붉은색이 미노 눈길을 사로잡
았다.

임박한 폭풍우처럼 엄마가 다급하게 미노를 향해 달려오고 있었다. 미
노가 몸을 더욱 곧추세웠다. 심장이 두근댔다. 뭔가 잘못됐다. 엄마가 머
릿속 생각으로 나를 깨운 건가? 아주 불가능하지만도 않았다. 엄마는 예
전에도 꿈속으로 미노를 찾아온 적이 있었다. 하지만 이번에는 느낌이 달
랐다. 미노가 지켜보는 가운데 빈 배 한 척을 골라잡아 돛대를 타고 올라
간 엄마는 날다시피 돛에서 돛으로 옮겨가다가 허공에서 뚝 떨어진 듯이
시페어호에 착지했다.

멀리서 봐도 머시는 틀림없는 해적이었다. 노을에 견줘도 손색없는 붉
은 머리카락이 루비처럼 찬란하게 빛났다. 창백하고 푸르스름한 두 눈동
자를 본 사람들은 북극을 떠올렸다. 그리고 머시의 치아, 은니가 번쩍이
는 입을 빼고는 머시를 다 말했다고 할 수 없었다. 게다가 그 미소. 엄마의
미소가 어떤 위력을 발휘하는지 미노는 이미 여러 번 목격했다. 결혼한
여자들이 당장 남편을 버리고 바다로 내달리기를 원하고, 아이들이 모험
으로 가득한 삶을 살도록 영감을 주는 웃음이었다. 다 큰 남자들은 이름
을 잊어버렸다. 하지만 결국 이 모든 것을 한마디로 정리해주는 것은 머

시의 갈고리였다.

마음을 사로잡는 미소와 은니 6개는 누구라도 가질 수 있었다. 하지만 머시의 오른팔 끝에는 동화 속 초승달처럼 날렵하고 은빛으로 번쩍이는 갈고리가 달려 있었다. 뾰족한 갈고리 끝에는 다이아몬드가 박혔다. 딱히 두려워할 정도는 아니어도, 미노가 아는 한, 갈고리는 정말 날카로웠다. 갈고리는 진짜지만, 머시 의상 일부이기도 했다. 휴가객들이 시페어호가 진짜 해적선이라고 믿게 하는 교묘한 방법이었다. 그래야 적게나마 기부금을 내고 바다에 떠 있는 경이로운 박물관을 둘러볼 마음이 생길 터였다. 미노와 머시는 그렇게 생계를 유지했다.

머시가 갈고리의 반달 곡선을 삭구에 걸고 미끄러져 내려오더니 미노 손과 미유키 목줄을 잡고서 커다란 검은색 돛 뒤로 급히 밀어 넣었다.

"지금 당장 숨어야 해."

머시가 바람 새는 목소리로 낮게 속삭였다. 미노는 어리둥절해서 눈만 껌뻑였다. 뭐지 이건? 엄마가 개발한 엉뚱한 놀이인가? 확실히 그건 아니었다. 폐가 쪼그라들면서 공기가 빠지는 느낌이었다. 세상이 미노한테서 미끄러지며 멀어졌다.

"숨어요?"

미노는 어안이 벙벙했다.

머시가 고개를 끄덕였다. 푸른 두 눈이 걱정으로 번득였다.

"물속에 들어가서 기다려. 엄마는 배에서 내릴 거야. 그래도 부둣가 불빛들이 전부 꺼질 때까지 나오면 안 돼. 기다리다가 완전히 캄캄해지면 곧장 배를 몰고 외할머니한테 가."

"레이캬비크*까지 가라고요?"

미노는 깜짝 놀랐다. 하지만 머시는 한 손으로 미노 입을 막고 매서운 눈빛으로 딸을 응시했다. 하늘에서 독수리도 떨어뜨릴 눈빛이었다. 미노는 몹시 불안해졌다. 달리고 싶어서 발이 아플 지경이었다.

바로 그때 미노가 배를 향해 다가오는 길쭉한 형상을 처음으로 알아챘다.

남자는 키가 크고 버들가지처럼 유연하며 서두르는 것 같은데 침착해 보였다. 달빛에 남자 모습이 드러났다. 아름다운 검은색 피부, 길면서도 단정한 드레드락**이 가면처럼 얼굴을 덮었다. 미노는 남자를 본 기억이 전혀 없지만, 남자는 시페어호를 잘 아는 듯 부드러운 동작으로 가볍게 배에 올랐다.

"머시!"

낮고 애절한 목소리였다.

"여기서 기다려."

머시가 미노 귀에 대고 속삭였다. 미노가 제대로 숨도 못 쉬고 고개만 끄덕이는 사이 머시가 돛 뒤에서 빠져나가 갑판 위를 가로질렀다. 불붙은 폭죽이 터지기 직전처럼 밤에서 타닥타닥 전기가 튀는 것 같았다. 끔찍한 싸움, 무서운 결투가 벌어지려나? 엄마가 갈고리를 휘두를까? 미노가 두 주먹을 꽉 쥐었다. 심장이 쿵쾅거렸다. 하지만 아무 일도 일어나지 않았다. 머시와 낯선 남자가 서로의 코앞에서 멈춰 섰다. 남자는 고개를 조금

---

* 레이캬비크: 아이슬란드의 수도
** 드레드락: 두피에서부터 여러 가닥으로 꼰 머리 모양

숙이고 머시는 별을 향해 얼굴을 살짝 올린 것으로 봐서 눈을 마주 보고 있는 것 같았다.

"제때 찾았네."

키 큰 남자 목소리에서 얼핏 기뻐하는 기색이 묻어났다.

"지금 빨리 떠나야 해. 곧 자자가 도착할……."

머시가 화염 같은 머리카락을 뒤로 휙 젖혔다.

"오라고 해."

낯선 남자가 섬세한 손길로 머시 얼굴을 조심스럽게 감쌌다.

"이번에는 정말 심각해. 자자가 동업자를 새로 구했어. 루이스라고, 유리섬유로 만든 우리랑 작살도 가진 사람이야. 자자만큼 깊이 잠수할 수도 있고 막내딸 때문에 인어를 잡고 싶어 해."

머시가 웃었지만, 서릿발 같은 웃음소리에 미노는 영혼까지 소름이 끼쳤다.

"일리, 난 도망 못 가. 자자가 다시 나를 찾아내면……. 너무 위험해."

남자가 천천히 팔짱을 끼더니 슬픈 듯이 고개를 끄덕였다.

"아이는 여기 있어?"

머시가 고개를 저었다.

"여름에는 할머니한테 가 있어."

그 순간 미노는 두 사람이 말하는 아이가 누구인지 깨달았다. 바로 미노 자신이었다. 왜? 미노는 심사가 뒤틀렸다. 이 일리라는 사람이 나를 어떻게 알지?

남자가 길게 숨을 들이마셨다.

"머시, 자자를 멈출 수 없다는 걸, 내가 노력했다는 걸 알잖아. 배를 지키려면 당장 여기를 떠나서 지도를 숨겨야 해."

머시가 고개를 한 번 끄덕이더니 까치발을 하고 남자한테 가볍게 입을 맞췄다. 바람도 숨을 죽였다. 미노는 말문이 막혔다! 보통 엄마는 남자들이랑 싸웠다. 배 밖으로 던져버리거나 카드 내기에서 본때를 보여주면 보여줬지……. 입을 맞추지는 않았다. 머시가 서둘러 배에 딸린 조리실로 들어가더니 뭔가 희미하게 빛나는 물건을 갖고 나왔다. 일리는 아주 오랫동안 머시를 응시하다가 마지못해 돌아서서 산책길로 올라선 뒤 이내 어둠 속으로 몸을 감췄다.

머시가 몸을 수그린 채 돛 뒤로 돌아와서 두꺼운 회색 두루마리 하나를 미노 손에 꽉 쥐어 줬다. 손에 닿는 감촉이 서늘하니 부드럽고, 얼핏 표면이 반짝이는 것도 같았다. 갈고리에 박힌 다이아몬드가 번쩍이면서 금속 끊어지는 소리가 나더니 머시가 목에 걸고 있던 은 사진 갑을 딸 손에 힘주어 건넸다. 한 줄기 불안감이 미노 뼛속을 관통했다. 엄마가 애지중지하며 매일 목에 걸고 다니는 사진 갑이었다. 엄마가 이걸 왜 나한테 주지?

천 가지 질문으로 미노 입술이 달싹이지만 물어볼 시간이 없었다. 자자와 루이스로 보이는 남자들이 가로등 불빛 속으로 걸어 들어 온 터였다. 일리처럼 키가 큰 첫 번째 남자는 뚜렷한 목적이 있는지 행동이 신속했다. 바다에서 이제 막 나온 듯 검은 피부가 번들거리고 비비 꼬인 드레드락이 어찌나 두툼한지 미노는 거목의 뿌리가 생각났다. 남자가 입은 파도타기 복장은 평범해 보이지만 손가락에서는 금반지가 여럿 번쩍이고, 남자가 찬 시계도 미노가 아는 한 잠수부용으로는 최고급이었다.

두 번째 남자는 수년간 바깥 활동을 했는지 흰 피부가 햇볕에 심하게 타서 많이 상했고, 금발을 뒤통수에서 하나로 질끈 잡아맸다. 배가 익숙한지 자신 있게 행동했다. 두 남자 뒤로 슬픈 기운을 흘리며 유령처럼 따라오는 사람이 있으니 바로 일리였다.

남자들이 시페어호에 오르자 머시가 갈고리 끝으로 미노 턱을 들어 올렸다.

"아가, 엄마가 사랑해."

속삭이는 머시 목소리가 깨지기 쉬운 소금 결정처럼 불안했다.

이내 미노는 몸이 배 밖으로 던져지는 것을 느꼈다. 엄마랑 멀리 깊은 바다에 나가서 연습한 다이빙처럼 발바닥이 들어 올려졌다.

"배를 포기해야 하는 순간이 언제 닥칠지 몰라."

엄마는 어린 미노한테 입버릇처럼 말했다. 하지만 머시는 실력이 남다른 뱃사람이었다. 허리케인이 닥쳐도 그 중심에서 조롱기 가득한 미소를 머금고 거칠게 저항할 사람이었다. 거대한 파도와 어마어마한 바다 폭풍으로 점철된 유년기 내내 미노와 엄마는 한 번도 '배를 포기'하지 않았다. 적어도 지금까지는 말이다. 얼마 뒤, 미유키가 미노를 뒤따라 바다에 빠졌다. 이 모든 일이 벌어지고 나서 엄마는 그림자만 어렴풋이 보이는 세 남자 손에 배를 남겨놓고 산책하듯 달빛 속으로 걸어가 버렸다.

머리 위에서 번쩍이는 손전등 불빛이 물속까지 내리비추지만, 미노는 위험을 무릅쓰고 물 위로 올라가 숨을 쉬었다. 대화 한 토막이 메아리치

며 아래로 흘러 내려왔다.

"여기 없어. 머시가 가지고 갔나 봐."

"어이, 그거 확실한 거야? 배에 지도가 천 장쯤 있던데."

"그 지도는 달라. 달빛으로 만든 것처럼 생겼다고."

미노는 엄마가 손에 쥐여 준 이상한 두루마리가 기억났다. 배와 바다가 방파제로 나뉘는 정박지 반대편으로 수면 위를 미끄러지듯 움직여서 민첩하게 이동했다. 방파제가 드리운 그림자 속에서 미노는 고래 숨구멍처럼 입술만 수면 위로 내밀고 호흡했다. 그러고 다시 정박지로 돌아가서 물속 갯벌에 자리를 잡고 앉았다. 뒷주머니에 꽂아놨던 두루마리를 꺼내어 펼쳐보니 두꺼운 회색 두루마리는 정말 지도였다. 미노가 흥분해서 눈을 깜빡였다. 방수처리를 했고 달의 먼지나 자작나무 색깔이었다. 남자들이 찾는 지도는 분명 이거야.

미노는 수면 위로 올라가면서 지도를 도로 호주머니에 꽂았다.

세 남자가 통로를 오르자 시페어호가 심하게 흔들렸다. 남자들은 시내 방향으로 걷기 시작했다. 이대로 남자들이 가버리게 놔둘 수 없었다. 무슨 일이 벌어지는 건지 알아야 했다. 하지만 항구에는 관광객이 가득했다. 한밤중에 바닷속에서 걸어 나오는 모습을 들킬 수는 없는 노릇이었다. 주변을 둘러보니 돛들 여기저기에 찌르레기 떼가 잠들어 있는 작은 배 한 척이 눈에 띄었다. 루이자-매라고 이름을 써놓은 배였다. 미노는 재빨리 다가가서 작고 하얀 선체를 한 번 밀었다. 일제히 날아오르는 조그마한 새들의 날갯짓에 돌풍이 일자 절로 미소가 번졌다. 미노는 군중이 가볍게 환호하는 순간을 놓치지 않고 단숨에 물 밖으로 튀어 나가 곧장 수풀 속으로 내달려 모습을 감췄다. 빨간색 샌들은 수풀로 들어가는 판자 길에 거의 닿지도 않았다.

물속에서 미노는 멋지고 근사하게 움직이지만, 땅 위에서는 상황이 달라졌다. 심하게 비틀거리더니 균형을 잃고 넘어져서 양쪽 무릎이 까지고 소금기 머금은 먼지가 피어올랐다. 갯질경이에 몸 여기저기를 찔려가며 땋은 머리에서 물을 쥐어짰다. 서두르지 않고 60까지 세면서 1분을 기다렸더니 심장 박동이 원래대로 돌아오고 폐가 적응해서 숨쉬기도 자유로워졌다.

미노가 천천히 일어서자 다리를 타고 흘러내린 피가 꽃밭에 떨어졌다. 끝내준다. 상처가 또 생겼다. 미노는 온몸이 상처투성이였다. 상처 대부분은 일시적이어서 새벽녘 달빛처럼 희미해졌다. 하지만 어떤 상처는 끝내 사라지지 않고 미노의 갈색 피부 위에 은색 흉터로 남았다. 하지만 그 어떤 상처도 목 양쪽에서 대칭을 이루며 반짝이는 흉터 한 쌍만큼 뚜렷하게 남지는 않았다. 파리한 꽃봉오리 같은 두 흉터는 정확히 똑같았다. 엄마는 선천적으로 피부에 생긴 점이라고 하지만, 이렇게 생긴 점은 어디에서도 본 적이 없었다.

미노는 숨을 길게 들이마신 뒤 집을 등지고 돌아서서 물이 뚝뚝 떨어지는 윗도리와 반바지 차림으로 주도로에 들어서며 휘파람으로 미유키를 불렀다. 어느새 미유키가 바닷속에서 겅중거리며 뛰어나와 미노 옆으로 왔다. 둘은 나란히 걸어서 사람이 북적이는 식당들을 지났다.

관광객들이 흥미롭다는 눈길을 던지지만, 미노는 못 본 체했다. 바다 옆에서 살아가는 인생을 알기나 해?

16

"누가 바다에 빠졌네."

볼이 햇볕에 탄 한 아저씨가 쾌활하게 말했다.

미노는 엄마가 자주 그러듯이 아저씨 눈을 똑바로 쳐다봤다.

"아니요."

미노가 활짝 웃으며 말했다.

"바다코끼리한테 먹이 줬어요."

미노가 다른 설명은 없이 뛰기 시작했다. 처음에는 그저 몰려다니는 군중한테서 벗어나려는 생각에 가볍게 달렸다. 하지만 곧 낯선 세 남자를 뒤쫓아 콘크리트 계단을 날다시피 내려갔다. 엄마가 뭐라고 말했더라? 부둣가 불빛들이 전부 꺼질 때까지 나오면 안 돼. 기다리다가 완전히 캄캄해지면 곧장 배를 몰고 외할머니한테 가. 뭐, 미노는 그렇게까지 기다릴 생각이 없었다.

땅에서 달리기는 미노한테 자연스러운 일이 아니었다. 사람들은 미노가 다섯 살이 되고 나서야 미노가 걸을 수 있다는 걸 알았다. 미노는 발이 땅에 닿는 걸 못 견디는 것 같았다. 두 다리는 미노 몸을 버텨내지 못했다. 목발도 짚어봤다. 하지만 불과 엿새 만에 부두 옆에서 목발 하나를 잃어버렸다. 그러자 머시는 빨간색 장난감 자동차를 샀다. 미유키는 아직 새끼였는데도 장난감 자동차를 열심히 끌었다.

머시가 썰매 개를 선택한 이유도 어린아이 하나쯤은 쉽게 끌 수 있으리라 생각한 터였다. 그런데 하루는 미노가 빨간색 장난감 자동차 밖으로 기어 나와 개의 두 귀를 잡는 바람에 모두가 깜짝 놀랐다. 처음에는 개한테 질질 끌려 다녔다. 다음에는 미끄럼을 타더니 이내 질주를 시작했다.

문자 그대로 미노는 기기도 전에 뛰기부터 했다. 미노를 담당한 스테판 의사는 미노의 몸무게를 지탱할 만큼 골밀도가 높지 않다고 확신했기에 특히 놀랐다. 머시가 눈알을 굴리면서 의사 손을 톡 건드리자 의사가 얼굴을 붉혔다. 머시는 미노의 엑스레이 촬영을 중단하는 대신 고급 포도주 한 병을 스테판 의사한테 선물했다. 이후 두 사람은 줄곧 친구로 지냈지만, 의사가 시페어호 저녁 식사 자리에서 더는 의학적 조언을 건네지 않았다. 미노는 여전히 땅 위에서 서툴렀다. 그래도 무호흡 다이빙을 하면서 폐가 강해진 덕에 체력이 바닥나는 법이 없었다.

저 앞에서 엄마와 점점 거리를 좁혀가는 세 남자가 보였다. 놀란 마음에 몸이 균형을 잃자 미노는 어쩔 수 없이 해안지구 옆으로 빠져서 자갈투성이 바닷가로 나가야 했다. 미노가 무릎을 꿇고 앉아 고개를 들었다. 엄마가 시내로 향하는 연안 버스에 올라타고 있었다. 예상 못 한 엄마 행동에 어리둥절해진 미노는 눈만 껌뻑였다. 머시한테는 차가 없었다. 더구나 기차를 타느니 기차 지붕에서 파도타기를 즐길 사람인만큼 당연히 버스 따위는 거들떠보지도 않았다. 미노와 머시는 배를 이용해서 도시를 떠났다. 머시는 바다에만 만족스러워했다. 머시의 야성에 대답해 주는 예측 불가능한 바다의 본질이 머시 성격과 완벽하게 어울렸다. 그런 머시가 다른 사람들처럼 버스에 탔다. 버스 문이 닫히기 전 그림자 세 개가 안으로 스르르 빨려 들어갔다. 의문에 휩싸인 미노가 두려움에 몸을 떨며 버스가 떠나는 광경을 속절없이 지켜봤다.

미유키가 축축한 코로 어깨를 쿡쿡 찔렀다. 미노는 그제야 휘청휘청 해변에서 빠져나와 해안가로 운행하는 버스 노선을 따라갔다. 버스가 멈추고 머시가 내렸지만 거기까지 따라온 미노와 미유키를 알아챈 기색 없이 지역 주민처럼 여유를 부리며 캠프타운*을 가로질러 느긋하게 갈라 빙고장으로 향했다. 세 남자가 머시 뒤를 따라가고 있었다.

미노는 혼란스러워서 머릿속이 웅웅 울렸다. 이렇게 이상하게 구는 엄마는 정말이지 태어나서 처음 봤다. 분명히 이유가 있었다. 돌연 어떤 생각이 벼락처럼 미노를 때렸다. 엄마는 오래전에 버려진 기차 터널로 가고 있는 것이었다.

"아, 안 돼."

미노가 숨을 헐떡였다.

엄마는 죽음의 길로 세 남자를 이끌고 있었다. 바로 그거였다. 엄마는 어둡고 습한 터널 안에서 세 남자를 죽일 참이었다.

"아, 엄마."

미노는 숨이 턱 막혔다. 아무 낌새도 못 느끼는 침입자들이 문득 걷잡을 수 없이 불쌍해졌다. 경찰서로 달려가서 신고할까 잠깐 생각했다. 경찰서는 가까웠다. 그런데 가서 뭐라고 하지?

"우리 엄마가 처음 보는 세 남자를 터널에서 죽일 거예요!"

미노를 미쳤다고 여길 것이었다.

미노는 떨리는 손으로 호주머니에서 반다나**를 꺼내어 미유키 목줄에 엮은 뒤 가로등에 느슨하게 묶었다.

---

* 캠프타운: 상점가와 식당가 및 카페가 모여 있는 곳으로 브라이턴 현지 분위기를 가장 잘 느낄 수 있는 곳

** 반다나: 햇빛 차단이나 장식용 얇은 천

"잠깐만 기다려."

미노는 눈처럼 하얀 개의 이마에 입을 맞추며 속삭였다.

후들거리는 다리로 도로를 건너간 뒤에는 급기야 손과 무릎을 땅바닥에 대고 엎드려서 남자들을 따라 터널 안으로 기어들어 갔다.

2장. 인어 바늘 펜던트

　나무뿌리와 두툼한 이끼가 풍기는 습한 악취로 터널 안은 안개가 낀 듯 자욱했다. 피부 위로 땀이 흘렀다. 미노는 이런 어둠이 두려웠다. 하지만 축축한 데다 흙투성이인 터널은 악몽에서 보는 빛 한 점 없는 심해와는 아주 다르기도 해서, 곧 두려움을 떨치고 조금씩 앞으로 움직였다. 세 남자가 저 앞에서 한데 모여 있었다. 축 늘어진 꽃처럼 고개를 숙이고 말다툼이 한창이었다.

　미노는 가만히 있는 데 소질이 없었다. 달리고 싶은 충동이 일어서 책상에도 오래 앉아 있지 못했다. 심지어 지금도 발목을 소리 없이 떨고 있었다. 미노는 이를 갈면서 집중했다. 은니 4개에서 금속 특유의 싸하고 톡 쏘는 맛이 났다. 엄마랑 닮은 구석이었다. 이것도 미노한테 있는 불가사의한 면인데 아직 답을 구하지 못했다. 엄마한테 은니에 관해서 물어봤지만 한 번도 제대로 대답해주지 않았다.

　자자의 인내심이 바닥을 드러내고 있었다. 갑자기 움직이거나 화를 이기지 못 하는 행동이 꼭 전사 같았다.

“여기에 확 불을 질러 버리면 더 빨리 찾을 수 있다니까.”

자자가 으르렁댔다.

미노는 자자가 농담하는 것이기를 진심으로 바랐다. 일리가 입을 열었다.

“존중하는 태도를 좀 보여 봐. 준비되면 알아서 올 거야.”

미노 눈이 어둠에 익자 자자가 목에 건 조가비 모양 펜던트가 보였다. 펜던트가 발하는 빛이 왠지 으스스했다. 굴 껍데기 안쪽 면이나 물고기 비늘처럼 생겼고, 보드라우면서도 거친 느낌이었다. 지금까지 미노가 본 가장 사랑스러운 물건 중 하나였다. 미노는 펜던트가 발하는 은은한 불빛에 얼핏 비친 낯익은 형체를 놓치지 않았다. 풍성한 머릿결의 갈고리 여인이 남자들 뒤쪽 벽에 바짝 붙어 있었다. 그림자만 보이는 엄마가 뒤로 보낸 한 손으로 엉덩이 쪽에서 급히 뭔가를 찾는 동시에 다른 손을 반대편 어깨로 뻗었다. 미노가 짧게 숨을 들이마셨다. 미노는 저 동작을 알았다. 엄마는 대검을 확인하고 있었다. 대검도 엄마 해적 의상일 뿐이잖아. 진짜로 사용할 리 없어. 미노는 자기 생각이 맞기를 바라며 혼잣말을 중얼거렸다.

머시가 어깨에 걸친 거북이 가죽 가방에서 재빨리 휴대전화기를 꺼내더니 땅에 떨어뜨리고 부츠 뒷굽으로 소리 없이 화면을 지그시 밟아 으스러뜨린 뒤 남자들을 향해 나아갔다. 순식간에 벌어진 일이라 미노밖에 못 봤을 것이었다.

“아, 내 사랑, 드디어 다시 만나네.”

시페어호에서 만난 일은 애초 없었다는 듯 머시가 낮게 웃으며 일리한테 다가갔다. 일리가 미처 대답하기 전에 루이스가 달려들어서 머시를 땅바닥에 쓰러뜨렸다. 미노는 앞으로의 일을 각오하는 심정으로 이를 앙다물었다. 머시가 용수철처럼 벌떡 일어나 칼을 겨누듯 갈고리를 치켜들고 세 남자 사이에서 빙글빙글 돌자 붉은색과 은색의 소용돌이가 일었다. 난투극이 벌어지고 치고받는 소리가 났다. 무슨 일이 벌어지는지 보이지는 않아도 남자들이 고통스러워하며 울부짖는 소리가 들렸다. 누군가 헉하고 숨 막히는 소리를 내더니 가엾은 공주처럼 축축한 땅바닥에 쓰러진 엄마가 보여서 미노는 충격을 받았다.

"야, 루이스, 뭐 하는 거야! 조심해."

일리가 외쳤다.

"여자가 살아 있어야 해."

자자도 한마디 보탰다.

자자가 팔에 찬 수갑 반대쪽을 머시 팔목에 채우더니 수갑을 위로 잡아당겨서 머시를 일으켜 세웠다. 단박에 정신을 차린 머시가 다짜고짜 갈고리를 휘두르는 바람에 자자 턱수염 일부가 잘리면서 턱이 긁혔다.

"일라이자, 다시 보니 참 좋네."

머시 목소리는 나직하고 부드러웠다

일라이자? 자자는 별명이구나. 미노가 생각했다.

자자가 웃었다. 언뜻 애정이 묻어났다.

"나야말로 기쁘기 짝이 없어."

자자가 음산하게 말했다. 일리가 두 사람 사이로 끼어들면서 침착하게 각자 어깨에 손을 올렸다. 일리는 아무 말도 하지 않지만, 평화에 뿌리를 두고 행동하는 일리에게 누구도 함부로 도전하지 못하는 것 같았다.

루이스가 머시한테 인사 비슷한 것을 건넸다.

"안녕, 아가씨. 난 루이스. 듣자 하니 아가씨가 우리를 인어한테 데려다 줄 수 있다던데?"

실망한 미노가 탄식했다. 자, 그러니까 이 어리석은 남자들이 그런 부류란 말이지. 신화 신봉자, 바다 사냥꾼, 인어 추격자로 불리는 사람들. 시페어호가 진짜 해적선이라고, 배 안의 기이한 전시물은 정말 오래전 바다에서 잃어버린 유물이라고 믿으며 인어와 경이로운 존재가 달빛 아래에서 노니는 비밀의 세계로 안내하는 실마리일 거라고 착각하는 한심한 바보들. 이런 일은 전에도 있었다. 신화 속 존재를 찾겠다는 열망에 사로잡힌 사람들이 머시를 찾아와 도와달라고 간청했다. 하지만 머시가 할 수 있는 일은 몽상가들에게 동화를 들려주며 럼주를 권한 뒤 슬픔과 바다가 휩쓸고 간 각자의 길로 되돌려 보내는 게 전부였다.

머시가 고개를 뒤로 젖히자 새빨간 머리카락이 자자 얼굴을 때렸다. 재미있다는 듯 지켜보던 루이스도 놀라운 미소로 마주했다. 처음으로 머시 얼굴을 제대로 본 루이스는 말문이 막혔다. 머시는 루이스 영혼 깊숙한 곳까지 들여다보는 것 같았다. 확실히 모자란 영혼이라고 생각한다는 걸 표정이 말해주고 있었다.

머시가 루이스를 향해 푸른색 눈을 가늘게 뜨고 굽이치는 연기처럼 부드럽지만 살기 어린 목소리로 말했다.

"내 사랑, 인어는 존재하지 않아."

"그럼 이건 어떻게 설명하지?"

24

자자가 침을 탁 뱉더니 은은하게 빛나는 펜던트를 들어 올렸다. 미노가 보기에 펜던트는 조가비가 아니라 비늘, 그것도 아주 큰 물고기에서 빠진 비늘 같았다.

"그리고 이건 그쪽 거 아니었나?"

루이스가 맞장구치며 호주머니에서 작은 벨벳 상자를 꺼내더니 뚜껑을 열어 보였다. 미노는 상자 안을 보려고 눈에 힘을 줬다. 안에는 상당히 뾰족하고 작은 것이 여섯 개 들었는데 아무래도 이빨인 것 같았다.

상아질 뿌리에 붙은 잇몸은 시간이 지나서인지 피가 굳어서인지 녹슨 것 같은 색깔이었다. 조류에 담겨 있었던 듯 이빨 끝이 전부 연두색으로 물들었다. 미노는 엄마의 근사한 미소와 그때마다 반짝이는 은니 여섯 개를 생각했다. 밑도 끝도 없이 엄청난 불안감이 미노를 덮쳤다. 당장 신선한 공기를 마시러 뛰쳐나가고 싶었다. 두 발이 걷잡을 수 없이 요동치면서 땅바닥 위 낙엽과 흙을 흩트리며 바스락 소리를 냈다.

"딱 봐도 박물관이나 부두 끝 카바레 식당에서 집어 온 이빨이네 뭐."

머시는 킥킥 웃었지만 어쩐지 억지스러웠다.

자자가 머시를 확 잡아당겼다. 하지만 머시가 번개처럼 들이댄 갈고리가 자자 목에 먼저 닿았다. 미노는 하마터면 안 된다고 소리칠 뻔했다. 두말할 필요 없이 미노도 자자 싫지만, 그렇다고 옛날이야기에나 등장하는 바다 생물 때문에 엄마가 자자를 죽이는 건 바라지 않았다. 다시 한 번 일리가 소리 없이 두 사람 사이로 발을 들여놨다. 아무 말 없이 자자 손목에서 수갑을 풀더니 담담하게 자기 손목에 채웠다. 이젠 일리와 머시가 하나로 묶였다. 일리가 다이아몬드 박힌 날카로운 갈고리를 자자 목에서 아주 천천히 떼어냈다. 놀랍게도 머시는 일리가 그렇게 하도록 내버려뒀다. 움찔거리지도 않았다.

"자, 아가씨, 이제 괜찮으시면 소지품 검사 좀 하겠습니다."

루이스 말투가 다소 조심스러워졌다. 자자가 머시 뒷주머니에서 대검을 뽑아낸 뒤 거북이 가죽 가방을 낚아채서 바닥에 대고 털자 내용물이 쏟아져 나왔다. 신용 카드, 눈 화장 연필, 생선 뼈를 솜씨 좋게 깎아서 만든 작은 칼, 망가진 나침반, 입술연지, 그리고 드루실라 동물원* 가족권이 바닥에 나뒹구는 광경을 지켜보며 머시가 무심하게 하품했다. 자자가 가족권을 가까이 들여다봤다.

"이것 봐라. 가족이 생겼어?"

머시가 꿈꾸는 눈빛으로 자자한테 몸을 기울였다.

"아, 맞아."

머시가 선웃음을 쳤다.

"남편이 생겼어. 아이 여섯이랑 집 두 채, 그리고 벤츠도 있지."

미노는 그대로 심장이 멎는 줄 알았다. 엄마가 미노의 존재를 부정하고 있었다. 나를 보호하려는 거야. 남자들이 나를 쫓아오지 못하도록. 미노가 혼잣말했다. 그래도 여전히 해파리 촉수에 쏘인 듯 뜨겁고 아팠다.

"이 일을 진행하는 데는 다음 두 가지 방법이 있어."

또 한 번 싸움판이 벌어지기 전에 루이스가 전면에 나서며 말했다.

"우리랑 평화롭게 같이 가는 거지. 아가씨가 안다는 그 노래인지 뭔지를 불러서 우리를 인어한테 안내해 주는 거야. 아니면 우리가 강제로 데

---

* 드루실라 동물원: 잉글랜드 남동부 이스트 서식스에 있는 비교적 규모가 작은 동물원

리고 갈 수밖에 없고. 일단 아가씨 배를 다 뒤집어엎은 다음……."

머시가 재빨리 숨을 들이마시더니 샌들을 신은 루이스 발치로 침을 뱉었다. 살기등등한 눈빛으로 루이스를 쏘아보며 죽음이 속삭이듯 나지막하게 말했다.

"뭐든 네가 원하는 쪽으로."

"일리, 우리가 차 끌고 와서 휘파람 불 테니까 데리고 나와."

자자가 명령하듯 말하고 서둘러서 터널 입구로 향했다. 루이스가 그 뒤를 바짝 따라갔다. 두 남자가 급히 미노 옆을 지나는 통에 발길질에 걷어차인 흙먼지가 검은 눈처럼 미노 머리카락에 내려앉았다. 미노는 안절부절못하는 몸을 간신히 진정시켰다. 일리가 흙 속에 반쯤 파묻힌 머시의 휴대전화기를 발견하고 허리를 굽혔다.

건전지 막대기가 하나밖에 남지 않은 전화기를 일리가 흔들자 금 간 화면 위로 사진이 하나 떴다. 일리는 조각난 얼음 뒤에 사진이 있는 듯 눈을 가늘게 떴다. 한 아이였다. 미소 속에 바다의 찬란함을 담은 아이는 꼼꼼하게 땋은 머리 가닥을 하나로 묶었다. 일리는 아주 오랫동안 가만히 서서 사진을 응시했다. 얼마 뒤 한 가지 의문을 품은 갈색 눈동자로 머시를 돌아봤다. 일리의 시선을 마주한 머시가 단 한 번 천천히 눈을 감았다가 뜨더니 소리 없이 빙그레 웃었다. 희미한 그 미소가 너무나도 처연해서 미노는 울고 싶었다.

날카로운 휘파람 소리가 터널에 울려 퍼졌다. 일리는 휴대전화기를 땅에 떨어뜨리고 다시 흙으로 덮은 뒤 침묵에 잠긴 머시와 함께 일행이 있는 곳으로 향했다. 터널에는 타박거리는 두 사람의 걸음 소리와 조개껍데기가 부딪치며 가볍게 딸그랑거리는 소리뿐이었다. 일리는 개오지*껍데기를 선명한 붉은 실로 엮어서 만든 팔찌를 차고 있었다. 두 사람이 옆을 지나는 동안 미노는 흐느끼는 소리가 나지 않도록 머리카락을 힘껏 물어야 했다. 열까지 센 다음 미노가 벌떡 일어나서 두 사람을 쫓아 쏜살같이 달려 나갔다.

---

* 개오지: 고둥처럼 생긴 조개, 겉면이 매끄럽고 견고하며 무늬가 화려하다.

3장. 소녀, 개, 그리고 해적선

밤이 찾아온 동굴 밖 공기는 신선하고 시원했다. 머시와 남자 셋은 도로를 건넜고 미노는 어두운 버스 정류장에서 일행을 지켜봤다.

"우리 갈색 아가씨가 비행기 타는 걸 좋아해야 할 텐데."

루이스가 유쾌한 척 말했다.

"여권이 없어."

머시가 대답했다.

미노는 엄마 목소리에 어린 불안감을 대번에 감지했다. 미노 기억에 엄마랑 다른 교통수단을 이용해서 어디를 가본 적은 한 번도 없었다.

"상관없어. 우린 비행기로 간다."

자자가 소리쳤다.

머시는 이글거리는 눈빛으로 자자를 쏘아봤다.

"그래? 어떻게?"

"마술을 부리는 거지."

자자가 손가락으로 딱 소리를 내며 대답했다. 바로 그 순간, 정말 마법으로 소환한 듯 창문이 모두 검은 SUV 한 대가 소리도 없이 일행 앞에 와서 정지하고 머시가 안으로 밀어 넣어졌다.

"대장, 쇼어햄 공항으로 갑니까?"

운전사가 물었다.

"거기 말고 어디겠어?"

루이스가 씩 웃었다.

미노는 비명을 지르려고 입을 떡 벌렸다. 하지만 바람이 바다 마녀의 조개껍데기*처럼 미노의 목구멍을 바짝 말려서 목소리를 훔쳐 가 버렸다. 엄마를 태운 차가 속력을 높여서 사라지는 동안 어둠 속에서 하염없이 몸을 떨며 지켜보고만 있던 미노가 미유키한테 달려가서 새하얀 털에 얼굴을 묻고 눈물을 쏟았다.

얼마 뒤, 미유키 목을 두른 팔에서 힘이 빠진 듯 미노의 두 팔이 아래로 툭 떨어졌다. 심장에 깃든 섬뜩한 정적이 숨을 못 쉬게 막는 것 같았다. 움직여야 했다. 배로 돌아가야 하는데 다리가 납덩이처럼 무거웠다. 미유키가 미노 몸을 밀어서 움직이게 해줬다. 부서지는 파도처럼 현기증이 밀려들었다. 한동안 거리 불빛에 머리가 지끈거리고 더운 밤의 열기로 살갗이 타는 듯이 화끈거렸다.

"물."

미노가 웅얼거렸다. 마실 물을 원하는 게 아니었다.

압도당한 기분의 유일한 해독제는 물이었다. 모든 감각이 지나치게 예

---

* 바다 마녀의 조개껍데기: 인어공주 동화에서 바다 마녀가 인어 공주한테서 뺏은 목소리를 조개껍데기에 담아서 목에 걸고 다녔다.

민해지거나 세상이 날카롭다는 느낌이 들면, 미노는 시원한 바다로 달려 갔다.

"바다에 가야 해."

미노가 웅얼거리면서 비틀비틀 뛰기 시작했다. 타닥타닥 익숙한 시베리안 허스키의 발소리가 미노를 격려했다. 둘이 함께 달리는 길은 곧장 바다를 내려다보는 마린 퍼레이드 호텔로 이어졌다. 여자아이와 개가 터질 듯한 심장으로 앞서거니 뒤서거니 도착했다. 밤이 깊은 시간이라 해변으로 내려가는 계단 길을 다 차단해 놨다. 2미터 가까운 청록색 문이 바다로 가지 못하게 막아섰다. 하지만 미유키와 미노 어느 쪽 하나 숨을 가다듬으려고 멈추지도 않았다. 오히려 서로 완벽하게 호흡을 맞춰 달리는 속도를 높이더니, 정확히 똑같은 순간에 몸을 날려서 뛰어올랐다.

겨울로 짠 외투 차림의 개는 검은 은빛 늑대처럼 문을 껑충 뛰어넘어 한참 멀리 떨어진 계단에 발톱 자국을 길게 남기면서 착지했다. 미노는 문 너머로 몸을 날리다시피 뛰어올랐지만, 발목을 문에 부딪치면서 스케이트보드 타다가 미끄러진 사람처럼 사선으로 주저앉고 말았다. 불안하게 휘청거리면서도 앞으로 가려다가 미끄러져서 또 굴러떨어졌다. 게다가 균형을 잡겠다고 녹슨 철제 난간을 잡은 탓에 손만 데고 결국 마지막 칸에 무릎을 호되게 부딪치면서 멈췄다. 미노는 제대로 고통을 느낄 겨를도 없이 벌떡 일어나 달빛이 환히 비추는 바다를 향해 돌진했다.

개는 여름철 해변에 출입 금지고 한밤중에 아이들은 입수 금지였다. 하지만 이런 규칙은 절대 미노한테 적용되지 않았다. 도망치다시피 바다로 뛰어들어가 수정처럼 서늘한 물에 몸을 담그자 별빛 흐르는 물속으로 위안이 미노를 찾아왔다.

미노는 해변의 곡선과 물방울과 돌멩이를 낱낱이 알았다. 물살이 어떻게 사람을 휘감는지 조수의 급한 흐름과 멈춤을 알았다. 물이 얕은 바다에서 곧잘 야간 다이빙을 즐기는 미노는 한밤중 먹물처럼 까만 물속에서 노니는 황금빛 물고기였다. 바다가 가장 우렁차게 노래하는 아래쪽 검은 모래밭을 향해 미노가 빠르게 내려갔다.

파도 소리를 들으면 자연의 목소리나 지구의 심장 소리를 듣는 것 같았다. 미노는 이 박자를 아주 잘 알았다. 오늘 밤 바다는 앞으로 나아가라고 미노를 응원하는 속삭임으로 가득한 것 같았다. 머리 위에서 달 두 개가 휘영청 빛났다. 여름 밤하늘 보름달과 수면에 비친 달그림자가 창백한 유령처럼 일렁이며 빛을 발했다. 미노는 별을 따라 항로를 계획하거나 해도를 보며 좌표를 익히듯이, 뒤죽박죽으로 섞인 생각덩어리에 깔끔하게 선을 그어서 정리해 봤다. 하지만 아무것도 말이 안 됐다. 엄마는 세 남자한테 순순히 끌려갔다. 미노를 보호하려고? 이제 미노한테 남은 길은 할머니한테 가라는 엄마의 마지막 당부를 따르는 것뿐이었다. 참 우연히도 할머니 집은 아이슬란드 수도인 레이캬비크에 있었다. 미노 혼자 거기까지 가봤을 리가 만무했다. 하지만 지금 걱정할 시간이나 여유 따위는 없었다. 할머니는 뭘 어떻게 해야 할지 확실히 아시겠지?

할머니 생각에 정신이 맑아진 미노가 등을 뒤로 한껏 젖힌 채 호를 그리면서 수면으로 올라왔다. 등을 곧게 펴자 척추뼈가 제자리를 찾으면서 편안해졌다. 미노가 미유키 근처 물 위로 얼굴을 드러낸 순간에 때맞춰 깜박이던 부두 불빛이 꺼졌다. 브라이턴 해안을 가로질러 어둠이 내려앉자 두려움이 미노를 엄습했다. 지금쯤 미노는 미유키와 함께 시페어호로 돌아가서 항해를 준비하고 있어야 했다. 미노가 신호를 놓쳤다.

"미유키, 집에 가야 해!"

미노가 외치면서 바다로 뛰어들어 가 파도 아래 물살을 가르며 정박지로 향했다.

로켓이 발사된 것처럼 물을 박차고 앞으로 나아갔다. 주로 등을 움직이고 두 팔을 앞으로 쭉 펴서 두 손을 화살촉처럼 맞잡아 수영하는 미노의 영법은 자유형도 아니고 접영이나 평영도 아니었다. 물살을 가르는 속도는 숨이 막힐 정도로 빨랐다. 그런데도 숨 쉬러 수면 위로 올라간 것은 두 번뿐이었는데, 그것도 사랑하는 허스키를 응원하기 위해서였다. 시페어호에 가까워지는데 파도 아래에서 해파리의 흔적처럼 반짝이는 것이 미노 눈에 들어왔다. 미노는 바닷속에서 몇 번이나 빙글빙글 돌고 나서야 반바지 뒷주머니에서 나오는 빛이라는 것을 깨달았다. 지도였다!

미노는 배에 올라서 지도를 좀 더 꼼꼼하게 살펴봤다. 지금까지 살아오면서 멋진 지도를 수없이 본 미노였다. 허구 속 세상을 그린 지도, 하루짜리 여정을 위한 항해도, 진정한 뱃사람끼리 은밀히 공유하는 비밀 물길 지도, 진짜 가짜 가리지 않았다. 머시가 소장한 수집품은 가히 놀라웠다. 하지만 이 지도는 달랐다.

해초처럼 차갑고 미끈거리는 표면에서 번개 같은 푸른색 전기가 튀면서 반짝였다. 손에 들고 지도를 살피는 미노 눈에 소용돌이치는 거대한 호수가 보였다. 정교한 그림이었다. 호수는 바다 한복판에 있는 것 같았다. 위아래가 뒤집힌 빙하처럼 오목하고 얼추 세 부분으로 나뉜 듯했다.

'빈터타이드, 다큰타이드, 소머타이드'라는 세 가지 해류가 해역을 갈랐다. 이 이상한 호수가 세상 어디에 있는지 짐작할 만한 특징은 지도에 전혀 없었다. 단지 해역별로 각기 다른 물고기 떼와 빈터타이드 끝에 보이는 섬세한 등대 그림, 소머타이드 가장자리에 희미하게 그려놓은 검은 동굴과 황금빛 해안선이 지도에 표시된 경계선 전부였다. 지도 위 나침반은 도장처럼 금으로 양각한 그림인데, 북쪽이 아니라 남쪽을 가리키고 있었다. 지도를 이해하는 건 미노 능력을 한참 벗어나는 일이지만, 더없이 소중한 지도였다. 엄마가 마지막으로 준 물건이라는 이유만으로 모든 의미가 있었다.

이제는 색도 거의 다 바랜 글자로 지도를 가로질러 와일드 딥(The Wild Deep)이라고 쓰여 있었다. 미노는 웃음을 터뜨릴 뻔했다. 와일드 딥은 동화가 살아 숨 쉬는 상상 속 거대한 바다였다. 피터 팬의 상상의 나라인 네버랜드나 나니아 연대기에 나오는 환상 속 공간처럼 이야기와 꿈에서만 갈 수 있는 곳이었다. 설마 그 남자들이 마법의 바다에 진짜 갈 수 있다고 믿는 거야? 바보 아냐? 그러다가 반짝 희망이 보였다. 이 지도를 못 찾으면 남자들이 포기하고 엄마를 놔줄지도 몰라……

미노는 이 지도를 찾겠다고 무자비하게 집을 뒤지던 남자들이 기억나서 몸서리쳤다. 갑판에 부서진 곳은 없는지 훑어봤지만, 놀랍게도 침입자의 흔적이 하나도 없었다. 흠잡을 데 없이 깨끗했다. 범죄에 도가 튼 전문가들이 틀림없어. 미노 심장이 쪼그라들었다.

조리실도 점검했지만, 여기도 무엇 하나 달라지지 않았다. 조리실 벽에 산호를 잘라 붙인 선반에도 변화가 없었다. 독이 담긴 유리병이나 화사하게 꽃이 핀 식물 들도 다 이전과 다름없이 선반 가득 줄지어 서 있었다. 등불 빛이 따스하고 바다 약초 내음이 향긋한 이곳은 눈부시게 아름다운 비밀 동굴이었다.

마음이 놓인 미노가 한숨 돌리면서 은은하게 빛나는 지도를 항해대 위에 펼쳐놓고 아름다운 유리 문진으로 눌렀다. 위가 불룩한 문진 안에는 유예된 시간 속에서 잠든 것 같은 청록색 불가사리가 있었다. 문진은 머시가 가장 좋아하는 물건 중 하나였다. 강제로 차에 태워지던 엄마 생각을 하지 않으려고 미노는 땋은 머리 가닥을 힘껏 깨물었다. 미유키가 물기를 없애려고 몸을 털자 미노 다리에 소금 결정이 우수수 떨어졌다.

"미유키!"

미노는 소리를 빽 지르고 낡은 격자무늬 담요를 집어 들어서 미유키 털이 소금기로 뻣뻣해지지 않도록 벅벅 문질렀다. 미유키는 기분 좋은 듯 낮게 끙끙거리더니 이번에는 배가 고프다는 신호를 보냈다. 미노는 재빨리 미유키 밥그릇을 채워주고 돌아서서 진짜 지도, 레이캬비크로 가는 항로가 표시된 지도를 연구했다.

사실 미노는 지도를 들여다볼 필요도 없었다. 중요한 지표는 전부 심장에 새겨진 터였다. 미노와 엄마는 매년 여름 같은 뱃길을 이용해서 미노 할머니 아리엘카가 사는 아이슬란드 레이캬비크로 갔다. 머릿속에 떠오른 작고 아름다운 도시는 미노를 안전한 곳으로 이끄는 등대 불빛 같았다.

조리실 아래 엄마 선실에 있는 시계가 자정에서 15분 지난 시간임을 알리자 미노는 억지로라도 움직였다. 배부른 미유키한테 하네스*를 서둘러, 하지만 조심스럽게 입혔다. 그리고 무릎을 꿇고 앉아서 미유키의 하네스를 캡스턴이라고 부르는 원형 도르래에 연결했다. 닻을 감아올리는 장치였다.

"미유키, 감아!"

미노가 속삭이며 미유키 이마에 입을 맞췄다.

개가 컹 짖더니 움직이기 시작했다. 나지막이 으르르 울면서 완벽하게 원을 그리며 돌았다. 그러자 저 아래에서 태곳적에 만든 듯 오래된 닻이 감겨 올라왔다. 미노는 무거운 물건을 제자리에 고정할 밧줄 묶음을 두 손에 들고 배 옆으로 몸을 숙였다. 예전에도 해본 일이었다. 배 구석구석을 어떻게 작동해야 하는지 스스로도 잘 알지만, 대개는 머시가 곁에서 미노를 이끌어 줬다. 심하게 떨리는 손가락이 밧줄을 제대로 버텨내지 못했다. 미노는 결연하게 발가락에 힘을 주고 새로운 형태로 매듭을 지었다. 눈을 감고 풍향을 느끼며 눈앞에 놓인 임무에 정신을 집중했다. 미노는 삭구를 풀어서 배 한복판을 가로질러 돛을 펼치고 타륜**을 잡았다. 미노는 미유키를 풀어주고 망을 보게 했다. 그리고는 예전에 엄마 옆에서 여러 번 해 봤듯이 시페어호를 몰아 정박지에서 멀어지기 시작했다. 아무것에도 끼거나 부딪치지 않게 주의하면서 정박지 앞바다 한복판으로 향했다. 시페어호는 대단히 큰 데다가 다른 배를 건드려서 흔드는 위험을 감수할 수는 없기에 천천히 가야 했다. 한 뼘 거리에서 고요히 까딱거리

---

* 하네스: 조끼형 강아지 목줄
** 타륜: 배의 방향을 조종하는 키를 움직이는 바퀴 모양의 장치로 손잡이가 달렸다.

는 이웃 배를 비껴가는 동안 개와 여자아이는 숨을 안 쉬면 배가 그만큼 줄어든다고 믿는 건지 둘 다 숨도 쉬지 않았다. 미노는 이를 악물고 급격하게 휘어지는 해안선을 따라 배를 돌리고는 급히 왼쪽(머시는 '좌측'이라고 불렀다)으로 꺾은 뒤 방파제 사이로 열린 공간을 미끄러지듯이 빠져나와 하얗게 파도가 일어나는 바다로 나아갔다.

갈매기 한 마리가 휙 날아와서 돛대 위에 앉았다. 날개에 별가루를 뿌린 것 같았다. 갈매기가 구슬픈 소리로 길게 한 번 울더니 한밤중에 건질만한 물고기가 있는지 찾으려는 듯 돛대에서 뚝 떨어져서 그대로 날아갔다. 미노는 돌아서서 낯익은 정박지의 불빛이 풍경 속으로 서서히 녹아들며 시야에서 멀어지는 광경을 지켜봤다. 이제 여자아이, 개, 그리고 해적선만이 달빛을 유일한 안내자 삼아 오롯이 바다에 홀로 남았다.

4장. 새 떼가 일으킨 바람

희미해지는 부두의 검은 윤곽선을 뒤로하고, 미노는 안간힘을 써서 엄마가 시페어호를 어떻게 운전했는지 기억해냈다. 모든 일에 투지와 천사의 자비로움으로 임한 엄마는 늘 바람보다 한발 빨랐다. 나한테 날개는 없어도 북극 개는 있어. 미노가 반바지에서 허리띠를 풀더니 타륜에 한쪽 끝을 묶고 갑판 한쪽 구석에 있는 감귤나무 화분에 반대쪽 끝을 묶었다. 그러고는 미유키 쪽으로 달려가서 미유키 옆에 있는 작은 돛을 접어 올렸다.

"해류보다는 그냥 한 걸음, 바람보다는 크게 세 걸음 앞서야 해."

미노가 타륜을 가리키며 미유키한테 말했다.

미유키는 뜨거운 열의를 보이며 자리를 잡았다. 꼬리가 말리고 바다처럼 짙푸른 사파이어 눈동자가 반짝이는 미유키는 노련한 뱃사람 같았다.

"가기만 하면 돼."

미노는 잠들지 않는 별들을 상상하며 혼잣말했다. 별빛이 인도해 주리라.

"엄마도 지도를 보고 해석하는 방법 같은 건 배우지 않았어."

그건 사실이었다. 머시는 언제나 직감을 따랐다. 어두운 하늘에 뿌려진 먼지 같은 빛의 파편들, 새된 소리로 부는 바람, 거센 파도는 물론 머시 자신까지 모두 같은 우주의 실로 짜였다고 믿었다.

레이캬비크로 가려면 영국 해안선을 따라 오크니*까지 올라간 다음, 북쪽으로 방향을 잡고 아이슬란드로 향해야 했다. 북쪽 바다에는 화물선만 다닐 뿐, 여객선이나 유람선은 없었다. 선박 운항 시간표는 피부에 새긴 문신처럼 미노 기억 속에 뚜렷이 박혀 있었다. 여름마다 다닌 뱃길이었다. 미노한테 항해란 배와 바람, 그리고 바다와 함께 추는 춤이었다. 자면서도 출 수 있었다. 하지만 시페어호를 조종하기는 쉽지 않을 것이었다. 순식간에 의심의 구름이 머릿속에서 소용돌이쳤다. 한밤중 가장 어두운 시간, 제일 깊은 바다를 지나야 해. 미노는 발아래로 끝없이 깊어지는 심해와 그 속에서 헤엄치고 있을지도 모르는 괴물 따위를 상상하지 않으려고 눈을 질끈 감았다. 아리엘카 할머니를 생각했다. 할머니는 밤에 혼자 잠옷만 걸치고 잠수를 즐기며 사는 여성이었다. 아리엘카 할머니가 나이는 많아도 어두운 폭풍우에 어울리는 심장이 어떤 건지 잘 알았다. 할머니 목소리는 솜씨 좋은 이야기꾼처럼 높낮이가 분명하지만, 헤벌쭉 웃는 입안이 들쭉날쭉 엉망이어서 몸속 피가 얼어붙을 만큼 끔찍이 무섭기도 했다. 이빨, 상어 이빨로 가득하던 벨벳 상자가 미노 뇌리를 스치고 지나갔다. 미노는 머리를 흔들어 생각을 떨쳐버리고 밤바다를 향해 배를 몰았다.

---

* 오크니: 스코틀랜드 북쪽에 있는 주

밤이 깊어질수록 미노가 자신감을 찾자 배도 날렵하게 물살을 가르며 빠른 속도로 나아갔다. 미노는 차 안으로 사라지던 엄마를 간신히 기억 한구석으로 밀어내고 별빛과 바람의 입맞춤으로 가슴 속을 채웠다.

드디어 오크니의 새벽 첫 햇살이 미노와 미유키 머리 위로 비췄다. 미노는 지쳐서 몸이 마비될 지경이지만 날이 밝아서 몹시 기뻤다. 미유키와 시페어호를 몰아서 항해한 거리는 예외적으로 멀었다. 다른 배였다면 같은 시간에 그만큼 이동하기란 한 마디로 불가능했다. 하지만 미노는 최고의 스승에게서 배웠다. 엄마는 규칙 따위는 조금도 신경 쓰지 않았다. 풍속이라는 항해 법칙도 예외는 아니었다. 머시는 첫날부터 시간이나 조수와는 상관없이 오직 신념으로 바다를 가로질러 배를 몰아야 한다고 가르쳤다. 이번 항해에서 정말 중요한 시간은 지금부터였다. 실수를 감당할 여유 따위는 없었다. 미노는 잠깐이라도 쉬어야 했다. 주변을 살피며 배를 댈 만한 부두를 찾았지만 아무것도 없었다. 그렇다고 여기에 닻을 내리자니 너무 위험했다. 미유키가 힘에 부쳐서 닻을 감아올리지 못하면 망망대해 한복판에 발이 묶일 판이었다. 시페어호는 보는 이 누구라도 숨을 멈추게 할 배였다. 미노는 지체할 시간이 없었다. 돛을 접었다. 소금기에 몸이 녹슬었는지 팔이 뻣뻣했다.

"미유키, 이리 와."

미노가 애정을 듬뿍 담아 빙긋 웃었다.

"삼십 분 정도는 배가 떠다녀도 될 거야. 우린 좀 쉬어야 해."

꼿꼿하게 앉았던 미유키가 즉시 자세를 풀고 초록색 비단 그물침대로 뛰어올라 혀를 한쪽 옆으로 늘어뜨린 채 숨을 헐떡이며 눈을 감았다. 미노도 그물침대에 가볍게 올라서 시베리안 허스키의 털을 베개 삼아 잠을 청했다. 지칠 대로 지쳤는데도 왠지 쉽게 잠이 오지 않았다. 미노는 항해 대가 있는 조리실로 살금살금 돌아가서 기이한 회색 지도를 들여다봤다. 무엇으로 만들었는지 감을 잡을 수가 없었다. 낙타나 상어, 더 최악으로는 코끼리 가죽일지도 몰랐다. 어쨌건 거북이나 다른 평범한 가죽은 분명 아니었다.

"넌 몇 년이나 묵은 애니?"

미노가 웅얼거렸다.

지도에 그려진 표식들 위에 손가락을 올리고 가볍게 쓸어보니 아직도 서늘했다. 바다의 속삭임을 품은 조개처럼 대양의 비밀을 간직한 것 같았다. 미노는 지도 위로 몸을 좀 더 굽혔다. 문득 지도를 무엇으로 만들었는지 알 것 같았다. 고래였다. 물속에서는 반짝이고 땅 위에서는 흐린 회색으로 변하는 건 고래 가죽 말고 달리 또 없었다. 지도를 만든 날짜나 누가 만들었는지 서명은 없지만, 한눈에 봐도 매우 오래되고 특별한 지도였다. 와일드 딥. 흐릿한 글자를 바라보며 미노가 씩 웃었다.

미노를 키운 것은 이야기와 노래였다. 미노는 무시무시한 상어들이 살고 사이렌의 노래가 뱃사람을 죽음으로 인도하는 바닷속 세상에 관한 동화를 들으면서 자랐다. 반은 어린아이인데 반은 새나 물고기인 생명체와 반짝이는 비밀로 가득한 대양, 다다를 수 없는 그곳의 전설을 배웠다. 잃어버린 바다를 노래하는 서사곡과 잊혀 간 영혼을 위한 자장가도 있었다. 하지만 잠들기 전 머리맡에서 노래하거나 읽기에 적합할 만큼 가슴 따뜻한 이야기는 아니었다. 피가 차갑게 식는 동화였다. 모든 이야기와 노래

속에서는 이가 상어 이빨처럼 생긴 여자아이와 인어에 관한 속삭임이 잔잔히 흐르고 있었다.

바다 사냥꾼, 신화 신봉자, 정체가 무엇인지 몰라도 세 남자는 머시의 치아를 가졌다고 주장했다. 하지만 그럴 리 없다는 것이 미노의 결론이었다. 벨벳 상자 안에 들어 있던 이빨은 누가 봐도 사람 이가 아니었다. 그러니까 그건, 뭐랄까, 작은 상어의 이빨이었다. 미노는 갑자기 속이 메슥거려서 벌떡 일어나 개수대에 허리를 숙였다. 마음속 어딘가에 깊이 묻혔던 기억이 요동쳤다. 상어 이빨의 소녀라는 이야기였다. 아직 미노가 어렸을 때 할머니가 들려준 바다 전설 중 하나였다. 확실히 기억나는 건 아니지만, 바닷속 왕국에 사는 한 소녀에 관한 이야기였다. 이가 상어 이빨처럼 생긴 소녀가 하루는 엄청난 실수를 저지른다. 물에 빠져 죽어가는 두 소년한테 모습을 보인 것이다. 두 소년의 목숨을 구하는 대신 소녀는 생명을 잃을 위험을 자초한다. 하지만 그건 그냥 이야기잖아. 미노는 욕지기가 올라왔다. 혼란스럽고 녹초가 되었는데도 너무 긴장해서 잠이 안 왔다. 미노가 높은 찬장 문을 열고 작은 분홍색 병을 꺼냈다. 밤에 먹는 약이든 병이었다. 이 약을 먹으면 잠시나마 쉴 수 있을 것이었다.

"할머니를 만날 거야."

미노가 조리실 가장 어두운 곳에 놓인 안락의자로 몸을 묻으며 혼잣말했다.

"할머니는 어떻게 해야 할지 아실 거야. 우리가 바다 사냥꾼한테서 엄마를 구할 거야. 그러면 이상한 일도 다 사라질 거야."

쏟아지는 졸음을 이기지 못하고 잠속으로 빠져들기 전, 미노 마음속에 마지막으로 파고든 생각이었다.

폭풍도 일으킬 만큼 길게 우는 개 울음소리에 미노 꿈이 산산이 조각났다. 미노가 눈을 깜빡거리다가 번쩍 뜨고 소리를 향해 달려갔다. 미유키가 갑판에서 스멀스멀 배를 뒤덮고 있는 짙은 회색 안개를 향해 맹렬하게 짖고 있었다. 그 광경을 본 미노는 절로 몸이 움츠러들었다. 유령 같은 안개에 미노는 기분이 나빠지면서도 바짝 긴장했다.

"여기가 어디지?"

미노는 육지를 찾으려고 주위를 두리번거렸다. 하지만 안개가 자욱해서 탁한 공기를 꿰뚫어 보기란 불가능했다. 설령 배가 해안가로 밀려왔다 해도 안개 속에 갇힌 터라 적어도 사람 눈에 띄지는 않을 것 같았다. 미노는 미유키 옆에 웅크리고 앉아서 털을 쓰다듬었다. 둘 다 침착함을 되찾고 싶은데 개가 좀체 짖기를 그치지 않았다.

동화에 나왔던 단어와 문구들이 미노 머릿속에서 팽팽 돌았다. 안개는 와일드 딥의 바다를 수호한다. 와일드 딥에서는 배들이 영원히 길을 잃는다. 미노가 초조하게 침을 삼켰다. 와일드 딥은 진짜가 아니야. 미노는 현실적으로 생각하려고 안간힘을 쓰면서 혼잣말했다. 안개가 깔리고 시간이 얼마나 지났을까? 알 길은 없지만 바람이 이미 완전히 멎었다. 여기서 영원히 못 빠져나가면 어쩌지? 미노는 미유키가 짖는 소리를 막으려고 양쪽 귀를 두 손으로 틀어막은 채 비틀거리면서 조리실로 돌아갔다. 물에 흠뻑 젖은 휴대전화기를 살려보겠다고 전원을 눌렀지만 아무래도 정박지에서 잠수한 탓에 결국 완전히 맛이 간 것 같았다. 미노는 조리실 뒤편으로 내달려서 촘촘한 나선형 계단으로 내려갔다. 계단은 미노 선실로 이어졌다. 미노 선실은 반달형이고 고운 산호색이었다. 그래서 침대에 누우면 꼭 거대한 소라고둥 껍데기 안에 파고들어 온 기분이었다. 미노는 멈춰 있는 자명종을 확인하고 저주를 퍼부었다.

"건전지가 다 됐나 봐."

미노가 넘어지다시피 엄마 선실로 황급히 들어갔다. 같은 반달 모양이지만 훨씬 크고 한밤중 바위틈에 고인 바닷물 같은 짙은 쪽빛으로 칠한 방이었다. 엄마 침실이자 서재였다. 그물침대가 매달렸고 책상 위에는 책이며 온갖 문서, 그리고 기이하고 불가사의하게 생긴 가공품 들이 흩어져 있었다. 미노는 캄보디아 나방 표본을 지나쳐서 화려하게 장식된 검은색 벽시계를 쳐다봤다. 시페어호처럼 태운 색깔 연철로 조각한 시계는 북극성 모양이었다. 황금색 금속을 입힌 별의 각 꼭짓점에는 작은 시계가 하나씩 박혀 있었다. 지구 상 장소별로 달라지는 시간을 알려주는 시계였다. 표준시간대를 가로지를 때 유감없이 진가를 발휘했다. 시계는 오전 7시 15분을 가리키고 있었다. 미노는 얼굴을 잔뜩 찡그렸다. 네 시간이나 자 버렸다. 여긴 어디라도 될 수 있었다……. 암초 사이로 밀려들어 왔을지도 몰랐다. 폭풍에 떠밀려 왔을 수도 있었다. 이제는 이 유령 같은 안개 속에서 길을 잃었다.

느닷없이 시계 판 밑에 달린 자그마한 문 두 개가 홱 열리면서 용수철 위에 달린 목각 제비가 튀어나와 자칫 미노 얼굴을 때릴 뻔했다. 머리보다 몸이 먼저 움직인 미노가 겁에 질린 채 목이 터져라 비명을 내지르며 날다시피 뒤로 펄쩍 뛰다가 균형을 잃고 바닥에 나뒹굴었다. 미유키가 그 새 번개처럼 뛰어 내려왔다. 미유키는 미노 주변을 정신없이 빙글빙글 돌면서 얼굴을 핥아댔다. 미노는 흥분한 개의 몸에 팔을 둘러 미유키를 안았다.

"괜찮아, 미유키. 그냥 시계였어."

가슴 속에서는 심장이 미친 듯이 뛰지만 미노는 한숨을 내쉬었다.

색칠된 목각 제비가 미노와 미유키 머리 위 허공에서 대롱거리다가 용 수철이 감기자 도로 시계 안으로 휘리릭 말려 들어갔다.

"저건 정각에만 나와야 하는 거잖아. 저것도 고장 났나 봐."

미노가 중얼거리면서 짙어지는 안개를 향해 위로 터벅터벅 올라갔다. 미유키가 그 뒤를 따랐다.

갑판 위 안개는 걷힐 기미가 없었다. 안개에서 불안한 고요함이 번져 나 왔다. 미노는 빠져나가고 싶었다.

"미유키, 엄마라면 어떻게 했을까?"

무기력한 기분을 바꿔보려고 속삭였다.

엄마는 그저 닻을 내리고 날이 개기를 기다릴지도 몰랐다. 하지만 미노 는 닻이 배를 고정하기까지 얼마나 깊게 가라앉을지 전혀 알지 못했다. 엄마라면 노래를 부를 수도 있었다.

"바람이 너를 찾아오지 않으면 노래를 불러서 바람을 소환해 버리는 거 야."

엄마는 웃어젖히면서 돛대 꼭대기로 올라가 붉은 머리카락을 깃발처럼 휘날리며 하늘을 향해 노래를 불렀다. 운명인지 우연인지, 보통은 효과가 있었다.

　미노는 노래할 기분이기는커녕 울거나 욕이나 한 바가지 하고 싶었다. 거지 같은 이가 또 아팠다. 피곤하면 이가 자주 아팠다. 길을 잃었다는 생각으로 짜증이 치미다가 이제는 절박한 기분마저 들기 시작했다. 미노는 마지못해 돛을 펼치고 안개 낀 공기를 깊이 들이마신 뒤 자장가 부르듯 아주 조용히 노래하기 시작했다. 미노의 자장가였다. 악몽 속 괴물한테 시달리는 밤에도 미노를 달래주는 유일한 노래, 하루 전 배 위에서 일리가 휘파람으로 불었던 바로 그 곡조였다.

　나는 물의 영혼, 물의 노래
　나는 별의 지느러미, 별의 뼈
　나는 파도와 달빛이 꾸는 꿈이라네
　내 심장은 멀리까지 헤엄쳐 왔구나

　따뜻하고 익숙한 노랫말이었다. 이내 미노가 노래를 즐기기 시작했다. 후렴구가 다가오자 눈을 감고 고개를 뒤로 젖혔다.

　그대 어렸을 적 바다가 부르기 시작했지
　그대 이름 부르기를 멈추지 않았다네
　그렇다오, 그대 어렸을 적 바다의 부름이 시작됐다네
　결코 예전으로 돌아갈 수 없으리

별안간 발밑에서 배가 움직였다. 미노는 놀라서 무릎을 꿇었다. 노래가 그치자 배도 움직임을 멈췄다. 미유키가 엉덩이를 바닥에 붙이고 옆에 앉아서 축축한 코로 미노를 쿡쿡 찔렀다. 미노는 똑바로 앉아서 다시 노래를 시작했다. 그러자 거의 동시에 배가 흔들렸다. 노랫소리에 바람이 살아나면서 돛이 팽팽하게 부풀었다. 미노는 노래를 계속하면서도 무슨 일이 벌어지는 건지 이해하려고 애쓰며 두 발로 일어섰다. 어쩐지 바람이 날개로 가득한 것 같았다. 미노는 달려가서 머시의 망원경을 가지고 나와 정신없이 하늘을 올려다봤다. 미노 생각이 맞았다. 이건 단순한 바람이 아니었다. 바람이 깃털 달린 작은 새를 한가득 품고 있었다. 보일락 말락 하는 화살촉처럼 뾰족한 꼬리를 미노가 알아봤다. 제비였다. 엄마 시계에서 튀어나온 색칠한 작은 새, 바로 그 새였다. 미노는 이 기적을 궁금해할 틈이 없었다. 노래를 계속 이어가야 했다.

미노는 살기 위해 노래했다. 갑자기 깃털이 솟구치면서 새들이 사라지고 바람이 힘차게 불어서 배를 앞으로 밀었다. 짙은 안개가 걷히자 화강암처럼 시커멓고 꼭대기가 눈에 덮인 산맥이 수평선에 나타났다. 저건 틀림없이 에스야 산*이었다. 미노는 눈 앞에 펼쳐진 광경을 소화하느라 숨도 멈추고 마구 머리를 굴렸다. 그러다가 이내 기쁨에 겨워 소리치고 춤추며 깡충깡충 뛰었다.

"미유키! 미유키! 아이슬란드야! 우리가 해냈어, 아이슬란드에 도착했어!"

미노는 비명을 내지르면서도 어떻게 이런 일이 일어났는지, 어떻게 배

---

* 에스야 산: 레이캬비크에서 멀지 않은 산

가 정확히 가야 할 항로로 떠내려왔는지 도무지 짐작이 가지 않았다. 어떻게 아무도 만나지 않았을까. 거의 바람 한 점 불지 않았는데 어떻게 이 멀리까지 왔을까. 미노는 그물침대에 무너지듯 쓰러졌다. 머릿속이 핑핑 돌았다. 하루를 홀라당 자 버린 게 틀림없어……. 배는 항로를 따라서 이동했을 테고……. 안개 때문에 다른 배는 전부 다 항해를 포기했을 거야.

정말이지 위험천만했다는 생각에 미노는 몸서리치면서 입술을 깨물었다. 다시는 닻을 내리지 않거나 자명종 시간을 제대로 맞추지 않고는 절대 쉬지 않겠다고 맹세했다. 미노는 타륜을 잡고 단호하게 북쪽으로 향했다. 바다가 발하는 빛을 얼굴 가득 받으며 웃었다. 이제 곧 아리엘카 할머니 집이었다. 할머니가 모든 것을 바로 잡을 것이었다.

배가 항구에 가까워지는데 미유키가 경고하듯이 짧게 컹 짖었다. 미노는 타륜을 끈으로 묶어놓고 미유키 옆으로 달려갔다. 저 앞, 파도에 흔들거리는 작은 낚싯배에서 바닷속으로 뛰어드는 한 남자아이가 보였다. 아이가 물속으로 사라지는 순간 얼핏 파란색 운동화가 눈에 띄었다. 미노는 아이를 뒤쫓아 물로 뛰어들었다. 먼바다 깊은 곳에서 수영하는 게 얼마나 위험한지 미노는 알았다. 바다에서 아이들이 실종될 수 있다는 것도, 아이를 도와야 한다는 것도 알았다.

5장. 초록색 눈동자의 소년

바닷물이 미노 머리를 덮자 세상 소리가 사라졌다. 레이캬비크의 바닷물은 가장 화창한 여름날에도 숨이 멎을 만큼 차갑지만, 미노는 얼음장같이 찬물에 면역이 되어 있었다. 미노는 몸을 구불거려서 빛에서 멀어지면서도 탁한 초록색 물속으로 가라앉고 있을 남자아이를 찾았다. 저 아래에서 파란색이 얼핏 눈에 띄었다. 미노가 놀라운 속도로 빠르게 물살을 헤치고 내려가 양손으로 아이의 발목을 감아쥐고 호를 그리며 쏜살같이 위로 올라갔다. 척추를 쫙 피고 두 다리를 하나로 붙인 미노는 남자아이를 잡은 채 수면을 가르고 뒤로 재주넘기를 하면서 허공으로 솟구쳐 올랐다.

놀란 남자아이가 발을 버둥거리다가 미노 얼굴을 정통으로 걷어찼다.

"야!"

미노가 볼을 감싸 쥐고 씩씩댔다. 남자아이가 무시무시한 표정으로 미노를 쏘아보며 앞에서 물을 철버덕거리고 있었다.

"무슨 짓이야?"

남자아이가 눈 앞으로 흘러내린 금발을 걷어내며 따지듯이 물었다. 불안하게 흔들리는 초록색 눈동자가 바다색과 똑같았다.

미노가 침을 삼키자 피 맛이 났다. 본능적으로 흔들리는 이를 혀로 훑었다. 미노한테는 은니가 네 개인데 남자아이가 걷어찼을 때 하나가 헐거워졌다.

"너를 살려주고 있잖아."

미노도 꽥 소리쳤다.

남자아이가 이렇게 웃기는 얘기는 처음 들어본다는 듯이 코웃음을 쳤다.

"근데, 이렇게 멀리까지 나와서 뭐 하는 거야?"

미노가 조심스럽게 물었다.

남자아이가 어이없다는 듯 눈알을 굴렸다.

"전설에 나오는 상어를 잡으려고 기다린다."

억양이 정확한 남자아이의 영어는 딱딱 끊어서 말하는 것 말고는 흠잡을 데가 없었다.

"그러는 넌?"

남자아이가 건조하게 물었다.

"오로라 보려고? 아님, 요정 사냥 중인가?"

미노는 기분이 상해서 인상을 썼다.

"아니거든. 할머니 댁에 왔거든."

미노가 대답하면서 소년의 배를 흘끔 보니 배 안에 잠수 장비가 가득했다. 대번에 착각했다는 걸 깨달았다. 남자아이는 바다에 노련한 것이었다. 당연히 구조 따위는 필요 없었다. 괴롭게 얼굴을 붉히며 미노가 웅얼

웅얼 설명했다.

"저기, 난 네가……. 그 신발이 보여서……. 도움이 필요한 줄 알 았……."

남자아이가 혼란스럽다는 듯 눈을 깜빡였다.

"내 신발? 이거야말로 정통 하이탑 운동화인데? 내 물건 중 제일 멋진 거라고."

미노가 아이의 말을 잘랐다.

"그러니까. 바다에서는 신지 마. 빠진 건 줄 알았잖아."

남자아이가 씩 웃더니 배를 향해 돌아서서 어깨 너머로 미노한테 말했 다.

"난 전국 아이스 다이빙 선수권을 준비하고 있어. 내 신발에는 무게를 잡아주는 내장용 추……. 근데 넌 못 알아듣겠다. 관광객이 알만한 게 아 니야."

"무게 추가 든 신발이라고?"

미노 평생 그렇게 바보 같은 말은 정말이지 처음이었다.

"뭐, 어쨌건, 물에 빠져 죽지나 마."

비꼬듯이 남자아이 뒤통수에 대고 소리친 다음 물속으로 다시 뛰어들 었다.

미노는 물에 들어오자 한결 차분해졌다. 거친 물살이지만 미노를 품어 줬다. 바다가 부르는 노래는 부드럽고 또렷했다. 저 거지 같은 초록색 눈 동자 남자애는 도대체 뭐지? 미노는 지금이라도 아주 깊은 곳까지 내려 가서 십 분을 꽉 채우고 올라올까 반쯤 생각했다. 그러면 남자아이가 입을 딱 다물 텐데. 전국 아이스 다이빙 대회가 뭔지 물론 미노도 알았다. 미노가 지금보다 훨씬 어렸던 어느 해 크리스마스, 아리엘카 할머니가 재미 삼아 미노를 대회에 출전시켰고 미노는 모두를 충격에 빠트리며 우승을 거머쥐었다. 일 년 내내 훈련을 쌓아온 그 많은 진짜 성인 선수를 이겨 버렸다. 레이캬비크 주민 누구도 결과를 믿지 못했다. 갈색 피부에 혼자 제대로 서지도 못하는 사자 갈기 머리의 다섯 살짜리 꼬마 여자아이가 우승 트로피를 가져갔다. 사람들은 미노를 놀라워하면서도 두려워했다. 머시는 그 일로 불같이 화를 내면서 미노가 다시는 대회에 참가하지 못하도록 금지령을 내렸다. 하지만 아리엘카 할머니는 짓궂게도 의기양양해 했다.

미노는 물속에서 빙긋 웃으며 집이 드리운 검은 그림자를 찾았다. 머리 위로 선체가 어렴풋이 보였다. 미노는 거의 무의식적으로 배의 뒷부분까지 거리를 쟀다. 미노가 바다 아래로 더 깊이 내려가는가 싶더니 이내 등과 쭉 편 다리만 돌고래처럼 움직여서 수면을 향해 무섭게 치고 올라갔다. 심장이 한 번 뛸 때마다 속도가 붙었다. 돌개바람을 일으키며 바다에서 날아오른 미노가 시페어호 갑판 위에 웅크린 자세로 착지했다. 미유키가 껑충 뛰어와 미노를 반겼고 미노는 젖은 땋은 머리 가닥을 하나로 묶은 뒤 타룬을 잡고 레이캬비크의 올드 하버*를 향해 배를 몰았다.

바다에서 솟구쳐 올라 갑판 위로 완벽하게 착지하는 미노를 초록색 눈의 남자아이가 놀라움에 사로잡혀서 지켜보고 있었다. 새를 사냥하는 범고래처럼 빨랐다. 소년은 뒤늦게 배를 보고 거의 숨이 멎을 뻔했다. 검은 돛이 휘날리는 검은 목선, 해적의 꿈에서 곧장 훔쳐 온 것 같은 배가 눈앞

---

* 올드 하버: 레이캬비크에서 고래 투어로 유명한 해안 지역

에 있었다. 바다에서 막 낚아 올린 생선처럼 그저 입만 뻐끔거릴 뿐, 소년
은 아무것도 할 수 없었다. 미노가 시페어호를 몰아 자그마한 항구로 들
어간 뒤로도 수평선에 보이는 배의 윤곽선에서 눈길을 떼지 못한 채 한참
을 더 얼어붙은 듯 서 있었다. 자기를 물 밖으로 끌어낸 소녀가 새삼 궁금
해졌다. 저 여자아이는 누구지? 그 배에서 혼자 사나? 소년은 집에 가서
엄마한테 이 얘기를 할 작정이었다. 엄마는 화가이자 국립 박물관 큐레이
터였다. 주로 스칸디나비아 해안이나 배 무덤에서 건져 올린 침몰선으로
전시회를 열었다. 엄마라면 저 검은 배의 기원을 알 수도 있었다. 엄마가
몰라도 군나르 할아버지나 미치광이 엘카 할머니라면 분명히 알 것이었
다.

　미노가 배를 댄 레이캬비크의 예스러운 항구에는 바닷바람과 갓 잡은
생선의 강렬한 냄새가 가득했다. 어느새 미노는 동화책에 나올 법한 알록
달록한 집들 앞에서 활짝 웃고 있었다. 북쪽의 뜨거운 심장이 뛰는 이 작
은 도시는 미노의 두 번째 고향이었다. 하지만 엄마 없이 혼자 오기는 처
음이었다. 미노는 즉시 움직였다. 배를 묶는 길고 굵은 밧줄을 허리에 두
르면서 미유키를 향해 삐익 휘파람을 불었다. 그리고 부두로 펄쩍 뛰어
내려와서는 밧줄 무게에 불만을 터트리며 발을 질질 끌다시피 걸었다. 미
노와 미유키가 힘을 합쳐 거대한 배를 밧줄로 부두에 연결하고 8자 매듭
으로 두 번 묶은 뒤 깨끗하고 아담한 거리를 천천히 달리기 시작했다.
　여름에 접어든 도시는 활기가 넘쳤다. 카페가 커피 잔 부딪치는 소리로

부산스럽고, 아이들은 무리 지어 자유롭게 돌아다니고, 세계적으로 유명한 핫도그 가게를 찾는 가족들의 발길도 끊이지 않았다. 그 모든 사람이 미노를 알아차렸다. 몇몇은 움직임을 멈추고 미노를 쳐다봤다. 미노는 그렇게 조용하고 조심스러운 관심의 눈길이 제법 익숙했다. 아무리 브라이턴이 다양한 문화가 한 데 녹아든 용광로라 해도, 발레리나 엄마와 트램펄린 선수 아빠 사이에서 태어난 아이처럼 서로 다른 핏줄을 물려받은 혼혈아는 미노가 유일했다. 흑인, 동양인, 유럽인 그리고 러시아 어린이까지 있지만, 정확히 미노처럼 생긴 아이는 한 명도 없었다. 예전에 미노가 다니던 학교에는 미노랑 피부 색깔이 완전히 똑같은 쌍둥이가 있었지만 입양아들이었다. 아일랜드인과 자메이카인 부부가 아들 셋을 낳고 사는 가족도 있었는데 세 형제가 하나같이 다 활기찼고 특히 막내아들 머리 색깔이 미노랑 똑같았다. 하지만 그 누구도 미노처럼 은니가 있지는 않았다. 목 위에 상처(거의 눈에 띄지는 않아도)가 쌍으로 난 사람도 없었다. 그리고 미노처럼 세상과 고군분투하는 사람도 딱히 없어 보였다. 이상한 뼈는 문제도 아니야. 미노가 우울하게 생각했다. 거의 항상 미노는……. 뭐랄까, 잠시도 가만히 있지 못했다. 바람이 갖고 노는 돛 같았다. 도시 속으로 들어가 산다기보다는 가장자리만 맴도는 것 같았다. 진짜로 편한 곳은 바다뿐이었다.

드디어 아리엘카 할머니가 사는 노란색 집이 보였다. 햇빛이 바랜 것 같은 노란색 건물에 대칭을 이루는 흰색 덧문이 달린 터라 인형 가족이 사는 집처럼 보였다. 겉모습만 봐서는 육 층짜리 아파트라고 상상하기 어려웠다. 할머니 집은 2층이고 북대서양으로 곧장 이어지는 철제 사다리가 뒤쪽 침실에 붙어 있었다. 미노와 개가 날다시피 계단을 올라 다급하게 문을 두드렸다. 대답이 없었다. 미노는 반바지 호주머니를 뒤져서 온갖 물건을 꺼내기 시작했다. 고래 가죽 지도와 물개 가죽 지갑, 이제는 죽어버린 휴대전화기, 엄마의 사진 갑 다음에 드디어 짤그랑거리며 열쇠 뭉치가 나왔다. 미노는 재빨리 문을 따고 들어가서 외할머니를 목청껏 불렀다. 좁은 집은 여전히 잔잔한 호수처럼 고요했다. 수족관 안을 맴돌던 손바닥만 한 빨간 눈의 상어들이 여자아이와 개를 가만히 지켜봤다.

미노는 황급히 창가로 가서 수평선을 훑어봤다. 먼바다에서 홀로 수영하는 사람이 없는지 살폈지만, 하얗게 부서지는 파도뿐이었다. 미유키가 초조하게 짖어대지만, 미노는 할머니 그네 의자에 털썩 주저앉았다. 미유키는 먹이가 필요하고 미노 역시 뭐 좀 먹고 따뜻하게 목욕하고 싶었다. 무엇보다 둘은 숨을 좀 돌려야 했다. 그러고 나서 할머니를 찾아도 돼. 미노는 할머니가 자주 가는 장소를 죄다 알았고, 필요하다면 미유키가 용암층을 찾아볼 수도 있었다. 미노는 바닥 모를 깊은 바닷속으로 잠수하기 전에 호흡하듯이 깊게 숨을 들이마셨다. 그러고 자리에서 일어나 미유키와 함께 먹을 만한 것을 찾기 시작했다.

여섯 시간이 지나자 미노의 인내심이 바닥났다. 할머니는 아이스크림 휴게실에도, 레이가르달스리 공공 야외 온천에도, 평소 자주 가던 카페 그 어디에도 없었다. 미노는 바다에서 너무 오랜 시간을 지내서 육지 길찾는 법을 잊은 뱃사람처럼 불안해졌다. 미노는 하르파 콘서트홀 옆, 시커먼 바위 위에 웅크리고 앉아서 미유키의 두툼한 은빛 털에 얼굴을 파묻었다. 지금은 미유키의 규칙적인 심장 박동 소리가 유일한 위안이었다.

"어디 계시지?"

미노가 이를 앙다물고 바람 새는 목소리로 말했다. 이제는 더 찾아볼 곳도 남지 않은 터라 노란색 집으로 돌아가서 기다리는 수밖에 없었다. 미노는 기다리는 데 소질이 없었다. 기다림이란 가만히 있는 것을 의미하기에 한 마디로 불가능했다. 차라리 할머니 집을 꾸준히 살피면서 도시를 돌며 움직이는 게 나았다.

"가자, 미유키."

미노가 앓는 소리를 한 번 낸 뒤, 희망을 잃지 않으려고 기를 쓰며 한 손으로는 허스키의 겨울맞이 털을 살살 꼬면서 항구로 향했다.

미노와 미유키는 서점에 잠시 들렸다가 자명종에 끼울 건전지를 사러 물건값이 비싼 편의점에 불쑥 들어갔다. 미노는 마음이 뒤숭숭해서 다니는 내내 가슴이 두근거렸지만, 불안함을 꿀꺽 삼키고 애써 냉정함을 유지했다. 막 가게에서 나오는데 별안간 미유키가 희한한 소리를 내며 길게 울었다. 미노가 고개를 들어보니 아리엘카 할머니 집에 불이 들어와 있었다.

미노가 아파트에 도착하기도 전에 현관문이 활짝 열렸다. 할머니가 서 있었다. 미노는 쭉 미끄러지다가 멈췄다. 아리엘카 할머니는 안색이 창백하고 몹시 지쳐 보였다. 할머니 모습에 미노가 할 말을 잃었다.

아리엘카 할머니는 가장 온화한 여름날에도 사람들 인상을 찌푸리게 할 수 있었다. 겨울 달만큼 창백한 피부는 아주 어린 물고기 껍질처럼 여기저기가 반투명했다. 할머니는 언제나 가죽장갑을 끼는데, 장갑으로 가린 손 피부 역시 혈관이 비쳐 보일 정도로 군데군데가 투명했다. 게다가 할머니 치아에 관해서라면 더 할 말이 없었다. 수년간 해초를 피운 할머니는 이가 녹색인 데다가 희한한 각도로 틀어졌다. 그래서 할머니가 누군가를 정면으로 보고 웃으면, 원래 인간 아닌 어떤 것이 상대를 죽이려는 눈빛으로 쏘아보는 느낌이었다. 그랬다. 할머니 입에는 살의 비슷한 그 무엇이 서려 있었다. 하지만 평소 할머니는 술을 즐기는 유쾌한 생명력 자체였다. 한밤중에도 철제 사다리를 타고 내려가, 폭풍이 닥친 바다에서 익사 직전인 어부를 구하려고 파도를 넘어 헤엄쳐 가는 어마어마한 사람이었다. 하지만 지금 미노 앞에 서 있는 사람은 당장에라도 바다 밑바닥에 누워서 영원한 잠에 빠질 듯한 여인이었다.

"할머니."

미노가 침을 꿀꺽 삼켜서 충격을 떨쳐내고 아리엘카 할머니의 두 팔 안으로 무너지듯 뛰어들었다. 샤넬 향수에 짠 내와 레몬 향이 뒤섞인 톡 쏘는 냄새가 미노를 감쌌다. 고향과 유년기의 냄새였다. 이내 미노는 안도감을 느꼈다.

"이게 누구야, 이렇게 반가운 깜짝 선물이 다 있네."

아리엘카 할머니가 다정하게 속삭였다.

"어디 계셨어요?"

미노는 목소리가 제대로 안 나왔다.

"의사한테. 도시 외곽이거든."

아리엘카 할머니는 얼굴로 흘러내린 긴 회색 머리카락을 가만히 놔둔 채 말했다. 할머니가 보들보들한 장갑 낀 손으로 미노의 땋은 머리를 쓰다듬었다. 미노는 따뜻한 할머니 품속에서 이대로 영원히 머물고 싶은 심정이었다.

"엄마가요……."

미노가 조용히 입을 열었다.

"엄마가 왜?"

아리엘카 할머니가 환히 웃으며 미노 어깨 너머를 살폈다.

"엄마 어딨는데?"

"엄마가 끌려갔어요."

미노가 이야기를 시작했다.

"엄마 너랑 있는 거 아니야?"

할머니가 묻더니 자리에서 일어났다. 꼿꼿이 선 할머니는 고고하면서도 기품 있어 보였다. 바다를 향해 내달리고 싶은 듯이 할머니 그림자가 길게 늘어졌다.

"그럼 지금 누가 내 딸과 같이 있는 거지?"

할머니가 천천히 물었다. 물기 많은 할머니 두 눈이 미노한테 못 박혔다.

미노가 머리 가닥을 비비 꼬았다. 질문이 좀 이상했다. 엄마가 어디 있는지가 아니라 누구랑 있는지가 궁금하다고?

"어떤 남자들이요."

미노는 피가 차갑게 식는 것을 느끼며 중얼거렸다.

"남자 세 명이 우리 배에 왔어요. 엄마가 인어 찾는 걸 도와야 한다면서 차에 태우고 공항으로 가 버렸어요."

할머니가 창가로 가더니 한숨을 길게 내쉬었다.

"남자들 이름을 알아요. 자자, 일리, 그리고 루이스였어요. 그 사람들은 누구예요? 이게 다 무슨 일이에요?"

미노가 더듬더듬 말했다. 목구멍이 콱 막혔다. 할머니가 더할 수 없이 심각한 눈빛으로 미노를 돌아봤다. 미노는 그 자리에서 뛰쳐나가지 않으려고 창틀을 꽉 쥐었다.

"너한테 들려줬어야 할 이야기가 아주 많아……."

할머니가 두 손으로 미노 얼굴을 감싸고 묘한 눈빛으로 바라보면서 말했다.

"넌 마법을 믿니?"

"할머니, 무슨 말씀을 하시는 거예요?"

미노가 뒷주머니에서 고래 가죽 지도를 꺼내어 아리엘카 할머니한테 내밀며 물었다.

"엄마가 주셨어요. 이게 뭐예요?"

늙은 여인은 애정 어린 눈길로 지도를 살폈다. 고요히 경이로워하는 표정이 할머니 얼굴을 스치고 지나갔다. 그때 갑자기 한편에서 다른 목소리가 튀어나왔다.

"우와, 지도 죽인다."

미노는 놀라서 까무러칠 뻔했다. 다른 사람도 아니고 그 거지 같은 초록색 눈의 소년이 주방 입구에 서 있었다.

6장. 바다 전설 모음집

아리엘카 할머니가 소년 쪽으로 돌아섰다.

"라이프, 얘는 미노, 내가 제일 사랑하는 손녀."

라이프가 서서히 알아보겠다는 눈빛으로 미노를 쳐다봤다.

미노도 라이프를 마주 바라봤다. 문자 그대로 아이슬란드에서, 아니 어쩌면 이 지구에서 가장 만나고 싶지 않은 사람이 바로 저 아이였다.

"쟤가 왜 여기 있어요?"

미노가 심호흡했다.

"벼룩시장에서 산 물건을 라이프가 들어다 주거든. 말린 생선 조금이랑 흑사병* 몇 병."

할머니 목소리는 차분했다.

"답례로 나는 내가 아는 상어에 관한 지식을 나눠준단다."

미노가 할머니 말을 잘랐다.

"가라고 해요."

---

* 흑사병(black death): 아이슬란드 전통 술인 '브레니빈'의 별칭

할머니가 점잖게 고개를 저었다.

"작은 물고기야, 성질 좀 죽여라. 라이프는 믿을만해. 도움이 될지도 몰라."

미노는 어디를 봐서 그게 가능하다는 건지 상상도 안 갔다. 하지만 미노는 할머니한테 말대꾸할 정도로 바보가 아니었다. 그냥 씩씩대며 주방으로 들어가 등받이 없는 의자에 앉았다. 미유키가 따라와서 미노 무릎에 살짝 턱을 올렸다. 라이프는 심통 난 여자아이와 그 옆의 멋진 개한테서 시선을 돌린 채 은은한 불빛이 흐르는 주방만 두리번거렸다.

"미노 엄마가 사라졌대."

아리엘카가 말했다. 그러고는 어찌나 순식간에 방을 가로질러 왔는지 순간 라이프는 할머니가 자기를 공격한다고 생각했다.

"왜 모르는 사람한테 엄마 얘기를 해요?"

미노가 버럭 화를 내며 두 주먹으로 탁자를 내리쳤다. 하지만 아리엘카 할머니가 고개를 휙 돌려서 쳐다보자 이내 잠잠해졌다.

라이프가 큼큼 목을 가다듬고 등받이 없는 의자를 탁자에 가까이 당겨 앉았다. 경찰에 신고하는 게 지금은 적당한 해결책이 아니라는 것쯤은 이미 분위기를 파악해서 알았다.

"그루너 할아버지가 배를 빌려주실 거예요. 빅터 아저씨, 그러니까 제 양아버지도 오토바이를 꽤 잘 타는 편이니까 수색조를 꾸리면 어때요?"

미노가 불같이 화를 내며 고개를 심하게 흔드는 바람에 땋은 머리 가닥이 라이프 눈을 때렸다.

"엄마는 레이캬비크에 없거든!"

미노가 씩씩댔다. 딱 이럴 때 미노는 머시와 판박이처럼 닮은 터라 아리엘카는 입꼬리 한쪽을 슬쩍 올리며 웃을 수밖에 없었다.

"엄마를 언제 마지막으로 봤는데?"

라이프가 의자 위에서 몸을 바로 세우며 물었다.

"엄마가 배를 떠났어. 어떤 남자들하고 같이 갔는데 엄마가 왜 그랬는지 도대체 알 수가 있어야지."

미노가 으르렁거리듯 말했다.

"미노, 엄마는 너를 보호한 거야."

아리엘카 할머니가 느릿느릿 말했다.

"그 남자들은 네가 세상에 있는지 몰라. 만약 네 존재를 알아낸다면 엄마 대신 너를 쫓아올 수도 있어."

미노가 입술을 깨물었다. 분명히 일리라는 남자는 미노의 존재를 아는 눈치였다. 그런데 모른 척했다. 엄마가 듣지 않아서 소용은 없었지만, 엄마한테 경고하려고도 했다. 옆에 앉았던 라이프는 너무 놀라서 의자에서 떨어질 뻔했다. 미치광이 엘카 할머니 집에 들렀다가 실제 납치 사건에 휘말릴 줄은 꿈에도 생각 못 했다.

"그 남자들이 누구고 뭘 원하는지도 모르는 거야?"

"몰라."

미노가 한숨을 쉬었다. 라이프는 그 짧은 순간 불빛이 비친 미노 입안에서 반짝 빛나는 은니 네 개를 얼핏 봤다.

"바다 사냥꾼들인 것 같기도 해. 우리 엄마가 어딘가 특별한 곳으로 가는 길을 안다고 생각하는 것 같……."

미노는 잠깐 멈칫했다. 모르는 사람 앞에서 그 말을 입 밖으로 꺼내는 일이 미친 짓 같았다. 하물며 믿지 못하는 사람인데. 라이프가 말을 계속하라는 듯 슬쩍 웃었다. 미노가 숨을 들이마셨다.

"그 남자들은 우리 엄마가 인어한테 데려다줄 수 있다고 생각해."

라이프가 충격으로 입을 다물었다.

아리엘카 할머니가 새틴 옷자락을 휘날리며 방에서 나갔다가 잠시 뒤 먼지를 뒤집어쓴 낡은 책 한 권을 들고 돌아왔다. 미노가 몸을 곧추세웠다. 미노가 잘 알뿐더러 사랑하는 책이었다. 빛바랜 청록색 표지는 시간이 지나서 헤지고 군데군데 럼주와 차로 얼룩졌다. 『바다 전설 모음집: 바다 이야기』라는 책이었다. 미노와 유년시절을 함께한 이야기, 노래, 그리고 동화는 전부 다 그 책에 실려 있었다. 미노는 대부분의 이야기를 가슴으로 알지만, 책 자체를 직접 읽어본 적은 없었다. 책 한 권이 통째로 고대 노르웨이어로 쓰인 터였다.

아리엘카 할머니가 책을 펼쳐서 라이프한테 건넸다.

"자, 읽어 봐."

미노가 놀란 눈으로 라이프를 쳐다봤다.

"고대 노르웨이어를 읽을 줄 알아?"

라이프가 수줍은 듯 고개를 끄덕였다. 책 읽기나 해석하는 걸 딱히 좋아하지는 않지만, 감히 미치광이 엘카 할머니 말을 거역할 용기가 없었다. 라이프가 소심하게 읽어 내려가기 시작했다.

아주 먼 옛날 와일드 딥 바다에 사는 상어 이빨의 소녀와 어린 머핀이 금지된 모험을 시작했습니다. 둘은 손에 손을 맞잡고 미지의 영역으로 깊이 잠수해 내려가서 와일드 딥 안을 흐르는 소머타이드와 그 너머 바다를 구분하는 '문'에 가까이 다가갔습니다.

물이 지나는 마법의 길이 대부분 그렇듯이, 와일드 딥 안쪽에는 문지기가 있었습니다. 무시무시한 수호자가 문을 지켰습니다. 하지만 부서지는 파도처럼 심장이 힘차게 뛰고 날아오르는 갈매기처럼 생기가 넘치는 소녀와 머핀은 둘 다 눈썰미가 좋고 장난기가 가득했습니다. 둘은 문지기가 딴데 정신을 팔 때까지 기다리다가, 드물게 찾아오는 기회를 놓치지 않고 문을 여는 노래를 불러서 유유히 빠져나갔습니다.

소녀와 머핀은 용기와 기쁨의 물살을 타고 저 멀리 위로 헤엄쳐서 파 어버브(Far Above)까지 경주하듯 올라갔습니다. 태양이 이글거리는 수면 위로 물살을 가르고 올라가 보니 다름 아닌 카리브해였습니다. 경이로운 여름 하늘은 푸르고 물결은 호수처럼 잔잔했습니다. 시야에 들어오는 배는 한 척도 없었습니다. 소녀와 머핀은 즐거움에 흠뻑 빠져서 회전하고 수영 시합을 벌이면서도 금빛 아지랑이처럼 수평선 위로 보이는 바베이도스섬과 거리를 유지했습니다.

한편, 같은 시간 바베이도스 바닷가에서는 어린 두 형제가 배 한 척을 두고 흥정을 벌이고 있었습니다. 형제는 신발에다가 훔쳐 온 외바퀴 수레, 심지어 카드 내기에서 딴 시계까지 다 내놨습니다. 마침내 어부들은 작은 배

한 척을 소년들에게 빌려주며 흉상어를 잡아서 돌아온다면 배를 그냥 넘겨주겠다고 했습니다. 차마 배라고 부르기도 애매한 작은 목선이었습니다. 배의 유일한 돛은 찢어지고 수많은 사람의 손을 거친 노는 닳아빠졌습니다. 하지만 배의 밑바닥이 바다의 영혼을 보는 창문인 양 유리였습니다. 형제는 이 배로 운명을 바꿀 수 있다고 믿었습니다. 흉상어 한 마리만 잡으면 이 배를 가질 수 있었습니다. 형제 중 누구도 그다지 수영을 잘 하지 않지만, 형제한테는 걱정거리도 아니었습니다. 바다는 거울처럼 잔잔하고 형제 핏속에는 용기가 넘쳐흘렀습니다. 기백이 넘치는 아이들이 다 그렇듯, 형제는 스스로를 불멸이라고 여겼습니다.

하지만 바다는 언제든 변할 수 있습니다. 형제가 노를 저어 잔잔한 바다로 나아가는 순간, 상어 이빨의 소녀와 머핀이 무모한 짓을 시작했습니다. 머핀이 꼬리로 바닷물을 때려서 파도가 부서지며 눈부시게 아름다운 무지갯빛을 발하게 했습니다. 상어 이빨의 소녀는 목소리를 높여서 바다가 소용돌이치도록 파도를 일으켰습니다. 그러자 머핀이 바닷물을 끌고 급물살 속으로 깊이 내려갔습니다. 상어 이빨 소녀는 무자비하게 웃으면서 하늘을 향해 두 팔을 뻗쳐 올리더니 높새바람 부르는 노래를 시작했습니다. 대번에 하늘이 시커메지면서 천둥 번개가 치고 칼날 같은 비가 쏟아졌습니다. 세상이 어두워지고 벼락이 하늘을 갈랐습니다. 상어 이빨 소녀와 머핀은 기쁨에 겨워 포효했습니다. 둘한테 폭풍우보다 더 거칠고 신나는 놀이는 없었습니다.

둘은 작은 목선 한 척이 다가오는 것을 못 봤습니다. 손으로 짠 그물도 보지 못했습니다. 두 소년이 겁에 잔뜩 질린 채 서로에게 매달린 모습도, 반짝이는 꼬리가 달린 생명체를 목격한 충격으로 혼란스러워하는 표정도 못 봤습니다.

느닷없이 머핀이 그물에 걸렸습니다. 아름다운 꼬리가 실에 단단히 얽혀 버렸습니다. 분노한 머핀이 비명을 질렀습니다. 그물에서 벗어나려고 몸부림치고 활처럼 휘어지며 물 아래로 내려갔습니다. 파도가 배를 때리자 소년들이 배 밖으로 튀어나와 수면 아래로 끌려 내려갔습니다. 두 소년 주위에서 그물이 위험하게 꼬였습니다.

바다는 더 어두워지고 두 소년한테 죽음이 가까웠습니다. 머핀은 문을 향해 쏜살같이 헤엄쳤습니다. 심장이 공포로 조여들었습니다. 머핀이 노래했지만 두려움에 목소리가 심하게 갈라져서 두 세계 사이의 문은 좀체 열리지 않았습니다. 그때 머핀의 친구, 상어 이빨 소녀가 달빛 번개가 치듯이 바다를 가르고 왔습니다. 소녀는 날카로운 이로 그물을 끊어내고 파도와 소망의 목소리로 노래해서 마법의 물길을 열었습니다. 수로를 통과한 머핀은 두 번 다시 파 어버브로 넘어가지 못하게 되었습니다. 두려움을 모르는 상어 이빨 소녀가 물에 빠진 두 소년을 두 팔로 안았습니다. 이건 소녀가 불러낸 폭풍우, 스스로 바로잡아야 할 실수였습니다. 두 소년이 죽게 놔둘 수 없었습니다. 그래서 소녀는 '고대 바다의 마법' 규칙을 죄다 어기면서 위태로운 두 아이의 생명을 구했습니다.

두 소년을 실은 배가 바닷가로 밀려오자 형제는 폭풍우 속에서 살아남은 영웅 대접을 받았습니다. 두 소년의 모습을 본 가족과 친구 모두 더없이 감사한 마음이었습니다. 배와 맞바꿀 상어가 없는데도 형제는 목선을 선물로 받았습니다.

인어가 물로 끌고 들어가는 바람에 죽을 뻔했지만, 이가 상어처럼 생긴 여자아이가 구해줬다는 형제의 주장에 섬사람들은 웃음을 터트렸습니다. 그물에 엉켜 있는 날카롭고 반짝이는 비늘 하나와 붉은색 머리카락을 한 움큼 찾아낸 형제의 여동생만이 웃지 않았습니다. 맏형은 바다의 수많은 경이로움을 잊지 않으려고 비늘을 목걸이처럼 목에 걸었습니다. 남동생은 붉은색 머리카락을 개오지 조개껍데기로 장식해서 팔찌를 만들었습니다. 바다를 위한 송가, 명예를 상징하는 메달이었습니다.

형제는 여자아이도 문도 잊지 않았습니다. 기억의 그림자 속에서 성장하면서도 문 너머 거대한 바다의 비밀을 품은 형제의 꿈은 변색하지 않았습니다. 밤이 오면 형제의 심장은 노래를 갈구했습니다. 상어 이빨의 소녀가 부르던 바다와 지는 달의 서사곡을 말입니다.

세월이 흘러서 두 소년은 청년으로 자랐습니다. 영혼이 고요하고 평화로운 동생은 여전히 유년 시절의 기억에 사로잡힌 채 물고기를 낚고 별빛을 따라 항해하며 지냈습니다. 형은 냉혹한 바다 사냥꾼이 되었습니다. 인어를 포획하겠다는 일념으로 와일드 딥으로 들어가는 문을 찾아 파도와 맞서 싸우며 바다를 수탈하고 남획했습니다.

어느 날 밤, 바베이도스에 푸른 달이 뜨자 조수가 물러나면서 문이 드러났습니다. 바다로 나아간 두 청년은 가슴이 벅차서 날아오를 것만 같았습니다. 형제는 소녀가 불렀던 노래를 함께 소리 높여 불렀습니다. 휘파람으로도 불어 봤습니다. 아, 하지만 슬프게도 문은 열리지 않았습니다. 상어이빨의 소녀가 부르는 노래만이 문을 열 수 있는 것이었습니다.

밤이면 밤마다 꿈을 좇던 두 형제는 푸른 달이 다시 뜬 어느 날 밤, 마침내 소녀를 찾아냈습니다. 하지만 소녀는 인간으로서는 상상도 하지 못할 맹렬한 여인으로 자라나 있었습니다. 뼈와 대검의 딸, 바다처럼 가차 없는 와일드 딥의 수호자였습니다. 여인은 두 형제를 예전에 자신이 구해냈던 바로 그 죽음의 바다로 던져버렸습니다. 여인은 와일드 딥으로 들어가는 입구를 지키고자 스스로 마법을 깨트린 뒤 헤엄쳐서 멀어지며 입안에서 이를 뽑았습니다.

이튿날 아침, 여섯 개의 작은 상어 이빨이 바닷가로 밀려왔습니다.

두 형제와 불가사의한 소녀가 어떻게 되었는지 아는 이는 아무도 없었습니다. 혹자는 두 형제가 외로운 유령처럼 바다 밑바닥을 떠다닌다고 했습니다. 여인을 잡겠다고 예전 소녀의 노래를 부르면서 여인을 쫓아 대양을 건넜다는 이도 있었습니다. 소녀가 형제를 인어로 바꿔 버렸다는 말도 돌았습니다. 한 가지만은 확실했으니, 형제는 결코 문을 통과하지 못했고 와일드 딥의 비밀은 여전히 안전하게 지켜지고 있다는 것이었습니다.

그렇기에 우리는 바다를 경외해야 합니다. 바다는 우리가 아는 것보다 훨씬 더 기이하고 거친 곳, 절대 비밀을 포기하지 않을 것입니다.

주방에 침묵이 내려앉았다. 주방 안 세 사람이 서로를 살폈다. 라이프는 동화에서 진정성을 느꼈다. 그렇다고 신비로운 생명체가 노래를 불러서 바닷속 마법의 문을 열었다는 얘기를 믿는다는 것은 아니었다. 하지만 라이프는 거대한 바다의 은밀한 면을 이해했다. 밤에 작은 낚싯배를 타고 바다에 나가서 만나는 것들이 얼마나 마법 같은지, 수면 아래 사는 그 무언가에 얼마나 쉽게 매혹되는지를 알았다.

한편, 이야기를 듣고 난 미노는 급격히 혼란스러워졌다. 물론 어렸을 때 할머니가 이미 들려준 이야기였다. 하지만 이건 실화가 아니었다. 그런데 지금 미노 머릿속은 온통 자자 목에서 반짝이던 펜던트 생각뿐이었다. 이빨이 가득 든 벨벳 상자도 기억났다. 일리의 팔찌는 붉은색 실로 엮었던데, 혹시 머리카락일까?

미노가 아리엘카 할머니를 돌아봤다.

"할머니, 이 얘기 진짜예요?"

아리엘카 할머니 미소는 어쩐지 슬프고 아득했다.

"그래, 아가야. 와일드 딥은 정말 존재하는 바다야. 바닷속 바다라고나 할까. 바닷속 아주 깊은 곳까지 잠수해서 빈터타이드 쪽 문을 지나 파도와 하늘, 빙하와 섬 들이 있는 곳까지 헤엄쳐서 가면 돼. 수많은 경이로운 존재의 고향, 미노야, 그곳은 네가 감히 상상할 수 없을 정도로 신비한 곳이란다."

꼼짝도 하지 않은 채 머릿속으로 그림을 그려보는 미노와 라이프 사이로 침묵이 퍼졌다.

"그럼……. 인어는요?"

한참 뒤 미노가 물었다.

아리엘카 할머니가 신중하게 고개를 끄덕였다.

"물론이지. 인어는 진짜야."

7장. 문지기의 딸

"인어는 항상 있었어."

아리엘카 할머니 목소리는 나지막하고 위태롭게 흔들리지만, 파도처럼 부드러웠다.

"인어는 시간을 뛰어넘어 모든 문화에 존재해 왔지. 인어를 일컫는 이름도 밤만큼이나 다양해서 메로우(Merrow), 온딘(Ondine:운디네), 셀키(Selkie), 사이렌(Siren) 등 여러 개야. 하지만 와일드 딥에 사는 인어는 언제나 머핀(Merfin)이라고 불렀단다."

그 말에 미노는 자기도 모르게 씩 웃었다. 머핀. 마법의 기운이 흐르는 이름이었다.

"그럼 그 남자들은……. 머핀을 잡는 데 엄마가 도움이 된다고 믿는 거예요?"

"미노, 동화가 어떻게 된 일인지 다 들려주는 건 아니야. 게다가 넌 상어이빨 소녀가 네 엄마고 두 형제가 바다에서 죽지 않고 살아남았다는 사실을 이미 알고 있는 것 같은데? 일리와 자자 형제는 평생 네 엄마를 찾아

다녔어. 두 사람이 원하는 것은 단순히 머핀 한 마리 잡는 것 그 이상이란다."

할머니는 마치 인어 잡기는 쉽다는 듯이 말했다.

"형제는 와일드 딥 전체를 원해."

라이프가 놀라서 눈을 껌뻑였다.

"왜요?"

답이 뻔한데도 라이프는 숨을 몰아쉬며 모르겠다는 투로 물었다. 빌린 배로 바다에 나갔다가 우연히 인어를 잡았고, 반쯤 물에 빠져 죽었다가 상어 이빨 소녀한테 구조를 받는 중에 잠시나마 와일드 딥을 목격한 소년이 라이프였다면, 당연히 라이프도 그곳으로 돌아가길 원했을 터였다. 두 말하면 잔소리였다.

아리엘카 할머니가 한숨을 쉬었다.

"와일드 딥을 목격한 순간은 두 소년한테 각각 다른 방식으로 영향을 끼쳤지. 고요한 성격의 일리는 경이로움에 감격스러워 했어. 그런 곳이 존재한다는 사실을 안 것만으로도 충분했던 거야. 네 엄마와 친구로 지내면서 비밀을 지키고 싶어 했어. 하지만 괄괄하고 두려움도 모르지만 영혼이 미숙한 자자는 인어를 또 만나겠다는 꿈에 지나치게 집착한 나머지 일생을 걸었단다. 뛰어난 잠수부로 자라나더니 세계적으로 유명한 보물 사냥꾼이 되고 말았지.

자자, 일리, 그리고 네 엄마가 어렸을 때는 잠깐 다 같이 친구로 지냈어. 머시는 '파 어버브'에 가면 안 된다는 걸 알면서도 친구들을 만나러 위로 올라갔고, 형제는 더 깊이 잠수하는 법을 배우고 더 힘차게 수영했지. 하

76

지만 문을 통과하겠다는 형제들의 열망은 좀체 사그라지지 않았고 결국 머시도 와일드 딥을 지키려면 더는 소년들과 친구로 지낼 수 없다는 걸 깨달은 거야. 일리는 이해했지. 자자는 못했고.”

“그래서, 지금 두 사람은 엄마한테서 뭘 원하는 거죠?”

등뼈를 타고 올라오는 섬뜩한 예감에도 미노가 물었다.

“삼 일 뒤, 바베이도스 하늘에 푸른 달이 다시 뜰 거야. 그때 문이 드러나면 자자가 엄마한테 강제로 노래를 시킬 테지.”

미노는 인상을 쓰면서 이게 다 무슨 의미인지 정리하려고 머리를 굴렸다.

“그러니까, 바다 사냥꾼들은 엄마가 노래로 다시 문을 열 수 있다고 생각한다는 거예요?”

아리엘카 할머니가 고개를 끄덕였다.

“네 엄마는 진짜로 그렇게 할 수 있어.”

두 아이는 잠깐 입을 다물었다. 방금 할머니가 한 말을 이해해야 했다.

“상어 이빨은 뭐죠?”

얼마 뒤 라이프가 물었다.

“맞다!”

벨벳 상자가 생각난 미노가 외쳤다. 상어 이빨처럼 생긴 그 이빨들이 정말 엄마 치아라면, 엄마가 이를 뽑았을 때 마법이 깨졌을 터였다.

“상어 이빨 없이도 엄마가 문을 열 수 있어요?”

늙은 여인의 눈빛에서 깊은 슬픔이 반짝이자 미노는 심장이 죄이는 기분이었다.

"이빨과 상관없이 문은 열릴 거야. 머시가 이를 뽑은 것은 자자를 쫓아 버리려는 일종의 연극이었거든. 그렇게라도 스스로 파 어버브에 영원히 속하려고 했던 거지."

"그러니까 엄마가 노래하면 문이 열리고, 그래서 바다 사냥꾼들이 자유 롭게 인어를 잡을 수 있다고요."

미노가 초조하게 땋은 머리를 잘근거리며 말했다.

"엄마는 그런 짓을 절대 할 리가 없어요."

"물론 안 할 테지."

아리엘카가 동의했다.

"머시는 와일드 딥을 지키려고 노래 부르는 걸 거부할 거야. 그러면 아 마 자자는 네 엄마를 죽이려 들 게다."

라이프가 의자에서 미끄러졌다. 웅얼거리며 사과했지만 아무도 못 들 은 것 같았다.

"아무렴. 머시는 지나치게 노련하거든. 자자는 결코 성공하지 못할 거 야."

아리엘카 할머니가 냉소적으로 웃었다.

하지만 미노는 할머니 말을 듣고 있지 않았다.

"자자를 어떻게 멈출 수 있죠? 푸른 달이 뜨기 전에 바베이도스로 갈 방 법은 없을까요?"

라이프가 휴대전화기를 들고 재빨리 뭔가를 확인했다.

"직항은 없고……. 뉴욕으로 가서 환승해야 해."

"그게 도대체 얼마야?"

미노가 거의 소리치다시피 물었다.

라이프 안색이 어두워졌다. 이렇게 출발 시각이 촉박한 항공권은 평생 수중에 가졌던 돈으로도 끊지 못할 터였다.

"우린 절대 갈 수 없을 거야."

미노가 훌쩍였다.

"배를 타고 가면 얘기가 달라져."

라이프가 말을 이었다.

"그러니까 내 말은, 너한테 진짜 죽여주는 배가 있다고."

미노가 슬쩍 감사의 표정을 지으며 진지하게 빛나는 초록색 눈동자를 쳐다봤다.

"맞아! 그럼 얼마나 걸릴까? 일단 카리브해로 갔다가……. 그다음 엔……."

들떴던 미노가 차츰 가라앉았다.

"사흘 안에는 절대 못 가겠다."

마침내 흥분이 완전히 잦아들었다.

"갈 수 있을지도 몰라."

라이프는 신중했다. 고래 가죽 지도를 세세히 살피면서 말했다.

"와일드 딥을 가로질러 갈 생각만 있다면."

아리엘카 할머니가 노쇠한 회색 눈을 번쩍 뜨면서 급히 목을 가다듬었 지만 두 아이 누구도 눈치채지 못했다. 미노는 혼란스러운 표정으로 라이 프를 향해 인상을 썼다.

"여기가 해안선이야."

라이프가 지도 위에서 빈터타이드 경계선을 가리켰다. 라이프 손가락 끝에 작은 흰색 구조물이 표시되어 있었고, 그 밑에 입구 같은 걸 그려놨는데 마치 안으로 떨어지는 폭포처럼 보였다.

"이건 뤼미에르* 등대야."

라이프가 흰색 구조물을 가리켰다.

"사람들은 거의 다 전설에 지나지 않는다고 생각하지만, 이른 아침에 군나르 할아버지랑 낚시하면서 본 적 있어. 이게 아마 빈터타이드 입구를 가리키는 지표일 거야."

이야기 한 토막이 미노 머릿속에서 춤췄다.

예상치 못한 어느 날 밤, 바베이도스에 푸른 달이 뜨자 조수가 물러나면서 문이 드러났습니다.

"와일드 딥으로 드나드는 문은 두 개야. 틀림없어!"

지도를 들여다보면서 미노가 외쳤다.

"빈터타이드 쪽 문으로 들어가서 다큰타이드를 가로지르는 거야. 그래서 소머타이드 쪽 문으로 나오면 분명히 카리브해일 거야!"

"바로 그거야."

라이프가 맞장구쳤다. 초록색 눈동자가 환해졌다. 라이프가 지도를 반 바퀴 돌리더니 소머타이드 경계선 너머로 흩뿌려진 황금빛 모래를 가리켰다.

---

* 뤼미에르: 빛이라는 뜻의 프랑스어

"이 섬, 여기가 바베이도스 서쪽 해안선이야."

미노가 자리에서 벌떡 일어섰다.

"확실해?"

라이프가 열심히 고개를 끄덕이며 대답했다.

"이곳은 분명히 죽음의 바위 절벽일 거야. 해안선이 쑥 들어간 곳에 있어. 보물 사냥꾼한테 지표 같은 곳인데, 세계적으로 알아주는 난파선들이 다 이 바닷속에 가라앉아 있어. 스페이츠타운* 근처야. 여기에 관한 다큐멘터리를 봤어."

미노는 심장이 빠르게 뛰는 걸 느꼈다.

"한마디로 말해서 우리가 빈터타이드 쪽 문을 열 수만 있으면 푸른 달이 뜨기 전에 정말 바베이도스에 도착할 가능성이 있다는 거지?"

미노는 와일드 딥 바다에 관해서 알고 있는 사실을 죄다 떠올렸다. 마법의 바다, 그곳은 신화 속 존재는 물론이고 잊힌 지 오래이거나 아직 알려지지 않은 생명체 등 온갖 바다 생물의 고향이었다. 깃털 돋은 날개와 부리 달린 아이, 입 벌리기 전에는 꼭 사람처럼 보이는 작은 야수 들도 살았다. 손가락에서 산호 손톱이 자라는 생명체와 피부가 초록색인 부족도 있었다. 수수께끼 같은 경이로운 존재가 수없이 많은 바다였다. 하지만 미노는 그 바다가 위험하고 어둡다는 것도 알았다.

"할머니, 와일드 딥을 삼 일 안에 건널 수 있을까요?"

아리엘카 할머니가 잔뜩 찡그렸던 빛바랜 갈색 눈썹을 풀었다. 말린 해초 한 장을 집어 들고 담뱃가루로 채우더니 야무지게 돌돌 말아서 궐련을

---

* 스페이츠타운: 바베이도스 북부 도시

만들기 시작했다.

"그럼. 이전보다 훨씬 더 깊이 잠수할 수도 있고 빈터타이드와 소머타이드에 있는 문을 열 방법도 알고 바람도 부릴 줄만 알면 말이다."

미노는 숨이 막혔다.

"할머니가 가르쳐 주시면 되잖아요. 같이 하면 돼요."

할머니가 장갑 낀 한 손을 들었다.

"그럴 수는 없어."

미노는 화가 나서 땅이 꺼져라 한숨을 쉬었다.

"왜요?"

아리엘카 할머니가 다 만 해초 궐련을 정교하게 생긴 담뱃대에 밀어 넣고 불을 붙인 뒤 달콤한 초록색 연기를 한 모금 빨아들였다.

"와일드 딥 입구에는 문을 지키는 문지기가 있다는 걸 기억하지?"

할머니 목소리는 비단결처럼 부드러웠다.

"네."

미노와 라이프가 동시에 대답했다.

"머시는 애초 두 세계 사이에서 문지기로 성장했어. 모든 걸 한꺼번에 포기하기 전까지 그 일은 머시한테 가장 큰 기쁨이었단다."

"그래서 두 형제와 친구로 남지 못한 거예요?"

라이프가 물었다.

"바다 사냥꾼들이라니까."

미노가 으르렁거렸다.

아리엘카 할머니가 의미심장하게 고개를 끄덕였다.

"문지기가 되려면 노련한 기술도 필요하지만, 거의 불가능할 정도로 행운이 따라줘야 하거든. 무엇보다 다음 세 가지가 중요하단다."

"첫째, 통과할 수 있어야만 해."

미노는 '통과'가 무엇을 의미하는지 기억해내려고 애쓰면서 눈을 가늘게 떴다. 그러자 파도의 호흡이 써 내려간 문장 하나가 미노를 찾아왔다. 와일드 딥에서는 때로 물고기보다 사람에 가까운 존재가 바다 사이를 통과한다. 사람처럼 보이지만 사람이 아니라는 뜻이었다.

"둘째, 죽음과 싸울 줄 알아야 해. 오직 상어 혈통의 후예만이 그런 심장을 타고나지."

상어 혈통? 이건 또 무슨 소리야? 엄마가 상어 이빨만 난 게 아니라 상어 핏줄이라는 거야? 뼈도 상어 뼈라고? 미노는 소름이 확 끼쳤다. 이상한 골격……. 유연하고……. 부러지지 않는 뼈. 마치 상어처럼……. 그럼 결론적으로 내가 뭐가 되는 거야? 미노는 침을 꿀꺽 삼키고 할머니를 돌아봤다.

"셋째, 문이 너를 선택해야 해."

"문은 세대가 바뀔 때마다 새로운 문지기를 소환하지. 문지기로 선택된자는 남자든 여자든 그 기간에는 다른 모든 관계를 뒤로하고 문에 묶여서 지내야 해. 가족, 우정, 사랑, 이 전부를 희생해야 하는 거야. 그 무엇도 문보다 중요한 건 없어."

아리엘카 할머니가 눈을 내리깔더니 가죽 장갑을 벗었다. 라이프는 아리엘카 할머니 손등의 투명한 피부를 흘깃거리지 않으려고 애썼다. 단언컨대 조각보 같은 피부 아래로 얼핏 뼈가 보였다.

"절대로 아이를 가져서도 안 돼. 문이 네 수호하에 있는 한은 말이다."

미노는 사방에서 벽이 좁아지는 기분이 들었다. 여기는 육지였다. 알고 있었다. 하지만 시커멓고 거대한 물결에 삼켜지는 기분이었다.

"할머니 말씀은, 엄마가 저 때문에 다시 돌아가지 못했다는 뜻이에요?"

미노는 숨을 들이마시려고 애를 썼다. 예리하고 뒤틀린 생각이 심장을 물어뜯는 느낌에 뒤로 휘청거리다가 꽃병을 넘어뜨렸다. 꽃병이 미노 발치에서 산산이 조각났지만 거의 알아채지도 못했다.

"할머니, 저한테는 왜 은니가 있죠?"

아리엘카 할머니가 자리에서 일어나 두 팔로 미노를 끌어안았다. 레몬향과 해초 연기가 미노를 감쌌다.

"넌 여러 면에서 네 엄마를 닮았지."

할머니 목소리는 부드러웠지만, 미노는 그저 멍하니 앞을 보며 눈만 깜빡였다. 어떤 말도 귀에 들어오지 않았다.

어색하게 의자 위에서 자세를 바꾸는 라이프의 눈빛이 들뜬 감정으로 형형했다.

"머시 아줌마가 문을 포기했을 때 무슨 일이 벌어졌어요?"

"나도 잘 몰라."

아리엘카 할머니가 뻣뻣하게 말했다.

"머시가 와일드 딥을 떠날 때 나도 떠나야 했거든. 안 그러면 내 딸을 영원히 못 볼 판이었으니까."

미노가 얼굴에서 머리카락을 걷어내며 무겁게 한숨을 쉬었다.

"그래서, 이젠 뭘 하면 되죠? 그냥 엄마가 무사하기를 기도하며 여기에서 기다려요?"

"바로 그거야."

할머니가 위로하듯 말했다.

"그래도 그 형편없는 놈들을 멈출 방법이 뭐라도 있을 거예요."

할머니가 클클 소리를 내며 어둡게 웃었다.

"작은 물고기야, 그 사람들한테 너무 심하게 굴지 마라. 와일드 딥이랑 그 안에 담긴 비밀과 사랑에 빠진 사람이 그 형제가 처음도 아니고 마지막도 아닐 테니까."

"그럼 기다리는 동안엔 뭘 해요?"

"바삐 지내는 거지."

할머니가 한 가지 제안을 했다.

"라이프가 너를 벼룩시장에 데리고 가서 책을 더 많이 해석해주는 거야."

머리 꼭대기까지 화가 난 미노가 또다시 책상을 내리쳤다.

"전 벼룩시장에 가기 싫어요! 와일드 딥을 건너가서 엄마를 구하고 싶다고요."

할머니가 돌아서서 라이프한테만 말했다.

"이젠 네가 집에 가야 할 시간이 된 것 같구나."

할머니가 퉁명스럽게 말하지는 않았지만 확실히 부탁하는 것도 아니었다. 라이프가 우물쭈물 일어서더니 재빨리 고개를 꾸벅여서 작별 인사를 하고 계단으로 향했다.

열 시 무렵, 아직 다 지지 않은 여름 석양 속으로 발걸음을 내딛는 라이프 뒤에서 조개 속살처럼 부드러운 목소리가 들려왔다.

"잘 가, 라이프……. 고마웠어."

라이프가 돌아보니 계단 꼭대기에서 미노가 갈색 눈동자를 반짝이며 슬픈 표정으로 서 있었다. 라이프가 한 손을 들어 올리자 미노도 손을 흔들며 빙긋 웃었다. 미소는 눈 깜빡할 새에 사라졌지만, 얼굴 전체가 바다 색깔로 물든 미노가 진심으로 고마워하는 것 같아서 라이프도 미소로 화답했다. 별안간 라이프가 미노한테 다급하게 손짓해서 불러 내리더니 손을 잡고 집에서 나와 조용한 거리로 데리고 갔다.

"있잖아, 너 할 수 있어. 바람만 네 편으로 삼으면 와일드 딥을 건널 수 있다고."

미노는 놀라서 눈을 깜빡이며 라이프를 쳐다봤다.

"하지만 난 내가 얼마나 깊이 잠수할 수 있는지도 모르고 어떻게 문을 통과할지, 바람을 어떻게 부리는지도 모르는데?"

"넌 문지기의 딸이야. 아까 그 책 갖고 나올 수 있어? 내가 장담하는데, 와일드 딥에서 불러야 할 노래는 분명히 그 책에 실렸을 거야."

미노는 대번에 뼈가 가벼워지는 것을 느꼈다. 현기증이 났다. 산소가 부족해서가 아니었다. 모험이 부르는 소리가 희미하게 들린 터였다.

"노래를 알아내면, 문을 찾게 도와줄 거야?"

단어 하나하나가 미노 혀끝에 매달린 얼음 같았다. 정말 내가 노래를 부르고 전설 속 바다로 항해할 수 있을까?

"당연하지."

라이프가 담담하게 말했다.

"자정에 부두에서 만나자."

미노가 대답했다. 그냥 그렇게, 별을 따라 지도를 그리듯이 미래가 정해졌다. 임무가 주어지고 방향이 잡혔다. 와일드 딥으로 갈 길이, 엄마한테 갈 방법이 생겼다.

8장. 뤼미에르 등대

자정 십오 분 전, 항해에 필요한 짐을 실은 시페어호가 바다에 나갈 준비를 마쳤다. 그 전에 작은 아파트로 몰래 기어들어 간 미노는 비밀 계획에 들떠서 수선 피우지 않도록 조심했다. 주방 안을 다니며 촛불을 밝힌 뒤 깨진 꽃병을 정리하고 해초 재도 싹 쓸어서 버렸다. 아리엘카 할머니는 잠자리에 들기 전 그네 의자에서 미노한테 딱 한마디만 했다.

"어둠이 가장 깊은 곳에서는 말이다, 미노 네가 빛이 되어야 해."

시커먼 바다 괴물이 나오는 악몽을 꿀 때마다 할머니가 유일하게 해주는 말이었다.

"알았어요, 할머니."

잠든 할머니를 뒤로하고 고대 이야기책을 윗도리 안에 찔러 넣은 채 아파트를 빠져나오는 미노는 죄책감에 마음이 몹시 괴로웠다.

이제 미노는 어두워진 부두에서 시페어호에 널빤지를 대고 있었다. 폭

풍이 몰아쳐서 배를 때리거나 마법의 바다로 휩쓸어 들어가도 쪼개지거나 부서지지 않게 하려는 조치로 모든 것을 안에 집어넣어야 했다. 미노는 고래 가죽 지도를 다시 연구하다가 할머니 말이 옳다는 걸 깨달았다. 와일드 딥은 파 어버브가 정확히 반대로 된 곳이었다. 하늘은 물론 바다와 몇몇 땅덩어리까지 전부 다 비밀스러운 심해에서 나름의 방식으로 존재하고 있었다. 하지만 일단 미노는 이전보다 훨씬 깊게 잠수부터 해야 할 터였다. 다음에는 문을 열어야 했다. 미노가 주위를 둘러봤다. 여자아이로서 바다 깊이 잠수하는 문제와는 별개로, 배는 어쩌지? 라이프와 더없이 소중한 미유키는? 미노는 지금부터 시작할 모험 길에서 분명한 해답이 구해지기를 바랐다.

미노는 문에 관해 알고 있는 것을 하나씩 되짚었다.

파도 저 아래 깊은 곳에 있었다.

오직 문을 위한 특별한 노래로 열릴 것이었다.

문지기가 있었다.

바닷속으로 깊이 내려가는 일은 두렵지 않았다. 숨 참기는 일도 아니었다. 하지만 거대한 바다에서 가장 어두운 곳까지 잠수하는 것, 한 점 빛도 없이 먹물처럼 새카만 어둠이 회오리치고 어디가 바닥인지 모를 곳으로 뛰어드는 것은 무서웠다. 미노는 생각을 떨치려고 머리를 세차게 도리질

했다.

　최소한 노래는 알아놔야 해. 라이프가 도와줄 거야. 미노는 눈을 감고 물속에서 노래하는 모습을 상상했다. 어째서인지 그다지 겁나지 않았다. 심해 밑바닥에 사는 괴물들이 등장하는 악몽만 아니면, 미노 꿈은 흔히 음악으로 가득했다. 고래가 노래하고 돌고래들이 재잘거리고 파도가 철썩이며 부서졌다. 때로는 물속에서 넘실거리는 곡조에 휩싸인 채 투명하고 눈부신 바다 밑바닥에서 이 모든 것을 노래하는 꿈을 꿨다. 미노는 노래로 이미 한 번 시페어호를 움직였다. 문이라고 열지 못할 이유가 없었다.

　그래도 역시 문지기를 생각하면 영 꺼림칙했다. 나를 통과시켜 주지 않으면 어쩌지? 책에서 나왔던 문장 하나가 마음속에서 반짝 빛났다.

　둘은 문지기가 딴 데 정신을 팔 때까지 기다리다가, 드물게 찾아오는 기회를 놓치지 않고 문을 여는 노래를 불러서 유유히 빠져나갔습니다.

　미노는 어린 시절 담대하게 인어와 손을 맞잡고 문지기를 따돌리는 엄마를 상상했다.

"엄마는 문을 통과했어."

미노가 단호하게 말했다.

"그러니까 나도 분명히 지나갈 수 있어."

　조용히 한쪽 구석에서 미노를 지켜보는 미유키의 늑대 같은 두 귀가 바람을 향해 쫑긋거렸다.

"게다가, 문은 두 개야. 문지기가 동시에 두 군데에 있을 수는 없어. 아예 아무 데도 없는 건 아닐까?"

미노가 확신을 가지려는 듯 중얼거렸다.

반쯤 불을 밝힌 부두에 발걸음 소리가 메아리치자 생각에 잠겼던 미노가 정신을 차렸다. 진짜 라이프가 왔어. 이런 일이 정말로 벌어지는구나. 진짜 우리가 배를 몰아서 와일드 딥으로 가는 거야. 미노는 머리 가닥을 하나로 묶고 서둘러 갑판으로 달려갔다. 집이 퍽 낯설어 보였다. 항해대 위 고래 가죽 지도와 불가사리 유리 문진만 남기고 다른 짐은 죄다 안으로 치워버린 터였다. 미노가 한 손으로 텅 빈 벽을 짚었다. 이 어두운 널빤지가 품었을 이야기가 궁금했다.

밖에서는 라이프가 말없이 전율하고 있었다. 바로 이거였다. 늘 꿈꾸던 일이 실제로 일어나고 있었다. 전설 속 등대를 찾아가겠다고 해적선에 오르고 있다니. 동트기도 전에 군나르 할아버지와 물이 새는 낡아 빠진 낚싯배를 타고 바다로 나갔다가 그칠 새 없이 몰아치는 갑작스러운 폭풍우를 만나서, 거칠게 물결을 일으키며 달려온 소형 모터보트 몇 대에 구조된 적이 있었다. 간혹 겁도 없이 그린란드에 가겠다며 할아버지와 2인용 배에 올라 항해에 나서기도 했다. 선박 무덤에 가는 엄마를 자주 따라다녔고, 한 번은 행운의 여신 덕에 발아래 물속을 환히 밝히며 유영하는 그린란드 상어를 잠깐이나마 목격하기도 했다. 잊지 못할 놀라운 순간이었다. 라이프는 그 모든 일이 이 순간을 예비하는 과정이었다는 생각을 떨칠 수가 없었다. 아침만 해도 얼굴을 걷어찬 여자아이와 함께 이토록 장엄한 임무를 띠고 배에 오르리라고는 꿈도 꾸지 않았다. 오늘 하루가 이렇게 전개되리라고 상상이나 했겠는가 말이다.

라이프가 미노를 힐끗 올려다봤다. 뱃머리 인어 목상 근처에 선 미노는 배를 보호하겠다는 듯 결연한 자세였다. 빨간색 샌들은 어디에 벗어버렸는지 은색 스팽글 장식 컨버스 운동화를 신고, 황금빛 태양처럼 노랗고 작은 방수 모자를 썼다. 라이프는 어이, 야호, 안녕 등등 뭐라고 말을 시작해야 할지 고민하며 잠시 망설였지만, 지금 느끼는 감정을 제대로 담아낼 정확한 말은 아무래도 없는 것 같았다. 그래서 말없이 단순하게 거수경례만 붙였는데, 조금 어색했어도 덕분에 미노가 웃었다. 미노가 의기양양하게 바다 이야기책을 허공에서 흔들며 라이프를 조리실로 불렀다.

손전등 두 개에서 쏟아지는 주황색 불빛이 실내 구석구석을 밝혔다. 라이프가 탁자에 걸터앉아 동화책을 펴들고 코를 박고 읽기 시작했다. 미노는 맞은편에 앉아서 다시 고래 가죽 지도를 뚫어져라 들여다봤다. 와일드 딥…….

한참 뒤 고개를 든 라이프 안색이 아까보다 창백했다.

"노래에 관한 걸 아무것도 못 찾겠어."

살짝 풀죽은 목소리로 웅얼거렸다.

미노는 정박지와 일리를 돌이켜 생각했다. 일리가 휘파람으로 엄마의 바다 자장가 곡조를 불었다. 그날 아침, 배 위에서 직접 그 노래를 부르던 순간을 떠올렸다. 주변에서 바람이 일어 안개를 거둬냈고 미노는 통쾌한 기쁨을 맛봤다.

"내가 알 것 같아."

"진짜?"

라이프가 의심스러운 눈초리로 물었다. 와일드 딥으로 통하는 어마어마한 문이 한때 노래방에서나 불렸을 법한 아무 노래에 열릴 턱이 없었다.

미노가 숨을 깊이 들이마시고 두 눈을 감았다. 노래를 시작했다.

나는 물의 영혼, 물의 노래
나는 별의 지느러미, 별의 뼈
나는 파도와 달빛이 꾸는 꿈이라네
내 심장은 멀리까지 헤엄쳐 왔구나.

서서히 바람이 일더니 레이캬비크 곳곳에서 윙윙 휘파람을 불었다. 바다에서 사라졌던 비밀과 약속의 바람이었다. 바람이 거리로 휘몰아치자 눈발이 날리고 교회 종과 풍경이 춤을 췄다. 잠든 아이들 뺨에 입을 맞추며 부두에 다다른 바람이 삭구를 흔들어댔다. 바람은 이내 미노 집의 거대한 검은 돛들을 찾아내더니 새된 비명을 내지르며 돛을 팽팽하게 부풀려서 탁 트인 바다로 배를 몰아냈다. 강풍을 맞은 미유키는 길게 울고 두 아이는 놀란 나머지 자칫 넘어질 뻔했다.

"너 진짜 노래 한 곡으로 바람을 소환했어. 마법 같아."

라이프가 넋이 나간 듯 웅얼거렸다.

"틀림없이 이 노래로 문도 열릴 거야. 확실해."

미노가 고개를 끄덕였다. 너무 기뻐서 하늘이라도 날 것 같았다. 작은 파도가 배에 부딪히자 미노는 즉시 항해 상황에 돌입했다. 돛을 손보고 밧줄을 풀고 머리를 숙여서 기둥 아래로 들어가거나 밧줄 사다리를 타고 거침없이 오르내리는 광경은 가히 놀라웠다. 라이프는 주위를 경계하는 역할을 맡았다. 주변을 살피면서도 손전등 불빛으로 몰래 미노를 지켜보며 진짜 날개라도 돋아 있는 건 아닌지 그림자를 유심히 봤다. 물론 날개 같은 건 없었다. 그저 노련한 뱃사람처럼 자기 배를 잘 아는 여자아이였다.

밤이 점점 깊어지더니 마침내 주변이 완전히 어두워졌다. 미노는 손톱이 박히도록 타룬을 힘껏 움켜잡았다. 어린 시절 미노를 괴롭힌 악몽이 바로 이런 어둠이었다. 미노는 발아래 물과 그 속에 있을 온갖 것들을 생각하는 대신, 별처럼 환한 목소리로 줄기차게 노래만 불렀다.

앞에 있는 라이프 얼굴에 웃음이 가득했다. 라이프가 가장 좋아하는 시간이었다. 밤의 어둠과 아침 햇살이 주고받는 숨결에 세상이 희망으로 부풀었다. 라이프는 눈을 가느다랗게 뜨고 머시의 쌍안경을 들여다보며 해안선이나 먼 거리에 있을지도 모를 여름 산을 찾았다. 하지만 교활한 밤이 별빛마저 숨겼다.

라이프는 손전등을 밝히고 마법의 동화책을 다시 한번 훑어봤다. 이내 문지기가 등장하는 이야기를 곳곳에서 찾아냈다. 문지기가 무시무시한 폭풍우를 가라앉히려고 머리 한 타래나 뼈 한 조각, 피 세 방울 등 자신의 일부를 바쳐야 했음을 암시하는 이야기가 제법 나왔다. 심지어 목숨을 내놓은 때도 한 번 있었다.

"문지기가 바뀌는 경우는 드물지만, 희귀한 그 순간이 오면 문은 닫히고 와일드 딥은 야수와 맹수가 지켰습니다."

라이프가 나지막이 책을 읽었다. 미노가 몸을 움찔했다. 라이프는 불빛을 밑으로 내려가며 곰팡내가 나는 책을 계속 읽었다.

"빈터타이드 문의 수호자는 500살이 넘은 시미온이었습니다. 피부는 어둠 속에서도 빛을 발하고 두 눈알은 최면술사 기생충들로 감염되었으며 살은 인간에게 독이었습니다."

갑자기 라이프가 갈매기처럼 끼룩거리며 외쳤다.

"미노! 나 시미온이 뭔지 알아. 전설 속 그린란드 상어야!"

미노가 믿을 수 없다는 얼굴로 뒷걸음쳤다.

"그런 게 진짜 있다고? 그런 상어가?"

라이프는 마음처럼 말이 빨리 안 나왔다.

"당연하지. 백만 번 있고말고. 진짜 있어. 내가 봤다니까. 아주 멀리서 봤지만 7미터는 됐어. 반짝이는 피부가……. 정말 기적 같았어."

미노가 정색하고 라이프를 똑바로 바라봤지만, 라이프는 들뜬 나머지 눈치 없이 자기가 제일 좋아하는 심해 사냥꾼에 관한 사실을 줄줄 늘어놓기에 바빴다.

1) 그린란드 상어는 육식동물이고 이빨이 거대하게 자란다. 어미 자궁

에 있을 때 새끼들이 서로를 죽여 버려서 차가운 회색 바다에 태어나
는 건 단 한 마리뿐이다.

2) 앞을 못 보는 것으로 추정된다. 속눈썹처럼 보이는 기생충과 유충 들
이 빛을 발하며 먹이에 최면을 걸어 유인한다.

3) 이빨을 제외하면 뼈가 없다. 근육으로 만들어진 통뼈 하나가 끊임없
이 움직이는 것이나 다름없다.

4) 살은 독성이 매우 강해서 한 입만 먹어도 혼수상태에 빠질 수 있다.

"그러니까 이런 식인상어가 빈타타이드 문 주변에서 유유히 헤엄쳐 다
닌다 이거지?"

미노가 애써 목소리에서 두려움을 떨치며 말했다.

라이프가 고개를 끄덕이자 미노는 당장에라도 라이프를 죽일듯한 표정
을 지었다.

"난 그냥 그렇게, 상어 아가리 속으로 헤엄쳐 들어갈 수는 없어."

말이 끝나자마자 눈앞에서 미노의 악몽이 생생하게 펼쳐졌다. 별빛 하
나 없는 하늘과 먹물처럼 시커먼 바다, 어둠 속에 몸을 숨긴 채 미노를 노
리는 사냥꾼까지 되살아났다.

"난 못해."

미노가 짧게 숨을 들이마시며 갑판 위에 털썩 주저앉았다. 호주머니 속
물건들이 엉덩이를 콱 찔렀다. 미노는 하늘을 향해 욕을 퍼부으면서 주머
니를 탈탈 비웠다. 검은색 나무 바닥을 가로질러 기이한 물건들이 흩어졌
다. 머시의 사진 갑이 달빛을 받아 반짝였다. 라이프가 주워서 미노한테

쥤다. 두 사람 손에서 손으로 건너가는 그 짧은 순간, 사진 갑 안에서 달그락 소리가 났다. 두 사람이 서로를 쳐다봤다. 미유키가 터벅터벅 걸어와 축축한 코를 미노 뺨에 댔다. 밤이 깊어가고 있었다. 미노가 조심스럽게 사진 갑을 연 순간, 온 세상이 움직임을 멈췄다.

작고 뾰족한 이가 네 개 들어 있었다. 성게 가시만큼 날카로웠다. 너무나도 자그마해서 유치라고밖에 볼 수 없었다.

바람이 잦아들고 바다가 잔잔해지며 파도의 속삭임만 남았다.

"이거 아무래도 네 이 같아."

한참이 지난 뒤 라이프가 말했다. 미노가 라이프를 보며 눈알을 굴렸다.

"퍽이나."

하지만 라이프 표정은 진지했다.

"넌 잠시도 가만히 있질 못해. 물 밖으로 재주를 넘으면서 튀어나왔어. 튀어든 게 아니라. 무엇보다, 은니가 네 개야. 원래 이게 있던 자리겠지."

사진 갑 안에 든 완벽한 형태에 요정 모자처럼 이렇게 자그마한 이빨이 미노 입에서 나왔을 리 없었다. 불가능했다. 하지만 이미 마음 깊숙한 곳에서 미노는 이게 자기 이라는 것을 알고 있었다.

이상한 골격.

상어의 골격은 물렁뼈다.

미노가 쉽게 잠들도록 먹는 약.

상어는 절대 움직임을 멈추면 안 된다. 잘 때도 살기 위해 헤엄쳐야 한다.

무슨 일이 벌어지기도 전에 사람 생각이나 의도를 공기 중에서 감지하는 미노의 능력.

상어의 감각은 여덟 개다.

게다가 이제는 이 작은 상어 이빨들까지. 사진 갑을 닫는 미노는 영혼 가장 캄캄했던 구석이 환해지는 느낌을 받았다.
"네 말이 맞아."
미노가 심호흡했다.
"내가 바로……."
"상어 이빨의 소녀야."
라이프가 미노 말을 마무리했다. 파도도 같은 생각이라는 듯이 배에 와서 가볍게 부딪쳤다. 두 사람 눈이 마주쳤다. 지금까지 그 누구도 이런 눈길로 바라본 적이 없었다. 앞으로도 없을 것이었다. 살아가는 동안 두 사람 기억에서 영원히 지워지지 않을 순간이었다. 아무리 근사하고 멋진 일을 만나도, 지금 이 느낌이 깜빡이며 잠시 되살아나는 정도에 지나지 않을 터였다.
"자, 그럼, 상어 이빨 소녀는 와일드 딥을 어떻게 건너실 생각인지?"
라이프가 앉아서 팔짱을 꼈다.

미노는 엄마를 생각했다. 새빨간 머리카락을 바람에 휘날리는 엄마는 겁 없이 용감하고 함부로 건드릴 수 없는 여인, 폭풍마저 눈빛 하나로 잠재우는 무섭게 아름다운 여성이었다.

"그린란드 상어를 따돌릴 묘안을 생각해내야겠지. 상어 이빨 소녀한테도 갈고리가 달렸을까?"

심각했던 라이프 얼굴이 펴지면서 미소가 번졌다.

"좋은 생각이 있어!"

라이프가 배낭을 열어젖히더니 뒤죽박죽 한 데 섞이고 소금기에 삭은 낚시 도구를 꺼냈다.

"미끼 같은 걸 이용해서 상어 주의를 분산시키는 거야. 그러면 네가 상어 주변에서 수영할 수 있지 않을까?"

방법을 제시하는 라이프는 생각처럼 확신에 찬 목소리를 내지 못했다.

"괜찮네."

미노는 절대 괜찮아 보이지 않았다.

"내가 어둠을 두려워하는 게 문제야. 캄캄한 물속은 무서워."

라이프가 배낭을 샅샅이 뒤지더니 작은 조명탄을 하나 찾아냈다.

"이건 물속에서도 쓸 수 있어."

라이프가 설명했다.

"상어가 가까이 다가와도 불꽃에 겁먹고 도망갈 거야."

별안간 눈부시게 밝은 빛이 바다를 비추는 바람에 두 사람 시야가 깜깜해졌다. 미노가 벌떡 일어나서 허리를 숙이고 배 옆을 살폈다. 미유키는 미노 곁에서 낮게 으르렁거리고, 라이프는 시페어호 우현으로 이동했다.

셋이 다 그걸 봤다. 그런데 그게 뭐였지? 개와 두 아이는 침묵 속에서 기다렸다. 담요처럼 두꺼운 어둠이 보이지 않는 별 천 개의 무게로 내리눌렀다. 그 순간 한 번 더 번쩍, 빛이 지나갔다. 아까보다 더 환했다. 거대한 검은 배를 쓸고 지나면서 파도 위로 유령 같은 그림자를 던졌다. 또다시 빛이 사라지자 아이슬란드의 어둠 속 저 너머로 등대의 윤곽선이 희미하게 드러났다. 해안선에 즐비한 치명적인 암초만큼이나 진짜처럼 보였다.

"뤼미에르 등대다."

미노가 속삭이듯 중얼거렸다.

9장. 전설 속 그린란드 상어

미노는 물에 떠 있는 것 같은 신기한 등대 옆에 거대한 배를 댔다. 절대 등대처럼 보이지 않았다. 바다 기슭이니 가까이 오지 말라고 뱃사람들한테 신호를 보내도록 바위나 다른 어떤 것에 세운 것도 아니고 고정해 놓지도 않았다. 작은 예배당처럼 생긴 등대는 바다 한복판에 떠 있었다. 탑이 하도 높아서 회전하는 불빛이 천천히 하늘을 도는 별과 닮았다.

"저렇게 등대가 떠다니는데 우리가 있는 곳이 빈터타이드 문 근처인지 아닌지 어떻게 알지?"

미노가 속삭였다.

"알 수 없을 테지."

라이프도 목소리를 낮추더니 예전에 한 번 본 나이 든 낚시꾼들 흉내를 내며 짐짓 뭐라도 꽤 아는 듯이 속삭였다.

"군나르 할아버지가 얘기해주셨어. 저 등대는 해저에 닻으로 고정했는데도 조류를 따라서 떠다닌대. 그래서 어쨌건 항상 문 근처에 있을 것 같기는 해. 그러니까 지도에 표시해 났겠지. 배에서 미끼나 던져놓고 기다려 보자. 그린란드 상어가 미끼만 물면 문이 어디 있는지 정확히 알 수 있을 거야. 그러면……."

미노가 씩씩하게 고개를 끄덕였다.

"내가 상어를 빙 돌아 헤엄쳐서 와일드 딥에 들어가는 거지."

"나랑 미유키는 등대에 남을게. 아리엘카 할머니가 우리가 사라진 사실을 알아내면 나를 어디에서 찾을지 정확히 아실 테니까. 그런데 네 배는 어떡하지?"

항해 내내 미노가 내심 조바심쳐 하던 문제를 라이프가 콕 집어 말했다. 미노는 손을 떨면서 잠수용 밧줄 한쪽 끝을 허리에 둘러 묶고 다른 쪽 끝은 인어 목상에 휘감아 단단히 붙들어 맸다.

"내가 배를 끌고 갈 거야."

미노 귀에도 미친 소리로 들렸다.

라이프가 하도 의심 가득한 눈으로 날카롭게 쳐다봐서 미노는 차마 라이프를 마주 보지 못했다.

"뭐 그게 네 생각이라면."

라이프는 얼이 나간 것 같았다. 넙치용 낚싯줄을 풀고 물개 지방 미끼를 단 낚싯바늘을 매면서도 믿지 못하겠다는 눈길로 미노를 봤다.

"난 와일드 딥 출신이고 이 배는 내 배야. 우리는 한 몸이라고."

미노 말은 생각보다 도전적으로 들렸다.

일이 잘못되면 어쩌지? 만에 하나라도 문은 열리지 않고 바다 가장 깊은 곳에 갇혀 버리면 어떡하지?

미유키가 눈에 띄자 미노가 굳어버렸다. 미유키를 두고 떠나는 일이 제일 힘들었다. 미유키는 뛰어난 바다 수영꾼이었다. 최고였다. 하지만 미유키는 눈 덮인 산맥, 산꼭대기에서 태어났다. 길들지 않은 바람이고 겨울날의 별이었다. 빛 한 점 들지 않아 질식할 것 같은 바다의 어둠과는 어울리지 않았다. 미노는 한동안 힘겹게 숨을 쉬었다. 목구멍으로 흐느낌이 차올랐다. 가슴속을 태우는 슬픔을 애써 외면하며 눈을 감았다. 망연자실한 미노가 등대 계단으로 올라가자 미유키도 소리 없이 미노를 따라 계단을 올랐다. 차가운 공기에 폐가 타 버릴 것 같고 발걸음도 떨어지지 않았다. 미노가 숨을 몰아쉬면서 무릎을 꿇고 말했다.

"아니, 안 되겠어. 미유키를 놔두고는 못 가."

"걔는 와일드 딥에 들어갈 수 없어."

라이프는 최대한 부드럽게 말했다.

미노가 어찌나 사납게 쏘아보는지 라이프가 미처 입을 다물기 전에 나머지 말이 다 튀어나왔다.

"걔는 잠수 못 해. 그렇게 깊이 못 간다고. 자기 피에 숨이 막혀 죽을 거야."

미노가 입을 꾹 다물었다.

"미유키, 넌 여기 남아야 해."

미노가 간신히 더듬거리며 말했다.

미유키는 말귀를 알아들은 듯 나지막이 울었다. 미노가 이마를 허스키의 늑대 같은 눈썹에 갖다 댔다. 소녀와 개는 한참을 그렇게 있었다. 결국 라이프도 돌아서서 어느새 눈꼬리를 비집고 나온 소금기 머금은 물기를 닦아냈다.

미노가 겨우 일어섰다. 개는 움직이지 않고 등대 계단에 얌전히 앉아 있었다. 납덩이 같은 두 다리를 질질 끌면서 미노가 멀어졌다. 한 계단씩 내려갈 때마다 개한테서 멀어지는 거리가 미노를 짓눌렀다. 미유키는 단지 한 마리 개에 불과한 존재가 아니었다. 미노가 평생 안심하고 주변을 떠다닐 수 있는 닻과 같았다. 미유키를 떠나는 건, 닻을 올리고 밧줄을 풀어서 홀로 된다는 의미였다. 미노는 비틀거리면서 시페어호 가장자리 위로 올랐다. 이런 일은 단숨에 해치워야지 아니면 앞으로도 영영 해내지 못할 것이었다. 뤼미에르 등대가 빈터타이드 쪽 문의 지표라면, 이제부터 상어를 찾아서 미끼로 유인한 다음 미노가 문을 통과하면 그것으로 끝이었다. 뭐, 말이 그렇다는 거다.

드디어 라이프 손가락이 끊어질 정도로 낚싯줄이 팽팽해졌다. 수면 저 아래에서 음산한 빛이 번득였다.

"상어야!"

라이프가 등대에서 외쳤다.

"이젠 어느 쪽으로 수영해야 할지는 알았네."

미노는 등대 계단에서 기다리는 미유키와 라이프를 보지 않으려고 애쓰면서 배 가장자리에 우뚝 섰다. 난 문을 찾아서 노래로 열 거야.

"낚싯줄은 백오십 미터야!"

라이프가 황급히 말했다.

"잠수 밧줄은 이백오십 미터쯤이야!"

미노가 대답하면서 허리에 두른 밧줄을 조이고 인어 목상에 묶인 반대쪽 끝도 튼튼한지 다시 한 번 확인했다. 밧줄은 인어의 허리, 목, 주먹, 그리고 구부러진 꼬리지느러미를 차례대로 휘감고 있었다.

"이백오십 미터 다 안 풀렸어도 뭐가 이상하면 낚싯줄을 잡아당겨! 내가 배로 올라가서 끌어올릴게!"

라이프 목소리에서 긴장감이 감돌았다. 미노가 라이프를 향해 씩 웃어 보였다. 희미하게 웃어 보이는 미노 얼굴이 끔찍이도 슬퍼 보여서 갑자기 라이프는 모든 것이 의심스러워졌다. 라이프가 계단 끝까지 내려와서 애써 미노를 마주 봤다.

"이걸 꼭 해야 하는 건 아니야. 그냥 집에 가서 머시 아줌마가 돌아오기를 기다려도 돼. 뜨거운 코코아도 마시고 그리고……."

미노가 고개를 저었다. 터널 안에 있던 세 남자, 바다 사냥꾼을 떠올렸다. 자자 목에서 빛나던 비늘, 일리가 손목에 두른 머리카락 팔찌, 그리고 엄마 이가 든 벨벳 상자. 이게 유일한 길이야.

"운동화라도 받아줄까?"

라이프가 물었다.

"아니, 됐어."

미노가 억지로 밝게 웃었다.

"그리고 말이야."

미노는 환히 웃으며 라이프를 향해 은빛 미소를 보냈다.

"이거 무게 추 내장 신발이야!"

말 끝나기가 무섭게 미노가 바다에 뛰어들었다.

달빛처럼 매끈한 소녀가 호를 그리며 하늘 위로 날아올랐다가 화살처럼 파도를 꿰뚫었다. 미노의 스팽글 장식 컨버스 운동화가 바다에 먹힌

별처럼 물속으로 사라졌다. 라이프는 속절없이 바다만 뚫어지게 응시하고 옆에서는 미유키가 소리 높여 미친 듯이 길게 울었다.

달빛의 인도를 뒤로하고 바다 깊은 곳을 향해 맹렬히 내려가는 미노를 한밤중 어둠처럼 시커먼 물이 발까지 완전히 덮어버렸다. 배이자 집인 시페어호, 사랑하는 미유키, 그리고 초록색 눈동자의 소년한테서 멀어졌다. 질주하는 심장이 미노에게 힘을 더했다. 눈앞에 떨어진 막중한 임무가 가슴속 가장 깊은 곳에 불을 지폈다.

문을 찾아. 노래로 문을 열어. 배를 끌고 문을 통과해서 와일드 딥을 항해하는 거야. 별거 아니잖아?

파도 아래 바닷속은 시간과 공간이 달랐다. 미노의 모든 걱정이 사라졌다. 중력 대신 경이로움이 미노를 채웠다. 바닷속이지만 자유로웠다. 한쪽 끝을 아름다운 검은색 인어상에 묶어서 허리에 두른 밧줄만이 바다 위 세상과 미노를 이어주는 유일한 존재였다. 거미줄처럼 가늘지만 튼튼한 낚싯줄이 근처 어딘가 더 깊은 곳에서 상어 아가리 속에 들어가 있을 것이었다. 웅대한 바다에서 거의 보이지는 않아도, 의지할 수 있는 지도처럼 언제든 매달릴 수 있는 낚싯줄이 있다는 것을 미노는 알았다. 낚싯줄에서 멀리 떨어져야 해. 하지만 생각과는 달리 원을 그리면서 그쪽으로 가고 있다는 것을 깨달았다.

한 치 앞도 보이지 않는 암흑이 순식간에 미노를 뒤덮었다. 악몽에 나오는 어둠, 익숙한 세상에서 미노를 끌어내는 차갑고 암울한 절망이었다. 등뼈를 타고 퍼지는 불확실함이 고통스럽지만, 미노는 무시하고 *꿋꿋이* 밀어붙였다.

120미터 깊이에 다다랐을 무렵, 느닷없이 두려움이 미노를 엄습했다. 주변 바다가 쪼개지는 것 같았다. 미노는 황급히 몸을 뒤로 젖혀서 잠수 속도를 늦췄다. 똑바로 섰는지 물구나무섰는지 알 수가 없었다. 모든 일이 틀어진 기분이었다. 물은 너무 갑갑하고 사방에서 조여 오는 바다에 짜부라지는 느낌이었다. 미노는 필사적으로 잠수 밧줄에 매달린 채 미친 듯이 잡아당겨서 구조 신호를 보냈다. 심장이 귀에서 폭탄에 달린 시계처럼 쿵쿵 울렸다. 집에 가고 싶어. 어둠이 싫어. 미노 곁에 드리운 낚싯줄이 팽팽해지더니 악몽 속에서 회오리치던 공포가 현실이 되었다. 미노는 빛 한 점 없는 세계에서 길을 잃었고 발아래에서는 무언가가 도사리고 있었다. 날카로운 이빨이 돋은 놈의 생각을 미노는 거의 느낄 수가 있었다.

목구멍에 남은 마지막 공기마저 비명으로 방울져서 터져 나왔다. 미노가 기겁하고 입을 한껏 벌리자 대번에 소금물이 밀려 들어왔다. 수면까지 올라가기엔 너무 깊었고 밧줄을 당기자니 힘이 다 빠졌다. 가차 없이 냉혹한 바다에 목숨을 빼앗기면 두 번 다시 엄마를 못 볼 터였다.

엄마.

목 양옆에서 살이 찢어지는 예리한 통증이 미노를 덮쳤다. 당황하고 어지러워서 다른 생각이 다 사라졌다. 마지막 기운까지 다 쥐어짜서 버둥거리는데 목 양옆 은색 흉터가 쩍 벌어졌다. 어째서인지 벌어진 흉터가 물에서 산소를 빨아들이자 숨이 덜 막혔다. 차갑고 사나운 바닷속에서 미노가 숨을 쉬고 있었다. 호흡하고 있었다. 산소가 들어오자 미노도 차분해졌다. 미노는 어안이 벙벙해서 두 손을 목에 갖다 댔다. 어떻게 된 일인지 온몸으로 서서히 깨달았다. 흉터가 아니야. 아가미다. 이내 미노는 야간

109

심해 공연이라도 펼치듯이 어둠 속에서 빙글빙글 돌며 춤을 췄다. 바닷속에서 숨 쉬는 것보다 더 놀랍고 근사한 기쁨이 또 있을까? 내 일부는 상어야. 난 와일드 딥에 속했어. 난 미노야. 바다에 대고 냅다 소리치고 싶은데 웃음이 터지면서 끊임없이 보글보글 올라오는 공기 방울이 주변을 가득 메웠다. 미노는 기쁨에 젖은 작은 물고기처럼 물속을 마음껏 유영했다.

그러다가 발아래 놈의 존재를 다시 느꼈다. 상어가 어디쯤 있는지 감지하려고 몸을 공처럼 말고 집중했다. 하지만 단순한 두려움이 아니라 뭔가 더 거대하고 오래된 것, 더 마법 같은 것이 끌어당기는 힘을 느꼈다. 북쪽을 향하는 자력과 비슷하지만, 단지 미노를 위가 아니라 밑으로 잡아당기고 있었다. 이를 멈출 방법은 없었다. 돌아갈 길도 없으니 그것을 향해 가야 했다. 우주인이 우주로 가야 하고 발레리나가 무대에 올라야 하고 산악인이 구름을 넘어야 하는 것과 같았다. 미노는 문의 부름을 느꼈다. 문에 다다르려면, 반드시 상어를 지나야 할 터였다.

한 점 빛도 들지 않는 바다.
짐작할 길 없는 깊이.
꿈속까지 따라와 미노를 괴롭히는 바닷속 생물.

불현듯 미노가 뭔가를 깨달았다. 상어를 피해서 수영하려고 애써봤자 소용없었다. 상어는 미노의 야수, 직접 얼굴을 마주해야만 했다. 다른 길은 없었다.

미노는 곁에 드리워진 거미줄처럼 강력한 낚싯줄을 잡으려고 조심스럽게 손을 뻗었다. 그러면서 발길질로 한쪽 컨버스 운동화를 벗었다. 조금 아쉬워하는 사이 운동화가 물살에 떠내려갔다. 신발이 벗겨진 한쪽 발로 더듬어서 가느다란 파란 선을 찾았다. 근처에 있었다. 미노는 두 팔을 날개처럼 펼쳐 올린 뒤 천천히, 조심스럽게, 밧줄을 타고 한 번에 한 걸음씩 앞으로 내딛기 시작했다. 해저 곡예단 외줄 타는 사람처럼 발가락 사이로 미끄러지는 줄을 느끼며 아래로, 아래로 향했다.

백 보쯤 걷고 나자 발가락에서 금속 낚싯바늘의 매끄러운 곡선이 느껴졌다. 낚싯줄 끝에 다다른 것이었다. 상어가 미끼를 먹어버렸다. 놈이 가까이에 있다는 의미였다. 미노는 낚싯바늘 근처에서 몸을 웅크리고 기다렸다. 두 눈을 뜨고, 깊고 짙은 어둠에 서서히 적응해 갔다.

저 앞에서 뭔가 움직였다. 미노 시야 끄트머리로 주위를 맴도는 놈이 보였다. 저 움직임, 부드럽게 원을 그리는 등뼈와 지느러미, 빠르게 다가오는 두려움의 결정체는 미노 악몽의 원인이자 근본이었다. 야수. 죽음처럼 아름다운 놈이 아가리를 쩍 벌린 채 주변에서 원을 그리며 퀭한 눈을 깜빡이지도 않고 미노를 지켜보고 있었다. 놈의 이빨을 본 미노는 그 자리에서 심장이 멎는 것 같았다. 저런 것은 평생 본 적이 없었다.

놈이 점점 더 가까이 다가오지만 미노는 여전히 꿈쩍도 하지 않았다. 움직일 수가 없었다. 독성 강한 놈의 살, 눈가에서 일렁이는 유충들, 은은하게 빛을 발하는 몸, 기적 같은 놈의 존재에 미노는 최면에 걸린 듯 넋이 나갔다.

느릿느릿 몸을 돌린 야수가 이제는 미노를 향해서 곧장 헤엄쳐 왔다. 미노가 호주머니를 더듬어서 라이프가 준 조명탄을 꺼냈지만, 차가운 물에 굳어버린 손가락 사이로 그만 미끄러져서 어둠 속으로 사라져버렸다. 야수가 아가리를 한껏 벌렸다. 느닷없이 피부에 불이 붙은 듯 미노 온몸이 뜨거워졌다. 미노는 당황하고 고통스러워서 몸부림쳤다.

오래전 잊힌 기억이 마음속에서 껍데기를 깨고 튀어나왔다. 아직 혼자 걷거나 깊은 물에서 수영하지 못할 무렵, 물속에 있는 미노 피부가 가라앉은 별처럼 반짝이고 있었다. 아리엘카 할머니 목소리가 가슴속을 가득 채웠다. 어둠이 가장 깊은 곳에서는 말이다, 네가 빛이 되어야 해. 미노는 고통을 느끼는 감각을 차단하고 온몸 구석구석으로 퍼지게 놔뒀다. 난 빛이 될 거야. 미노 몸 전체가 지글지글 소리를 내며 타는가 싶더니, 피부에서 눈부시게 환한 빛이 뿜어져 나왔다. 그렇게 미노는 물속에서 빛을 발하며 반짝였다. 아가리를 벌린 상어가 미노를 향해 헤엄쳐 왔다. 하지만 미노 역시 두 눈을 부릅뜨고 서로의 코앞에 이르도록 상어를 향해 돌진했다. 어린아이와 사냥꾼이 만났다.

라이프는 이 모든 광경을 뤼미에르 등대 계단에서 지켜보고 있었다. 해저에서 소행성이 폭발했다는 표현 외에 달리 설명할 길 없는 사건이었다.

미유키가 사납게 짖기 시작했다. 라이프는 미유키를 진정시키려고 바다에서 시선을 돌리다가 하마터면 물에 빠질 뻔했다. 등대 창문 안에서 이쪽을 정면으로 내려다보는 얼굴이 보인 터였다. 늙은 듯 어려 보이는 얼굴은 별빛만큼 창백했다. 라이프가 눈을 껌뻑이는 사이 얼굴이 사라졌다. 라이프는 물러서서 계단을 내려왔다. 유령이었나? 물의 정령? 라이프가 알 턱이 없었다. 그저 등대에서 최대한 멀리 달아나고 싶은 충동이 걷잡을 수 없이 일었다. 라이프는 앞뒤 재지도 않고 무턱대고 시페어호에 올랐다. 심장이 미친 듯이 뛰었다.

라이프가 있는 수면에서 한참 떨어진 바닷속, 상어는 이미 미노를 떠나고 없었다. 은은한 빛이 일렁이며 반짝이는 피부가 새끼 상어 같아서인지 상어는 미노를 먹이가 아닌 동족으로 여겼다. 와일드 딥의 아이로 인식한 것이었다. 미노는 허리에 묶은 잠수 밧줄이 팽팽해지도록 상어를 바짝 따라붙었다. 피부가 별똥별처럼 빛났다. 형언할 수 없는 막강한 힘이 미노 안에서 솟구쳤다. 타의 추종을 불허하는 속도와 힘이었다.

미노가 더 깊이 잠수하자 시페어호가 움직이기 시작했다. 미노 위에 떠 있는 거대한 검은 목선이 뱃머리부터 기울더니 밤과 새벽이 교차하는 세상에서 멀어지며 물속으로 미끄러져 들어갔다.

겁에 질린 라이프가 조리실로 도망쳐서 있는 힘껏 문을 닫았다. 배가 거의 물에 잠긴 판이라 등대 계단으로 되돌아가기에는 너무 늦었다. 라이프는 정신없이 몸을 의자에 묶어서 바닥에 단단히 고정했다. 점점 앞으로 기울던 배가 마침내 물과 완벽하게 수직으로 곤추섰다. 라이프가 의자 양옆을 그러쥐고 목이 터져라 비명을 질렀다. 잠시 배가 허공에 머무른 사이, 라이프가 허겁지겁 공기를 들이마셨다. 곧 어둠이 올라오고 배가 내려갔다. 세상이 사라졌다.

라이프는 무호흡 다이빙에 관해서 아는 것이 많았다. 산소 없이 존재하는 경이로움을 이해했다. 잘못되면 어떻게 되는지도 알았다. 하지만 틀림 없이 미노가 구해줄 것이었다. 절대 잘못될 리 없었다.

해수면 아래로 90미터 내려오면 모든 것이 달라진다. 압력이 수면 위보다 9배로 높아진다. 심장 박동 수는 4분의 1로 떨어진다. 감각이 사라지고 현실감이 흐려져서 몽롱한 상태에 빠진다.

해수면 180미터 아래 물속에서는 압력이 육지보다 18배로 커진다. 폐가 쪼그라들고 동물적 본능이 깨어난다. 평범한 인간이라면 지금쯤 수면 위로 올라가 있어야 한다는 것은 라이프도 알았다. 믿을 수 없는 속도로 침몰하는 배에 여전히 매달린 채 라이프가 엉뚱한 생각을 했다. 250미터 보다 더 내려가면 사람이 어떻게 될까? 하지만 변함없이 어두운 이곳 깊은 바다는 걱정하거나 의심하기에 적당한 장소가 아니었다. 여기에서는 뭔가 마법 같은 것이 작동하고 있으며 앞으로 벌어질 일을 중단할 방법 따위는 없다는 것만 알 뿐이었다.

바로 그 순간, 뱃머리 인어 목상이 해수면 아래 250미터를 돌파했다. 사방에서 세상이 좁혀오고 가슴이 죽을 만큼 죄이더니 이내 목 양쪽을 찌르는 듯한 통증에 라이프가 의식을 잃었다.

미노 눈앞에 빈터타이드 문이 불쑥 나타났다. 문에 다가가자 벅찬 안도 감이 밀려들었다. 세상을 통틀어서 미노가 지나야 할 단 하나의 문인 것 같았다. 위로 뛰어넘거나 밑으로 꿈틀꿈틀 빠져나가는 것이 아니라 악몽을 달래는 자장가를 불러서 열어야 했다.

나는 물의 영혼, 물의 노래
나는 별의 지느러미, 별의 뼈
나는 파도와 달빛이 꾸는 꿈이라네
내 심장은 멀리까지 헤엄쳐 왔구나.

그대 어렸을 적 바다가 부르기 시작했지
그대 이름 부르기를 멈추지 않았다네
그렇다오, 그대 어렸을 적 바다의 부름이 시작됐다네
결코 예전으로 돌아갈 수 없으리.

아, 내 비밀을 아는 바다여
물결과 바람이 지키리니
저곳 먼 위 방랑자들한테 가려진 곳
그곳은 거칠고 깊구나.

그대 어렸을 적 바다가 부르기 시작했지
그대 이름 부르기를 멈추지 않았다네
그렇다오, 그대 어렸을 적 바다의 부름이 시작됐다네
결코 예전으로 돌아갈 수 없으리.

나는 신화와 신비의 조각
비늘과 이빨과 바다라네

심해의 불가사의를 내 지키리니
그대 나를 자유롭게 해주오.

그대 어렸을 적 바다가 부르기 시작했지
그대 이름 부르기를 멈추지 않았다네
그렇다오, 그대 어렸을 적 바다의 부름이 시작됐다네
결코 예전으로 돌아갈 수 없으리.

별빛을 향해 날아오르네
노래로 파도를 달래네
그대 방랑자 감히 따라오라
달콤한 삶은 오래가지 않으리.

나는 물의 영혼, 물의 노래
나는 별의 지느러미, 별의 뼈
나는 파도와 달빛이 꾸는 꿈이라네
내 심장은 멀리까지 헤엄쳐 왔구나.

　휘장이 걷히듯 바다가 두 개로 갈라졌다. 상어가 미노 곁에서 차분하게
지켜보고 있었다. 문 너머 은빛으로 반짝이는 바다가 보였다. 와일드 딥
이었다! 미노는 상어(더는 악몽에서 튀어나온 존재가 아니라 바닷속 경이
로운 생명체였다)를 오래도록 바라본 뒤 두 바다 사이에서 열린 문을 지

116

났다. 문이 미노를 알아보기라도 한 듯 한숨을 쉬더니 잡아 찢을 듯한 급류가 미노를 휩쓸어 혼돈 속으로 던져버리면서 뒤쪽 바다까지 끌고 갔다. 미노 뒤에 딸려온 검은 배 또한 문 안으로 빨려 들어갔다.

허리에 감은 밧줄이 꼬이면서 미노가 버둥거렸다. 엄마를 만나지 못하면 이게 다 헛수고로 돌아가는 건지 의문이 들었다.

미노 머릿속에 떠오른 생각은 단 하나뿐이었다. 다급히 미노를 찾는 파란 눈, 달을 향해 치켜든 코, 미노가 돌아오기를 기다리며 뛰는 심장, 바로 뤼미에르 등대 계단 위에 있던 미유키였다. 미노 내면 깊은 곳에서 빛을 향해 치고 올라가 무자비하게 질주하고 싶은 의지가 샘솟았다.

한겨울 칼바람이 휘두른 채찍에 얼굴을 후려 맞은 듯, 미노가 새된 비명을 내지르며 수면 위로 솟아올랐다. 미노가 해냈다. 와일드 딥 안으로 들어왔다! 미노가 새로운 세상으로 눈길을 돌리기도 전, 시페어호가 물살을 가르며 수면 위로 떠올랐다. 바람이 가차 없이 불어 젖히지만, 미노는 덜덜 떨리는 이 사이로 웃음을 터트렸다. 와일드 딥, 이 얼마나 야성의 아름다움이 살아 있는 곳인가!

10장. 와일드 딥

주변 곳곳이 빙하였고 서릿발에 목이 탔다. 사방은 천사 날개처럼 새하얬고 미노는 그저 몸을 떨면서 가만히 바라보고만 있었다.

연기가 피어오르듯 공기가 미묘하게 아른거리더니 시야가 적응하면서 달라지자 한겨울 사이로 다른 색이 드러났다. 에메랄드 색깔의 얼음, 쪽빛 서리, 그리고 황금색 빙하, 차갑고 고요한 바다 풍경이 그야말로 장관이었다. 몸이 격하게 떨리는 바람에 정신이 든 미노가 돌아서서 시페어호, 집을 향해 헤엄치기 시작했다. 거리가 가까워지면서 조리실 둥근 창으로 엄마 의자에 묶인 한 소년의 모습이 눈에 들어왔다. 초록색 두 눈을 감은 채 머리를 한쪽으로 떨군 몸은 움직임이 없었다.

"아니, 아니야. 그럴 리 없어."

목에서 얼음 깨지는 소리가 났다. 폐를 한가득 채울 만큼 소금물을 들이켰다. 어떻게 라이프가 여기 있지?

미노는 총알처럼 물에서 튀어 나가 배에 올랐다. 얼음장 같은 갑판을 가로질러 조리실 문을 박차고 들어갔다.

"라이프, 라이프! 눈 떠, 대답해!"

무릎이 부서지도록 미노가 무너졌다. 삽시간에 아드레날린이 증발했다. 추위와 충격에 휩싸인 작은 몸이 심하게 떨렸다. 미노는 하염없이 라이프 이름을 소리쳐 불렀다.

조리실에서 바닷물이 빠져나가자 초록색 눈동자의 소년이 캑캑거리며 깨어났다. 라이프는 공기가 답답하고 온통 축축한 방을 멍한 눈으로 쳐다봤다. 왜 여기를 라플란드* 같다고 느끼는지 의아했다. 라이프가 밧줄을 풀고 벌떡 일어났다. 너무 빨랐다. 새빨간 코피가 아무렇게나 뚝뚝 떨어지고 귀에서 종소리가 땡땡 울려서 괴로웠다. 라이프는 물기를 흠뻑 머금은 의자에 털썩 주저앉아서 몸을 덜덜 떨며 어지러움이 사라지기를 기다렸다. 고요하든지, 아니면 바닷바람의 나직한 휘파람 소리나 들릴 법한 바깥에서 외치는 소리가 들렸다. 라이프는 꿈속을 걷듯 휘청거리며 문으로 가서 가까스로 문을 열었다. 땋은 머리 가닥이 얼어붙어서 왕관처럼 보이는 여자아이가 문 앞에 엎드린 채 흐느껴 울며 라이프 이름을 부르고 있었다.

헉하고 냉기를 들이마시자 위험했던 순간이 함성을 지르며 라이프 기억 속으로 밀려들어 왔다.

실수로 배에 남았다.

미노는 그린란드 상어와 수영했다.

_____

* 라플란드: 유럽 최북부 지역

빈터타이드 문을 통과해서 와일드 딥으로 들어왔다.

"미노! 너 살았구나! 나도 살았어! 모두가 살아 있어!"

라이프가 무릎으로 앉아서 몸을 떠는 여자아이를 꽉 안았다.

"네가 해냈어."

라이프 목소리가 갈라졌다. 한겨울 냉기가 목구멍을 긁어댔다.

"네가 문을 열었어. 우리가 와일드 딥에 들어왔어."

미노는 물에 빠진 생쥐 꼴로 코피를 흘리며 눈앞에 서 있는 남자아이를 입을 딱 벌린 채 쳐다봤다. 머리는 지푸라기처럼 뻣뻣하고 추위로 눈물을 줄줄 흘리는 소년은 입술마저 새파랬다. 누군가를 보고 이렇게까지 감사 해하기는 미노 평생 처음이었다.

"네가 왜 여기 있어!"

미노가 소리를 꽥 질렀다. 의도보다 더 화난 목소리가 나왔다.

"너 물에 빠져서 못 나올 뻔했어. 죽을 뻔했다고. 너를 잃어버리는 줄 알 았잖……."

미노는 문득 두 사람이 처음 만났던 순간을 떠올렸다. 이른 아침 추위와 수심은 아무것도 아니라는 듯 바다에 뛰어든 라이프였다.

"어쩜 그렇게 숨을 오래 참은 거야?"

미노가 좀 더 다정한 목소리로 물었다. 하지만 라이프는 그저 어깨만 으 쓱했다.

"너처럼 했겠지 뭐."

라이프가 대답하더니 이내 심하게 콜록댔다.

미노가 두 팔로 라이프를 감쌌다. 안도감에 자꾸 눈물이 났다. 라이프는 간신히 미노와 함께 안으로 들어와서 미노가 힘겹게 잠수 밧줄을 풀고 머리카락에 엉킨 낚싯바늘을 떼는 것을 도왔다.

"난 숨을 참지 않았어."

미노가 숨을 몰아쉬면서 목에 난 흉터 같은 아가미를 가리켰다. 라이프는 너무 놀라서 말문을 잃은 채 미노를 쳐다봤다. 문자 그대로 이렇게 멋지고 근사한 건 여태껏 본 적이 없었다.

"문이 우리를 구해준 걸까? 문이 마법을 부렸나?"

미노가 웅얼거렸다.

"와일드 딥에 들어가겠다고 덤빌 정도로 용감한 사람은 문이 살려주나 봐."

라이프가 천천히 눈을 감았다 떴다.

"아니면, 미노 너일지도 몰라. 나를 살린 게 너일 수도 있다고. 너 자체가 마법인가 봐."

미노가 코를 찡그렸다. 불현듯 생각난 게 있었다.

"미유키는?"

미노가 울부짖듯 물었다.

"등대에 남겨뒀어. 그렇게 하기로 했으니까."

라이프는 조금 미안한 듯 말했지만, 예상 밖으로 미노는 몹시 고마워하는 것 같았다.

"해가 뜨면 미유키는 해안가로 헤엄쳐 갈 거야."

미노가 미소 짓더니 또 뭐가 생각난 듯 외쳤다.

"물!"

라이프도 고개를 끄덕였다. 갑자기 갈증이 밀려왔다. 라이프가 냉장고 문을 비틀어 열었다. 두 사람 모두 항해 중에는 매일 일정한 양만 먹어야 하는 걸 알지만 큼지막한 물병 하나를 주고받으며 한꺼번에 다 마셔버렸다.

"너 가족은 어떡해? 걱정하지 않을까?"

미노 물음에 라이프가 아연실색했다.

"엄마는 곧 새 전시회가 열릴 테고, 양아빠 빅토르는 이제 막 자전거를 새로 사서 정신이 없을 거야. 두 분 다 내가 낚시 캠프에 갔다고 여길지도 몰라. 미친 엘카 할, 아니, 아리엘카 할머니만 내가 바다에 가 있다고 말 안 하면."

손녀가 책까지 훔쳐서 도망쳤다는 걸 알아차린 아리엘카 할머니가 얼마나 화를 낼까 생각하니 미노는 절로 인상이 찌푸려졌다. 하지만 지금은 그걸 걱정할 때가 아니었다. 반쯤 죽을 만큼 몸을 떠는 두 사람은 지금 위대한 모험의 정점에 와 있었다.

라이프가 코끝에 말라붙은 피를 파카 소맷자락으로 문질러 닦아냈다. 미노는 방수 처리된 나무 상자를 비틀어 열어서 여분 옷을 여러 벌 꺼냈다. 라이프가 이런 추위에서 어떻게 옷을 겹쳐 입는지 알려줬다. 겨울은 아이슬란드 사람의 적수가 되지 못했다. 알맞은 점퍼만 있으면 문제 해결이었다. (또는 조끼, 윗도리, 그리고 스웨터가 적당히 여러 벌 있는 것도 괜찮았다.) 미노와 라이프는 고래 가죽 지도를 함께 들여다봤다. 정말 와일드 딥을 건너기 직전이라는 사실이 믿기지 않았다.

"우리가 지금 빈터타이드에 있으니까, 소머타이드에 가려면 다크타이드를 통과해야 해."

미노가 꿈을 꾸듯 고개를 끄덕였다.

"하나 지나는 데 하루면 될까?"

"얼마나 빨리 가고 도중에 누구를 만나느냐에 따라 달라지겠지."

두 사람 머릿속에 같은 생각이 동시에 떠올랐다. 둘은 두근거리는 가슴과 환한 눈빛으로 서로를 쳐다봤다. 정말 인어를 만나는 건가?

"좋았어."

두 사람 몸이 따뜻해지자 미노가 말했다.

"떠나 보자!"

미노가 조리실 문을 열어젖히고 발목까지 쌓인 눈 위로 한 걸음 내디뎠다. 바닷속에 들어갔을 때처럼 즉시 팔다리에서 긴장이 풀리는 것이 느껴졌다. 여기에서는 숨쉬기도 한결 편한 데다 초점이 잘 맞은 만화경을 보듯 모든 것이 또렷해 보였다. 미노가 생각했다. 자, 여기가 와일드 딥이라 이거지. 내가 여기에 속했다고?

미노 곁에 선 라이프한테는 끝없이 눈부시게 펼쳐진 하얀색밖에 안 보였다. 눈을 깜빡이다가 손으로 눈 위를 가렸다. 와일드 딥의 진짜 색깔이 드러나면서 미노가 겪은 시각 분열 현상을 라이프도 똑같이 경험했다.

"말 달리는 소리가 들려."

잠시 후 라이프가 말했다. 두 사람은 육지에서 아주 멀리 떨어져 있었다. 미노가 재빨리 뒤를 돌아보고는 헉 소리를 내며 숨을 삼켰다. 질주하는 한 무리의 야생마가 연보라색 눈 언덕을 넘어 거침없이 바다로 뛰어들었다. 위협적이고도 장엄한 범고래 같은 움직임으로 초록색 깊은 바다

빛깔의 빙하에 오르더니 전속력으로 달려서 안개 너머 먼 곳으로 사라졌다.

라이프 마음 한구석에 단어 하나가 떠올랐다. '해마(Seahorse)다.'

"배 꼴 좀 봐."

미노가 웃음을 터트리며 보송한 눈을 발길질했다. 얼음 결정이 돛을 뒤덮은 데다가 눈이 별자리처럼 기둥을 장식하고 금박을 입힌 듯 겨울이 표면 구석구석을 감싼 시페어호는 다이아몬드를 깎아서 만든 배 같았다. 라이프가 유쾌하게 웃으면서 돛을 펼쳤다. 눈에 뒤덮여서 광채가 반짝이는 모습에 감탄하다가 그대로 떨구고 말았다. 심장이 멎는 것 같았다. 6미터도 채 떨어지지 않은 얼음덩어리 위에 북극곰이 무리 지어 느긋하게 누워 있었다. 거대하고 치명적인 야생 사냥꾼이었다.

라이프 시선을 쫓던 미노가 북극곰을 발견하고는 소리 없이 무릎을 꿇고 앉아서 갑판을 가로질러 기어간 뒤, 펼친 돛 뒤로 라이프를 살살 밀어넣었다. 돛이 바람에 가볍게 바스락거렸다. 아니면 라이프가 떠는 소리일지도 몰랐다. 뭐가 됐든 미노가 두 사람 머리 위에서 돛이 바닷바람에 닳아 뚫어진 구멍을 발견했다. 미노는 두 엄지발가락으로 균형을 잡고 일어서서 구멍으로 내다봤다가 하마터면 웃음을 터트릴 뻔했다. 한 손으로 입을 틀어막고 라이프한테도 한 번 보라는 신호를 보냈다.

곰들이 찌그러진 원형으로 땅에 얼어붙은 낡은 기름통 위에 자리를 잡고 앉아서 위풍당당한 머리를 서로 맞대고 있었다. 카드놀이를 하나? 포커 같은 거? 미노가 손을 내리자 코에 상처가 난 붉은 눈의 큼지막한 곰 한 마리가 킁 하고 콧방귀를 뀌었다. 겨울 나라 친구들이 목 뒤를 울려서 내는 나지막한 콧소리는 미노와 라이프 귀에 술 취한 도둑이 부르는 자장 가처럼 들렸다.

"고대 노르웨이어 같아."

라이프가 소리 없이 입만 뻐끔거려서 말했다.

"동화 속에 나오는 언어로 얘기하고 있다고."

두 사람이 비록 겨울 왕국의 거대한 군주들한테 조금 겁먹기는 했어도, 비집고 나오는 웃음을 참아내기가 어려웠다.

마음을 놔도 될 만큼 배가 북극곰한테서 멀어지자 미노는 다시 항해 준비를 시작했다. 한시라도 빨리 움직이고 싶어서 조바심치며 삭구에서 눈을 털어내고 밧줄을 단단히 묶었다.

라이프가 고래 가죽 지도를 눈 위에 펼쳐놓고 어디로 가야 가장 좋을지 살폈다.

"바다에 산다는 불가사의한 존재를 아직 하나도 안 만난 게 좀 이상해."

바로 그 순간, 허공에서 들려오는 낯선 소리에 미노와 라이프가 바짝 긴장했다. 목소리였다. 틀림없이 사람 목소리였다. 라이프는 지도를 호주머니에 구겨 넣었고 미노는 재빨리 라이프를 끌고 돛 뒤로 숨었다. 돛에 난 구멍으로 내다보니 까닥거리는 배 한 척이 보였다. 미노가 지금까지 본 그 어떤 배와도 다르게 생긴 배였다. 고동색 스코다* 트럭을 손본 선체에 스코틀랜드 국기를 잘라 만든 돛이 달렸다. 배에는 남자 셋이 탔다. 배 뒤로는 손으로 직접 만든 것 같은 기이한 형태의 해상용 탈것이 줄지어 따라오고 있었다. 커다란 드럼통을 반으로 잘라서 분홍색 해변 돗자리로 돛

---

* 스코다: 지금은 폭스바겐 그룹에 속한 체코 자동차 회사

을 만들어 단 배가 있었다. 잔뜩 들어찬 사람들이 대걸레 자루를 노처럼 젓고 있는 베트남식 대나무 바구니 형태의 배도 있었다. 피부가 반짝이는 여인 하나가 라일락 꽃다발로 저어서 느릿느릿 떠내려오는 욕조 배, 돗자리를 깐 참나무 침대에 누군가(아니면 무엇인가) 누워 자고 있는 배도 보였다. 외바퀴 손수레처럼 생긴 배, 파도타기 널판에 정원 창고 한 채를 통째로 못 박은 배, 햇빛 가리개를 돛으로 삼은 빛나는 첼로 배, 게다가 아주 작은 사람이 하나씩 타고 있는 화분 배까지 무리 지어 떠내려왔다.

"해상 축제 같아."

미노는 소규모 해군 연합 부대 같은 기묘한 배들의 행진에 완전히 매료되었다.

라이프는 어쩐지 불안했다. 눈앞에 보이는 모든 형태의 탈것은 뭐라 설명할 수 없는 서툰 솜씨로 제작된 데다가 해초로 장식하고 고드름도 조각해 놨지만, 분명히 일종의 목적의식 같은 게 엿보였다. 전투라도 치를 태세였다. 게다가 이 소규모 해군은 시페어호의 항로를 직접 가로막고 있었다.

스코다 트럭 배에서 시페어호를 눈치챘는지 아우성이 물을 가로질러 들려왔다. 위협조의 함성이 허공을 찔렀다. 겁이 난 미노와 라이프는 입을 굳게 다물고 서로를 쳐다봤다.

"저쪽에서는 이 뒤가 안 보여."

시페어호 구석구석을 잘 아는 미노가 목소리를 낮춰서 말했다.

"뱃사람이 세 명이야."

미노가 눈을 가늘게 뜨고 구멍 밖을 살폈다.

"라이프, 진짜 저건 너도 봐야 해. 낚시꾼이라면 저런 모양으로 수염을 기른다는 건 꿈에서도 생각 못 할 거야."

과연 미노 말대로 꾸물거리며 일어나 돛에 얼굴을 들이대고 내다볼 만했다. 남자들 수염은 녹색인 데다가 여기저기 따개비가 붙었고, 가관일 정도로 길어서 제복에 두르는 명예로운 띠처럼 몸에 휘감고 있었다. 흐릿한 빛이 뱃사람들을 비추자 피부가 눈이 시도록 빛나서 똑바로 보기가 어려웠다.

"보는 방향이 달라지니까 몸 색깔이 변해."

미노가 중얼거렸다.

"저 해군 부대와 마주치지 않게 돌아가야 해."

라이프가 걱정스럽게 말했다.

"난 배가 안 흔들리게 할게. 넌 노래로 바람을 조종해."

미노는 미심쩍다는 듯 라이프를 힐끔 쳐다봤지만, 라이프는 망설이지 않았다. 아무렇지도 않다는 듯 돛 뒤에서 나가 자신만만하게 타룬을 잡았다.

"그냥 바쁜 척해. 눈 마주치지 않게 조심하고."

라이프가 바람 새는 소리로 속삭였다.

미노는 상쾌한 공기를 한껏 들이마시고 삭구 위로 뛰어 올라갔다. 엄마의 자장가를 불러야 할지 다른 노래를 불러야 할지 알 수가 없었다. 그저 주변 분위기와 기묘한 해군 부대, 그리고 춤추듯 날리는 눈발을 느끼며 눈을 감았다. 레이캬비크의 겨울이 떠올랐다. 아리엘카 할머니가 가르쳐 준 아이슬란드 동요를 불렀다. 색다른 선곡이지만 왠지 미노한테 어울렸다.

자거라, 까만 눈의 돼지야, 유령이 가득한 구덩이에 빠질라.

바람이 일고 돛이 살짝 부풀었다. 라이프가 미노를 급히 쳐다봤다. 계속 노래해. 미노가 노래하고 라이프가 조종하는 사이, 배가 방향을 바꾸더니 소함대를 뒤로하고 넓고 푸른 바다를 지나 어딘가 조용한 곳으로 구부러지는 좁은 물길로 들어섰다.

"지도에서 알아볼 만한 건 없는지 확인해 봐."

미노가 말했다.

하지만 라이프는 수면에 떠 있는 무언가를 뚫어지게 바라보고 있었다. 라이프의 눈길을 따라가던 미노는 숨이 멎을 뻔했다. 얼어붙은 바닷속, 눈처럼 새하얀 여자아이가 수면 바로 밑에 납작하게 누워 있었다. 잠자듯이 눈은 감겨 있었다.

미노는 단번에 배 가장자리로 올라서서 무릎을 구부리고 두 팔을 곧게 들어 올려서 화살촉처럼 빈틈없이 맞붙였다. 하지만 소금기 가득한 바다로 뛰어들기 직전, 무엇인가 미노를 멈춰 세웠다. 강력한 심장 박동 같은 울림을 발아래에서 희미하게 느낀 것이었다. 상어를 감지했을 때랑 같았다. 미노는 여자아이의 생명력과 날카로운 소리를 내는 어두운 의도를 생생하게 감지했다.

"왜 그래?"

미노가 갑판 위로 다시 내려오자 라이프가 물었다.

"함정이야."

미노는 숨을 헐떡이며 라이프 팔을 잡아 뒤로 끌었다.

그토록 오랜 시간 군나르 할아버지와 함께 낚시하러 다니며 조심해야 한다고 배웠지만, 라이프는 도저히 여자아이가 바다에 빠져 죽도록 내버려 둘 수가 없었다. 라이프가 미노를 한쪽으로 밀치더니 팔을 마구 문지르면서 크게 외쳤다.

"미안해."

이 말을 남기고 라이프가 배 옆으로 뛰어내렸다.

미노가 그 즉시 몸을 날려서 라이프가 수면을 때리기 직전에 정강이를 붙잡았다. 예상보다 훨씬 무거웠다. 평생 닻을 끌어올리며 살아온 미노인데도 라이프 몸무게에 숨이 턱 막혔다. 폭풍의 정점에 선 파도타기 선수처럼 미노는 몸을 뒤로 젖힌 채 배에 기대서 버텼다. 초록색 눈동자의 소년은 잠자는 미녀 동화 속 공주한테 입 맞추려는 왕자처럼 물에 떠 있는 소녀 위에 거꾸로 매달려서 빙빙 원을 그렸다. 두 사람 사이에는 짜디짠 바다뿐이었다. 라이프가 소녀를 건지려고 물을 향해 팔을 뻗은 순간, 소녀가 눈을 번쩍 떴다. 생기 없는 분홍색 눈동자가 라이프를 보며 위협적으로 번득였다. 소녀가 흡족한 듯 오싹하게 웃더니 라이프의 손목을 그러잡고 무덤 같은 물속으로 끌어내렸다.

11장. 라이트 핀

양손으로 잡은 라이프 발목에서 파란색 하이탑 운동화 한 짝이 벗겨지자 미노가 뒤로 쭉 미끄러졌다. 지금 라이프가 죽게 놔둘 순 없어! 미노는 운동화를 한쪽으로 던져버리고 라이프를 따라서 바다로 뛰어들었다. 더구나 운동화 한 짝만 신은 꼴로는 안 돼. 활처럼 휘어지며 물속으로 빠르게 잠수해 내려가는 미노 속에서 뭔가 딸깍 열리더니 모든 것이 물처럼 부드러워졌다. 근육이 음률처럼 유연하게 움직였다. 그 무엇도 미노를 막지 못할 터였다.

하지만 사악한 소녀는 미노만큼이나 빨랐다. 그런 소녀가 라이프를 손에 넣었다. 라이프는 온갖 다양한 상어를 공부하고 바다가 부르는 소리를 처음 들은 순간부터 바다를 사랑했고, 환영 같은 흰고래 무리에게 배를 빼앗긴 늙은 뱃사람을 부러워한 소년이었다. 현기증이 몰려오지만, 제대로 한 번 싸워보지도 않고 이대로 끌려갈 수는 없었다. 라이프가 눈을 질끈 감고 주먹을 쥔 순간, 누군가가 한쪽 발을 잡더니 나머지 운동화마저 벗기려고 했다. 이건 너무하잖아!

고개를 쳐든 라이프 눈에 들어온 것은 적이 아니라 땋은 머리 가닥이 춤추듯 휘날리고 피부가 불길처럼 환히 빛나는 여자아이였다. 방심한 라이프가 무심코 웃는 바람에 마지막 산소 한 모금마저 새어나가고 말았다. 그 순간, 미노가 순전히 의지력만으로 라이프와 소녀를 한꺼번에 끌고 수면으로 올라갔다. 두 몸뚱이는 무서운 속도로 회전하는 어뢰 같았다. 미노가 한 번에 두 사람을 잡아서 위로 던져버리자 라이프와 소녀가 살벌하게 쿵 소리를 내며 시페어호 위에 떨어져서 갑판을 가로질러 쭉 미끄러졌다.

"고마워."

사악한 소녀한테서 풀려난 라이프가 미노한테 속삭인 뒤 갑판 위에서 토하기 시작했다. 미노는 짜증이 나서 노려보다가 이내 배 위로 뛰어 올라와 싸울 태세를 갖췄다. 사악한 소녀는 물처럼 부드럽고 매끈하게 움직여서 스르르 일어섰다. 기묘하기 짝이 없는 소녀의 정체를 파악하려던 미노는 소녀가 누구인지 불현듯 깨달았다. 라이트 핀* 부족이구나! 라이트 핀은 잠자리 머리맡에서 듣는 동화 속에 나오는 존재였다. 그게 다 진짜였어! 미노가 생각했다. 바다 동화가 전부 진짜야.

소녀 피부는 얼음처럼 창백하고, 양서류처럼 생긴 이는 상어는 아니고 좀 더 작은 다른 무언가를 닮았다. 물뱀이랑 비슷하려나? 머리카락은 한밤중 만년설처럼 파랬다. 그래도 역시 빛바랜 티셔츠 등판 위로 지구 상 것이 아닌 듯 툭 튀어나온 두 개의 지느러미가 무엇보다 특이했다. 소녀가 희귀한 요정처럼 기품 있어 보이는 것도 날개만큼 큰 지느러미 덕분이

---

* 라이트 핀(Light Fin): 가벼운 지느러미

132

었다.

"그래, 좋아. 네가 이겼어!"

소녀가 핀란드어로 말했다.

와, 이 동네 진짜 거칠다.

라이프가 여전히 숨을 가다듬으면서 생각했다.

"이야, 이겼다. 만세."

라이프가 아이슬란드어로 답했다. 알고 있는 모든 노르웨이 신을 총동원해서 소녀가 알아듣게 해달라고 빌었다. 놀랍게도 소녀가 킥킥 웃었다. 재미있다는 듯 유쾌하게 웃는 소리가 종소리처럼 맑게 울렸다.

"네 해령* 맘에 든다."

소녀는 시페어호의 돛이 천상의 천을 끊어서 만든 물건이라도 되는 듯 섬세한 손길로 쓰다듬었다. 미노와 라이프는 시간이 지나서야 바다의 영혼이라는 뜻의 '해령'이 배를 가리키는 말임을 이해했다.

"아, 고마워."

라이프가 무심코 영어로 중얼거렸다.

다행히 라이트 핀 소녀도 영어로 말했다.

"너흰 다큰타이드에서 왔나 봐. 여기 주변에는 이런 해령이 없거든. 우린 해령을 직접 만들어. 이건 진짜 아름답다."

"이건 내 배야."

갑자기 미노가 방어적으로 나갔다.

라이트 핀이 신기하다는 눈길로 미노를 살폈다. 미노는 그제야 두 사람

---

* 해령: 海靈, sea-soul

모습이 얼마나 희한하게 보일지 깨달았다. 창백하고 당장 숨이 넘어갈 것 같은 소년과 은니가 난 갈색 소녀라니.

"레가타* 장소에서 너무 멀리 왔는데?"

아까 마주친 소규모 해군 부대가 그거였구나. 레가타. 온갖 이상한 배들의 모임.

"이렇게 끝까지 거의 다 와서 뭐 해?"

"어디 끝?"

소녀가 이상하게 생각하지 않기를 바라며 라이프가 물었다. 라이프를 반쯤 익사시킬 뻔했지만, 소녀는 거의 다정하게 느껴지리만큼 제법 괜찮아 보였다.

"어디긴 어디야, 와일드 딥이지!"

세상의 끝, 예전 탐험가들은 지구가 납작하다고 믿었다는 사실을 떠올리며 미노가 생각했다. 세계의 '끝'이 물로 된 벽이라 여기고 넘어갈까 봐 두려워했다. 바다 밑으로 떨어지는 폭포. 전 세계 난파선들이 이곳에서 종말을 맞이했을까? 인류의 역사와 미지의 세계가 만나는 곳이 여기일까?

라이트 핀이 호기심 가득한 눈으로 두 사람을 쳐다봤다.

"너희 둘은 확실히 통과하고도 남겠다."

라이프는 동화책에서 읽은 문장을 기억해냈다. 와일드 딥에서는 때로 물고기보다 사람에 가까운 존재가 바다 사이를 통과한다.

미노가 고개를 끄덕였다.

---

* 레가타(regatta): 보트 경주

"응, 고마워."

"넌 무슨 혈통이야?"

라이트 핀이 눈을 가늘게 떴다.

미노는 가슴이 철렁 내려앉았다. 내가 뭐지? 은니가 아파오는가 싶더니 놀랍게도 미노 입에서 대답이 튀어나왔다.

"난 상어 이빨 부족이야."

그 이름이 미노 뼛속에 깃든 무언가를 뒤흔들어 놓았다. 난 상어 이빨 부족이야. 힘 있고 의지가 드러나는 말을 해서인지 미노는 평안했다.

라이프가 미노를 보며 조금은 정신 나간 사람처럼 활짝 웃었다. 들뜬 라이프를 보니 미노도 웃음을 터트리고 싶었다.

"안으로 들어가자."

대화의 중심에서 벗어나고 싶은 마음에 미노가 권했다. 라이프가 재빨리 손전등을 켰다. 조리실은 짠 내와 해초 향으로 가득했다. 미노가 불 위에 주전자를 올리고 물을 끓이는 사이 라이트 핀이 완전히 흥분해 버렸다. 불가사리 유리 문진을 이리저리 살피고 화분을 예리하게 관찰하더니 나지막이 웅웅 울리는 냉장고를 넋 놓고 바라봤다.

"난 미노야. 넌 이름이 뭐야?"

미노가 물었다. 한눈에 봐도 파 어버브 것이 뻔한 조리실 물건에서 라이트 핀의 분홍빛 시선을 떼어놓고 싶었다.

"페어리스."

노래하는 목소리로 라이트 핀이 대답했다.

미노는 엄마 찻잔 중에서 가장 예쁜 잔을 페어리스한테 건넸다. 페어리스는 찻잔이 마법으로 빚은 물건인 듯 조심스럽게 들어 올렸다.

"이렇게 예쁜 물건을 다 어디에서 구했어? 뼈를 깎아서 만든 거야?"

미노와 라이프는 아무도 말실수하지 않기를 바라면서 서로를 초조하게 바라봤다. 두 사람이 파 어버브에서 왔다는 사실을 페어리스가 알면 위험하다고 누가 귀띔해주는 것 같았다.

난데없이 들려온 새된 목소리가 두 사람을 구했다. 페어리스가 찻잔을 그대로 내려놓고 갑판으로 달려 나갔다.

"펀래 사촌이다!"

페어리스가 꺅 소리를 질렀다.

바깥에서는 또 다른 라이트 핀 소녀가 따뜻한 우유로 목욕이라도 하듯이 느긋하게 유빙 위를 걷고 있었다. 바다를 건너온 펀래가 힘들이지 않고 뱀장어처럼 유연하게 시페어호에 오르더니 배 한쪽 옆에 자리 잡고 앉아서 긴 다리를 무심히 꼬았다. 펀래가 풍기는 특이한 기운에 미노는 당장 도망치고 싶었지만, 두 발을 눈 속에 깊이 파묻고 못 박힌 듯 자리를 지켰다. 언니로 보이는 라이트 핀 소녀는 짙은 자주색 긴 머리에 물고기 비늘 같은 회색 눈동자이고, 사촌과는 달리 치아가 완벽하게 사람 같았다. 팔다리 뒤에 한 줄로 기다랗게 돋은 투명한 지느러미가 신체 중에서 유일하게 시선을 끌었다.

"안녕."

펀래가 웃으며 인사하지만 얼음처럼 차가운 미소였다.

펀래한테는 어쩐지 라이프 마음에 들지 않는 악의적인 기운이 감돌았다. 외지인을 의심스럽게 대하는 작은 공동체에서 나고 자란 라이프는 펀래처럼 거리감을 두며 냉담한 표정을 지었다. 이 세계에 들어가려면 펀래 행동을 흉내 내야 한다는 것을 알고 있었다.

하지만 미노는 다채로운 도시 끝자락 배 위에서 누구나(싸워야 하는 상대만 아니면) 환대하며 받아들이는 엄마한테서 성장했다. 딱히 어느 한 곳에 속하지 않은 고요한 혼돈 속에서 평생을 보내면서 두려움도 웃음으로 넘기며 살아왔다. 미노는 언니 쪽 라이트 핀을 보며 은니가 드러날 정도로 최대한 활짝 웃었다.

대번에 펀래가 미노한테 다가왔다. 걷는다기보다 제자리에 선 채 그대로 쭉 미끄럼을 탔다. 놀랍기도 하지만 동시에 왠지 으스스했다.

"네 이 말이야, 그거 은니야?"

펀래가 물었다.

미노가 입을 다물었다. 두 볼이 빨갛게 달아올랐다. 나이 많은 쪽 소녀한테서 안개처럼 의심이 피어오르는 게 보였다. 넌 누구지?

라이프, 미노, 페어리스, 그리고 펀래가 가만히 선 채 서로를 응시하자 침묵이 배에 내려앉았다.

"넌 상어 이빨 부족이라면서. 입안이 어떻게 된 거야? 누가 상어 이빨을 억지로 뺐어?"

페어리스가 놀라서 숨을 들이마셨다.

"아, 아니. 그건 아니야. 아무도 내 이를 빼지 않았어."

미노가 황급히 얼버무렸다.

"내가 선택한 거야. 도전해봤지 뭐. 내가 진짜 할 수 있다고 믿는 사람은 없었지만, 어떻게 됐게? 내가 해버렸어."

두 라이트 핀 소녀가 완전히 질린다는 표정을 지으며 스르르 뒤로 물러나기 시작했다. 미노한테는 뱀처럼 보였다.

"내가 말할게. 그건 얘가 실제로 거쳐야 하는 훈련 과정이었어."

라이프가 즉석에서 꾸며냈다.

펀래가 진정하는 것 같았다.

"훈련?"

라이프가 태연하게 어깨를 으쓱했다.

"응, 미노는 문지기가 되려고 훈련받고 있거든. 딱 봐도 그렇게 보이지 않아?"

좋았어!

라이프의 완벽한 거짓말에 미노는 짜릿하기까지 했다.

펀래는 몹시 놀란 것 같았다. 반면, 페어리스는 기쁨에 겨워 소리를 꽥 지르더니 좋아 죽겠다는 듯 환호하면서 배 위를 펄쩍펄쩍 뛰어다녔다.

"진짜 다큰타이드에서 부족민을 훈련하는 거야? 우린 모두가 희망을 버린 줄 알았어. 너 정말 문지기가 되려고 훈련받는 거야?"

미노가 단호하게 고개를 끄덕였다.

"그럼 정말 문도 다시 열릴까? 그러니까 내 말은……. 내가 태어나고 문이 열린 적은 한 번도 없거든. 어쩌면 머핀 부족이 옳을지도 몰라. 진짜 저주가 풀리고 문이 새로운 문지기를 선택할 수도 있어."

페어리스가 급하게 말을 쏟아냈다.

펀래가 라일락 같은 긴 머리를 가냘픈 어깨 뒤로 넘기더니 배 한 쪽에 침을 탁 뱉었다.

"글쎄, 난 좀 의심스러운걸."

펀래가 사촌 한쪽 팔을 홱 잡아채면서 말했다.

"문은 십이 년이나 닫혀 있었어. 문이 새로 문지기를 선택하거나 배신자가 돌아오지 않는 한 앞으로도 열리지 않을 거야."

배신자라는 말에 미노는 속이 꼬이면서 불편해졌다. 못 들은 척하고 계속 미소를 지으려고 애쓰지만, 문득 라이프의 거짓말이 당장 들통 날듯이 허술하게 느껴졌다. 미노나 라이프나 와일드 딥에 관해서 모르는 게 너무 많았다.

"정신 나간 훈련 끝까지 잘 받기 바라."

펀래가 쌀쌀맞게 말했다.

페어리스까지 못된 표정으로 씩 웃더니 두 라이트 핀 소녀가 배 한쪽으로 스며들 듯 움직여서 첨벙 소리 하나 내지 않고 바닷속으로 사라져 버렸다.

미노 심장이 급강하하는 제비처럼 팔락거렸다.

"쟤들 우리 안 믿어."

미노는 숨이 막혔다. 당혹감이 차올랐다.

"알아. 내 운동화 때문에 망한 것 같아."

미노는 라이프를 노려봤지만, 이내 라이프가 핵심을 제대로 짚었다는 생각이 들었다.

"네 말이 맞아. 어떻게든지 섞여들 방법을 찾아야 해. 우리가 파 어버브에서 온 데다 문을 통과했다는 걸 쟤들이 알아내면 무슨 짓을 할지 몰라."

미노는 즉시 라이프와 조리실로 들어가서 엄마의 큼지막한 의상 보관

함을 열고 내용물을 꺼내기 시작했다.

　십 분 뒤, 미노와 라이프는 조리실에 있는 기다란 거울에 비친 서로의 모습을 확인하고 있었다. 두 사람은 얇은 조끼만 남기고 여러 벌 겹쳐 입은 티셔츠를 힘겹게 벗은 뒤, 주방 가위로 라이프의 청바지를 무릎 높이에서 잘라냈다. 미노는 지도를 보관하는 찬장에서 비단 지도책을 꺼내어 아름다운 나침반 자수 무늬를 오려내서 반바지 뒷주머니에 바느질로 꿰맸다. 엄마의 보라색 집시풍 민소매를 입고 퀴퀴한 냄새가 나는 가죽조끼를 걸친 뒤, 모자에 달린 진짜 공작 깃털을 뽑아다가 스테이플로 박아서 장식했다. 또 엄마 책상에서 방수 밀폐제를 가져다가 말린 갯개미취 * 작은 꽃송이를 조끼 양쪽 주머니 바깥쪽에 붙였다. 다음에는 스팽글 스카프를 찢어서 라이프와 한 쌍으로 짝을 맞추어 두건처럼 각자 머리에 둘렀다. 효과가 끝내줬다.

　라이프는 주황색으로 홀치기염색 한 머시의 티셔츠를 입은 뒤 등에 신천옹 모양의 지도를 꿰매고 깃털이며 다른 것도 달았다. 티셔츠 위에 금색 총알 장식이 박힌 허리띠를 휘장처럼 둘렀다. 두 사람은 피처럼 새빨간 색으로 손톱을 칠하고 럭비 선수처럼 검은색 입술연지로 뺨에 줄무늬도 그렸다. 그래도 역시 라이프가 머시 수면안대를 변형해서 한쪽 눈 위에 쓴 자홍색 안대가 가장 근사했다.

　"한쪽 눈을 가렸는데 잘 보여?"

* 　갯개미취: 국화과의 꽃, 주로 보라색과 흰색이다.

미노가 깔깔 웃음을 터트리며 바닥에 주저앉았다.

"아니, 잘 안 보여."

라이프도 인정했다.

"시력 검사하는 것 같아. 바다에 있으니까 더 최악일 뿐이지."

"그럼 벗어!"

미노가 큰 소리로 웃어젖혔다.

"어림도 없다. 덕분에 내가 재미있어 보이잖아."

미노가 웃느라 얼굴로 흘러내린 눈물을 닦으며 똑바로 앉았다.

"하지만 넌 이미 재미있잖아."

라이프가 가리지 않은 눈으로 미노를 쳐다봤다.

"아니, 난 재미없어."

라이프가 사뭇 건조하게 말했다.

"물고기며 바다에 관해서 아는 건 박사급이고 하물며 상어는 모르는 것이 없는데다가 심지어 고대 노르웨이어까지 아는데?"

"사람들 대부분은 그런 걸 따분하다고 생각해."

미노가 이글거리는 눈빛으로 라이프를 봤다.

"야, 난 아니거든. 내가 상어를 얼마나 사랑하는데……."

라이프가 쿡쿡 웃었다.

"알아, 그야 뭐, 너도 그중 하나니까."

두 사람이 비틀비틀 갑판으로 나왔다. 라이프가 휘청거리거나 기둥에

부딪히려고 할 때마다 미노가 웃음을 터트렸다. 어슴푸레 땅거미가 내려 앉은 바깥은 저녁 색깔로 바뀌어 있었다. 대번에 기쁨으로 벅차오른 두 사람이 잠시 침묵에 빠졌다. 라이프가 자홍색 안대를 두건 위로 올리고 서둘러 돛대 꼭대기 망대로 올라가서 다른 배, 아니, 해령이 지나지 않는 지 살폈다. 다시 항해에 나서야 할 시간이었다.

와일드 딥을 지나서 엄마를 구할 시간이야. 미노가 갑판 중앙으로 이동 했다. 미노는 목을 스치는 바람결을 느끼고 부드럽게 찰싹이는 파도 소리 를 듣고 달콤한 눈송이를 맛보면서 기를 모았다. 이제 자기가 부르는 노 래의 힘을 이해하기 시작한 미노가 바다 내음 가득한 공기를 한껏 들이마 셨다. 야성이 살아 있는 상어의 심장으로 미노가 머릿속에 첫 번째로 떠 오른 뱃사람의 노래를 정성을 다해 불렀다.

밤 깊은 바닷가
한 아이가 예쁘게도 노래하네.
달빛 환한 파도 속에서 발길질하며 웃는 여자아이
두려움 없이 용감한 아이, 보는 이 하나 없네.

하지만 바다가 아이를 지켜본다지,
바다는 이해한다지
방랑자들의 땅에서,
아이는 너무 뛰어나다네.

바다가 물결을 일으켰네
아이를 데리고 갔다네.
아가미를 선물했지,
물속에서 숨 막히지 않도록.

멀리 데리고 갔다네,
은빛 푸른 문을 지나
와일드 딥의 바다로
진정한 모습으로 살 수 있는 곳으로.

엄마가 가르쳐 준 짤막한 노래였다.

이 노래를 부르니 엄마가 가까이에 있는 것 같았다. 마법 깃든 노랫말이 두 사람을 다시 만나게 해줄 것 같았다.

작은 돌풍이 경쾌하게 돛을 휘감아 부풀리면서 장난치듯이 푸른색 얼음물로 배를 밀어냈다. 아주 짧은 시간, 미노는 파도 사이를 가로지르는 유령 같은 형체를 본 것 같았지만, 다시 눈길을 돌렸을 땐 이미 펄펄 흩날리는 눈 속으로 녹아들어 간 뒤였다.

짙어지는 황혼 속으로 미끄러지듯 들어가자 눈발이 약해지면서 폭풍이 군데군데 할퀴고 간 숲이 얼음 밖으로 튀어나왔다. 다큰타이드에 가까워지고 있었다. 주변에는 이상한 각도로 자란 겨울나무들이 있었다. 나무뿌리들이 아직 얼음 속에 갇힌 터라 어찌 보면 빙산 하나하나가 물에 떠 있는 작은 섬이었다. 머시의 쌍안경을 들여다보는 라이프 시야에 나무 사이로 온갖 집이 뒤섞여서 둥지를 틀고 있는 풍경이 들어왔다. 바위에 붙은 따개비처럼 작은 집 몇 채가 무리 지어 얼음에 매달려 있었다. 그런데 집들은 다 비어 있었다. 아까 봤던 레가타에 갔나 보네. 라이프가 생각했다.

이곳의 외로움이 곧장 미노 심장을 파고들었다. 아무도 없는 작은 집들에는 마음을 건드리는 특별한 무언가가 있었다. 여기는 미노가 이야기를 들으면서 익숙해진 와일드 딥이 아니었다. 슬픔으로 그림자 진 이곳 공기에는 어딘가 아등바등하는 느낌이 깃들었다. 밤을 지내려고 노 젓는 배들을 해변으로 올려서 다 뒤집어 놓았다. 빛바랜 파란색 돛을 천막으로 삼았다. 노 두 개와 얼룩진 꽃무늬 식탁보를 묶어서 원형 천막을 세우기도 했다. 하지만 그 어디에도 안락함이라고는 없이 차가운 절망감뿐이었다.

미노는 왜 그런 느낌이 드는지 의문스러웠지만 대답을 구하지는 못했다. 그런데 은빛 푸른색 문을 노래하기 시작하자 라이트 핀 소녀들이 했던 말이 기억났다.

"내가 태어나고 문이 열린 적은 한 번도 없거든."

왜 열린 적이 없지?

미노 뒤에 선 라이프는 뻣뻣한 채 움직임이 없었다. 으스스한 주변 분위기에 괜히 선박 무덤이 떠오르면서, 잠에서 깨어난 배들이 무덤 옆을 지나가는 시페어호를 지켜보는 것만 같았다.

갑판 밑에서 요란하게 울리는 뻐꾸기 소리가 미노 노래를 단번에 잘랐다.

"뻐꾸기시계!"

미노가 외쳤다.

안개 속에서 방향을 잃은 뒤로는 한 번도 울지 않았는데 갑자기 지금 왜? 미노와 라이프가 동시에 조리실을 지나 머시의 선실로 질주했다. 북극성 아래 문 두 개가 확 열리면서 용수철 위에 달린 작은 범고래 조각상이 튀어나왔다.

"저 시계가 뭘 할 수 있는지 자꾸 잊어버린다니까."

미노가 숨을 몰아쉬며 말했다.

"지난번에 울었을 때는 제비가 튀어나왔어."

라이프가 시계로 다가가서 정교하게 장식된 모형을 자세히 살폈다. 흠 하나 없이 진짜 바닷속에 있는 고래처럼 윤기가 흐르도록 색칠해 놨다.

"진짜 멋지다."

별안간 선체가 밑에서 강타당한 듯 한쪽으로 심하게 기울었다.

미노와 라이프가 손을 맞잡았다.

"왜 이러지?"

라이프가 속삭였다. 하지만 미노가 미처 입을 열기도 전에 또 한 번 강하게 무언가에 부딪치며 반대편으로 넘어갔다.

"뭐가……. 배를 치고 있는 거야?"

미노가 말하는 순간, 얼굴에는 깨달음의 표정이 떠올랐다. 미노가 벌떡 일어나더니 춤을 추듯 문으로 나가서 그길로 계단까지 올라가 버렸다.

"고래다."

미노 목소리가 아래층 라이프한테로 흘러내려 왔다. 라이프는 작은 범고래 모형과 격조 높은 시계를 눈여겨봤다. 눈에 보이는 것보다 더 많은 그 무엇이 이 시계에 깃들어 있지는 않을까 궁금했다.

단순히 시간만 알려주는 시계가 아닌 만큼 라이프가 의아해하는 것도 당연했다. 시계는 다가오는 위험을 경고하고 있었다. 라이프가 갑판 위로 발을 내딛는 순간 배 밑에서 명멸하는 광경이 눈에 들어오고야 말았다. 한 마리가 아니었다. 주둥이와 꼬리지느러미 들이 뒤엉키며 일으키는 회오리바람이 눈부시게 장엄한 범고래가 무리 지어 왔다는 것을 보여주고 있었다.

가장 큰 놈이 인사를 건네듯 꼬리지느러미를 높이 들어 올리자 미노와 라이프는 경이로움에 휩싸여 입을 떡 벌렸다.

"너한테 따라오라는 건가 봐."

라이프가 말했다.

"엄청나게 많다."

미노는 넋이 나갔다. 범고래든 아니든 고래 무리가 미노를 부르고 있었다. 무시할 수 있는 그런 부름이 아니었다.

"우리한테 시간이 있을까? 내 말은, 냉혹한 사냥꾼이랑 수영할 게 아니라 빨리 와일드 딥을 지나서 머시 아줌마를 구해야 하는 거 아니냐고."

라이프가 초조하게 물었다. 하지만 미노는 이미 고래가 건 주문에 넘어가기라도 했는지 라이프 말이 아예 들리지도 않는 것 같았다.

라이프가 재빨리 머리를 굴리더니 조리실로 튀어 들어갔다가 반쯤 엉켜버린 나일론 낚싯줄을 들고 갑판으로 돌아와서 줄 끝에 달린 낚싯바늘을 풀어서 미노한테 건넸다.

"혹시 모르니까."

미노가 반바지 허리띠 고리에 낚싯바늘을 걸었다. 라이프가 줄을 잡아

146

당기고 비트는 등 만지작거려서 중간이 꼬이지 않은 한 가닥 거미줄처럼 길게 풀어냈다.

"어디 한번 해 보자고."

라이프가 낚싯줄 한쪽 끝은 미노 왼쪽 발목에 돌려 묶고, 반대쪽 끝은 자기 발목에 감아서 둘을 하나로 연결했다. 미노가 어디로 잠수하든지 라이프도 뒤따라갈 수 있을 터였다. 설령 와일드 딥이 둘을 헤어지게 할지라도, 두 사람은 언제나 서로를 찾을 수 있을 것이었다.

"혹시 뭐든 도움이 필요하면……."

"알고 있어!"

미노가 확 짜증을 냈다.

"세게 세 번 잡아당길게."

라이프가 인상을 썼다.

"한 번이면 돼. 그러면 나도 따라 들어갈게."

미노는 듣고 있지 않았다. 고래가 부르건만 라이프 목소리 때문에 고래의 노래가 들리지 않았다. 미노가 함부로 라이프를 옆으로 밀쳐버리더니 뒤도 안 돌아보고 우아하게 허공으로 솟아올라 비단처럼 부드럽게 바닷속으로 미끄러져 들어갔다. 소녀는 소용돌이치는 범고래 무리 한복판으로 들어가고 초록색 눈동자의 소년은 잊혔다.

12장. 범고래 무리 속 상어

먹물 빛 야수들의 여왕인 듯 무리 한복판으로 파고든 미노가 북극성처럼 황금색으로 빛났다. 범고래들이 지느러미와 꼬리를 맞대고 미노 주위를 둥글게 둘러싸더니 사냥꾼의 지혜가 담긴 고요한 눈길로 지켜보면서 아래로 내려갔다. 치명적인 몽상가 집단이었다. 미노는 특별한 선물을 받은 것 같아서 영광스러웠다. 고래와 나란히 수영하던 미노는 분명한 확신이 들어서 충동적으로 손을 뻗어 매끄러운 주둥이를 만졌다. 지혜로운 눈이 미노를 보고 껌뻑였다. 미노는 이를 고래의 초대라 여기고 기꺼이 초대를 받아들였다. 고래한테 바짝 다가가 부드러운 등에 몸을 붙이고 한쪽 귀를 등지느러미에 갖다 대면서 두 팔로 거대한 몸뚱이를 반쯤 끌어안았다. 이렇게 황홀한 느낌은 세상 어디에서도 받아보지 않았다. 드문드문 별이 박힌 것 같은 어둡고 깊은 바닷속에서 어느새 미노가 울고 있었다. 현재의 미노와 과거의 미노, 어쩌면 미래의 미노까지 전부 다 와일드 딥에서 교차하는 해류를 따라 흐르고 있었다.

원망과 아쉬움으로 가슴이 아팠다. 육지에서 보낸 그 긴 시간 동안 늘

길을 잃은 기분이었어. 왜 엄마는 나를 한 번도 여기에 데려오지 않았을까. 내가 어디에서 왔는지 왜 설명해 주지 않았지? 기억 속 아리엘카 할머니의 뚝 뚝 끊어지는 목소리가 대답했다. 문지기는 절대로 아이를 가져서는 안 돼. 미노는 눈물을 참으며 입술을 깨물었다. 난 두 세계 어디에도 속하지 않나 봐. 슬픈 생각이 들었다. 아니면 두 세계 모두에 속하든지. 후자가 옳다는 걸 미노는 뼛속에서부터 알고 있었다. 미노는 두 세계의 소녀였다. 검으면서 하얗고 상어이면서 인간이었다. 파 어보브 사람이자 와일드 딥 부족민이었다. 이것이야말로 미노가 아는 가장 놀라운 마법이었다.

깊어지는 어둠 속, 라이프는 시페어호에 혼자였다. 나일론 낚싯줄이 느릿느릿 풀리며 바닷속으로 사라지고 있었다. 미노가 돌아올 때까지 시간이나 재며 앉아 있는 대신 몸을 바삐 움직이는 편이 좋다는 걸 알고 있었다. 밤낚시 왔다고 치면 돼. 그러다가도 이내 딴생각이 들었다. 와일드 딥에서 낚시해도 되나? 오래전에 잊혔거나 미처 알려지지 않은 수많은 바닷속 존재의 고향에서 낚시하는 것이 별로 좋은 생각 같지는 않았다. 그래서 라이프는 별을 관측하기로 했다. 군나르 할아버지와 고요한 새벽녘에 몇 시간이라도 할 만한 일이고 시간의 흐름을 잊게 하는 마법도 부렸다.

라이프는 와일드 딥의 별이 다르다는 것을 발견하고 꽤 기분이 좋아졌다. 훨씬 멀어 보이고 수도 정말 많았다. 별마다 불꽃놀이의 마지막 순간 같은 색깔로 반짝였다. 곧 바다 전체가 반사된 별빛으로 빛났다. 보석이 떠다니는 호수에 정박한 기분이 들었다. 라이프는 구름을 휘젓는 날갯짓 소리를 못 들었다.

더는 깊이 내려가지 못하겠다는 생각이 들 무렵, 미노 눈앞에 양치식물 숲이 펼쳐졌다. 너른 풀밭 같은 해저에 깔린 야광 불가사리와 빛을 발하는 바다 달팽이가 숲속을 밝히고 있었다. 기름기 도는 고래 피부가 일렁이자 미노가 미끄러져서 빽빽한 다시마 숲으로 내려섰다. 고래가 주둥이로 미노 어깨를 가볍게 밀어서 미노는 해저 숲속을 향해 걷기 시작했다. 고래가 나를 보호해주고 있어. 그래도 미노 손가락은 낚싯바늘을 잡고 있었다.

물결이 고동치더니 환해졌다. 미노는 무엇을 보게 될지 이미 짐작하며 뒤를 돌아봤다. 다시마 숲 한복판에 낯익은 형상이 보였다. 눈처럼 새하얀 피부에 달빛 아래 만년설처럼 푸른 머리카락, 날개 같은 등지느러미가 일렁이는 페어리스였다. 한동안 미노도 라이트 핀 소녀도 움직이지 않았다. 의혹 가득한 눈초리로 서로를 살폈다. 고래들이 두 사람 주변을 커다랗게 감싸고 원을 그리며 돌기 시작하자, 원 안은 두 소녀만의 작은 행성이 되었다.

시페어호 갑판 위, 라이프가 갑자기 크게 외쳤다.

"범고래는 상어를 사냥한다."

라이프가 시페어호 갑판에서 목이 터져라 소리쳤다. 비 내리는 어느 날 점심시간, 학교에서 본 짧은 영상이 불현듯 생각난 터였다.

"범고래는 상어가 반격하지 못하도록 거대하고 허연 배가 위로 오게 몸을 뒤집어서 상어를 공격합니다."

라이프는 속이 메슥거렸다. 미노를 위로 끌어올리려고 낚싯줄을 그러잡고 준비했다. 미노가 얼마나 깊은 곳까지 내려갔는지 누가 알겠는가. 상어를 사냥하는 고래 무리 속으로 무력하게 사라지는 미노를 상상하지 않으려고 필사적으로 애를 썼다. 목구멍으로 담즙이 치밀어 올랐다.

그런데 그 순간 어두운 밤하늘에서 펄럭이는 날갯짓 소리가 들리더니 갑판 뒤쪽에서는 발걸음 소리도 났다. 라이프는 최대한 천천히 고개를 뒤로 돌렸다. 충격으로 심장조차 얼어붙었다. 거의 남자아이처럼 보이는 두 형체가 배의 뒷부분에 서 있었다. 두 아이는 모든 면에서 정확히 서로 반대였다. 하나는 유령처럼 창백했고 다른 하나는 밤처럼 새카맸다. 두 아이 모두 눈길을 사로잡는 큼지막한 날개 한 쌍이 달렸다. 흰색 소년 날개는 까마귀처럼 까맸고, 검은색 소년 날개는 흰올빼미처럼 하얬다. 머리카락인 것 같은 보송보송한 솜털과 날개만 빼면 사람 같았다. 코가 얼핏 새 부리처럼 보이고 유독 반짝이는 두 눈은 독수리를 닮았지만, 그 정도면 사람이었다.

도망치거나 하다못해 바다로 뛰어들어야 하는데 라이프는 꼼짝없이 아이들을 쳐다보고 있었다. 두 아이는 섬뜩하면서도 아름다웠다.

"나도 날개 갖고 싶다!"

라이프가 무심코 크게 소리치는 바람에 갑판 위 두 소년이 깜짝 놀랐지만, 누구보다 라이프가 제일 놀랐다. 두 소년이 라이프를 붙잡아 위태롭게 허공으로 들어 올리면서, 어느 한쪽이 라이프한테 못 날아서 안 됐다는 듯 어깨를 으쓱한 것 같았다. 확실하지는 않았다. 밤하늘을 오르내리는 두 소년의 비행 방식이 상상 이상으로 아슬아슬한 탓에 라이프는 공포에 사로잡힌 채 줄곧 목이 터져라 비명을 질러댔다. 떨어져 죽지 않겠다는 일념으로 두 주먹 가득 깃털을 움켜잡고 기를 쓰며 버텼다. 상황이 나빠지려니까 이제는 두 소년이 라이프 머리 위에서 프랑스어로 말다툼까지 벌였다. 부리처럼 뾰족한 코 두 개가 자꾸 라이프 머리통을 찔러댔다. 라이프가 하늘 위로 더 높이 들리자 낚싯줄이 10미터 가까이 팽팽하게 풀리면서 라이프는 오도 가도 못하고 허공에 갇혀 버렸다.

페어리스가 다시마 숲에서 살짝 한 발을 떼더니 이내 미노 코앞까지 둥실 떠 내려왔다. 경계하면서도 슬픈 표정이었다.

"넌 누구지?"

페어리스 목소리가 메아리쳤다. 미노는 생각을 모아서 날려 보냈다. 기다란 갈대숲을 가로질러 단어로 된 빛을 쏜다고 상상했다. 놀랍게도 어렵지 않았다.

"나는 미노야."

미노는 이 말이 의미심장하게 들리기를 바랐다. 그런데 갑자기 발목이 아팠다. 누가, 혹은 무언가 발목에 묶인 줄을 당기고 있었다. 아래를 내려다보자마자 라이프가 생각났다. 하지만 미노 느낌에 그다지 깊이 내려오지는 않았다. 잘해야 150미터 정도……. 왜 라이프가 줄을 당기지?

범고래 무리가 원을 좁혀오기 시작했다. 함정이었구나. 미노가 생각했다. 나를 배에서 떨어뜨려 놓은 거였어. 이젠 고래가 나를 죽일 작정이야.

미노는 수면을 향해 그 어느 때보다 세차게 발차기를 했다. 그 와중에도 낚싯바늘을 움켜쥐고 무턱대고 앞을 찔렀다. 어망에 걸린 물고기를 건져 올리듯 낚싯줄이 미노를 위로 끌고 올라가는 덕분에 한결 수월했다.

사냥에 굶주린 범고래 무리가 미노를 뒤쫓았지만, 미노는 신경 쓰지 않았다. 안에서 아드레날린이 솟구쳤다. 저 아래 페어리스가 위를 올려다보고 무언가를 필사적으로 외쳤지만, 미노한테는 들리지 않았다.

범고래가 가까워질수록 미노는 더 빠르게 위로 치고 올라갔기에 둘 사이 간격은 멀어지기만 했다. 분노에 찬 미노가 포효하며 별빛 총총한 수면을 가르고 허공으로 날아올랐다. 간신히 시페어호 갑판 위에 착지했지만, 미처 속도를 줄이지 못하고 고장 난 수레바퀴처럼 데굴데굴 굴러서 우현에서 좌현을 그대로 가로질렀다. 바닥을 구르면서도 미노는 발목에 묶인 줄을 눈으로 좇아 하늘로 시선을 보냈다. 어쩐 일인지 라이프가 새처럼 생긴 사람들한테 붙잡힌 채 허공에 있었다. 편래를 선두로 다른 온갖 바다 아이들이 물속에서 팍팍 튀어나와 시페어호에 올라탔다. 이토록 기이하면서도 멋진 바다 부족의 집합체는 미노 평생 처음 만나는 것이었다. 어떤 아이들 지느러미에서는 타닥거리며 전기 불꽃이 튀었다. 갑옷처럼 단단한 비늘이 돋은 아이들에 가오리 지느러미가 망토처럼 전신을 감싼 아이도 있었다. 아이들은 하나같이 소름 끼치도록 섬뜩한 악의를 뿜어내고 있었다. 미노의 해령, 즉 시페어호를 무섭게 질투하던 페이리스가 생각났다. 배를 강탈하러 왔을까?

집은 습격당하고 가장 소중한 친구는 납치당했다. 미노는 이만 바득바득 갈다가 단숨에 배의 좌측을 넘어 바다로 뛰어들었다. 그대로 물속으로 쭉 내려가 선체 밑에서 기다리는 범고래 무리 안팎을 잽싸게 들락거리면서 뒤를 노리고 쫓아오는 놈은 무조건 주먹으로 주둥이를 있는 힘껏 가격했다. 나일론 낚싯줄이 팽팽하게 당겨지며 라이프와 두 새 소년을 끌어내리자 발목이 끊어질 듯 아팠다. 미노는 추진기처럼 팽팽 돌면서 수면에서 솟구쳐 올라 도로 배 위에 올랐다가, 갑판을 가로질러 질주해서 다시바다로 뛰어들었다. 두 번째에는 배의 뒷부분으로 올라온 뒤, 허공에서 번개같이 내리꽂히는 새 소년들의 손아귀를 피해가며 갑판을 따라 우현으로 내달렸다. 줄이 더 팽팽해지면서 미노와 라이프를 배와 한 데 엮어버렸다. 라이프는 부들부들 떠는 새 소년한테 붙잡힌 채 아직 배 위 10미터 높이 허공에 있었지만, 더 위로 올라가지는 못했다. 누구든 시페어호를 훔치려면 미노를 먼저 상대해야 할 터였다.

심장은 쿵쾅거리지만 두 주먹을 불끈 쥔 미노가 조리실 문에 등을 바짝 붙이고 섰다. 바다 아이 패거리는 배 여기저기에 걸터앉거나 느긋하게 어슬렁거리며 다녔다.

"내 해령에서 꺼져."

미노 목소리는 크고 단호했다. 아무도 움직이지 않았다. 누군가 키득키득 웃었다. 미노가 낚싯바늘을 치켜들었다.

"꺼지라고 했잖아!"

미노가 낚싯바늘을 칼처럼 휘두르며 패거리를 향해 돌진했다.

패거리도 미노를 향해 달려들었다. 순간 미노는 발목에서 배와 라이프와 엮인 줄 때문에 주춤거렸다. 그런데 날카로운 발차기 한 번에 줄이 느슨해졌다. 마침내 가장 사랑하는 배에서만큼은 자유롭게 움직일 수 있게 되었다. 화가 치밀었다. 아니, 무엇보다 두려웠다. 링에 오르는 권투선수나 산에서 가장 가파른 절벽을 내려가기 직전의 스키선수처럼, 누구라도 천하무적으로 탈바꿈하기 전에 느끼는 공포였다. 비늘에 덮인 악랄한 손길이 미노를 두 번, 그리고 세 번 갑판에 메다꽂았지만, 매번 꿈틀거리면서 벗어났다. 아수라장 속에서도 미노의 은니가 번쩍였다.

새 소년들은 공중을 맴돌며 배 위에서 펼쳐지는 장관을 지켜봤다. 하늘 위 잘 보이는 곳에 떠 있는 라이프가 아무 생각 없이 미노를 응원하기 시작했다. 느닷없이 깃털이 나풀나풀 떨어지더니 프랑스어로 욕설이 난무했다. 새 소년 중 하나가 실수로 라이프를 놓친 것이었다. 눈 깜짝할 새에 라이프가 허공을 가르며 추락했다.

13장. 높새바람[*]

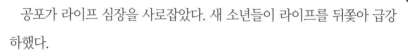

공포가 라이프 심장을 사로잡았다. 새 소년들이 라이프를 뒤쫓아 급강하했다.

미노가 잠시 한눈판 사이 기회를 잡은 바다 아이들이 달려들었다. 패거리가 날린 한 방에 미노가 바닥을 나뒹굴고, 흔들리던 은니도 단번에 빠져서 입 밖으로 튀어나왔다. 미노는 팔다리를 짓눌린 채 손에 든 낚싯바늘에 목이 겨눠진 신세가 됐다.

돌연 새 소년들이 이상한 노래를 시작했다. 새 소년들이 바람을 불러일으키는 걸 보고 미노는 깜짝 놀랐다. 라이프가 떨어지는 속도가 점차 느려지더니 부드러운 저녁 품에 안겨서 갑판에 닿았다. 하지만 그 즉시 평화로운 기운은 사라지고 정신을 차려 보니 삭구에 아무렇게나 엉켜 있었다. 착지점을 잘못 계산한 새 소년들이 라이프와 호되게 충돌했다.

라이프가 무사히 배로 내려오자 미노는 안도감에 온몸이 부르르 떨렸

---

* 높새바람: 산을 넘으면서 공기의 성질이 고온 건조한 바람으로 변하는 현상을 가리키는 말. 여기에서는 신비로운 강풍을 의미한다.

다. 편래가 짜증을 내며 새된 소리를 질렀다. 미노 목을 겨누던 낚싯바늘도 던져버리고 욕인 듯한 말을 새 소년들한테 고대 노르웨이어로 엄청나게 퍼부어댔다. 부끄러움으로 날개를 축 늘어뜨린 채 슬금슬금 뒷걸음치는 새 소년들이 꼭 긴장한 펭귄 두 마리 같았다. 두 소년한테 잡힌 처지였던 라이프조차 소년들이 안 됐다는 생각이 들었다. 아무래도 편래가 새 소년들이 라이프를 놓치는 바람에 납치 계획을 망쳤다고 몰아세우는 것 같아서 라이프는 이제 세 아이가 다 두려워졌다.

하지만 라이프는 공중에서 떨어지는 위급한 순간에도 와일드 딥의 바람을 다양하게 이용할 수 있다는 사실을 깨달았다. 거대한 배를 움직이고 하늘에서 떨어지는 소년도 받아내는 바람이라면, 살기등등한 라이트 핀을 멈출 수 있지 않을까? 자줏빛 머리카락을 휘날리며 이쪽으로 고개를 돌리는 편래를 보고, 라이프가 불안하게 심호흡한 뒤 새 소년들이 함께해주길 전심으로 바라며 미노의 자장가를 부르기 시작했다.

나는 물의 영혼, 물의 노래
나는 별의 지느러미, 별의 뼈
나는 파도와 달빛이 꾸는 꿈이라네
내 심장은 멀리까지 헤엄쳐 왔구나.

일순 정적이 흘렀다. 라이프가 호소하는 눈빛으로 새 소년들을 바라보았다. 놀랍게도 두 소년이 라이프의 간절한 바람을 이해하고 함께 노래하기 시작했다.

아, 내 비밀을 아는 바다여
물결과 바람이 지키리니
저곳 먼 위 방랑자들한테 가려진 곳
그곳은 거칠고 깊구나.

　배를 휩쓰는 세찬 바람에 펀래가 뒤로 멀찌감치 밀려났다. 놀란 바다 아이들이 입을 다물었다. 바람이 정말로 라이트 핀을 막아내다니, 라이프도 작전이 먹혔다는 데 놀라서 노래를 멈출 뻔했다. 하지만 영광의 순간은 길지 않았다. 자주색 머리카락의 소녀가 뱀처럼 사악한 기운을 풍기며 일어나 나름대로 노래하기 시작했다. 미노도 아는 노래였다. 바다에서 실종된 엄마와 뒤에 홀로 남은 아이에 관한 내용이었다. 노랫말이 영혼을 할퀴는 것 같아서 미노는 다리에 힘을 주고 버텨야 했다.

잘 자라, 내 아기, 내 사랑
엄마는 먼바다로 떠나갔구나
거친 폭풍을 뚫고
무자비한 파도를 넘어
별이 이끄는 길로 갔구나.

언젠가는 돌아오실 거야
엄마 눈으로 본 모든 것을 들려주실 거야,
언젠가는 네 손을 다시 잡아줄 거야

그때까지 꿈을 꾸며 기다리렴.

잘 자라, 내 아기, 내 사랑
엄마는 먼바다로 떠나갔구나
시커먼 바위 너머
소용돌이치는 물속으로
별이 이끄는 길로 갔구나.

대번에 바람이 편래한테 순종하듯 가차 없이 휘몰아치며 갑판 위를 쓸어버렸다.

바람은 라이프 눈을 찌르고 미노의 땋은 머리 가닥도 풀어 헤쳤다. 휘날리는 머리카락이 미노 얼굴을 사정없이 때렸다. 이제 두 새 소년은 아예 라이프와 한편이 된 것 같았다. 커다란 두 날개를 활짝 펼쳐서 세차게 불어대는 바람을 막아 줬다. 라이프와 새 소년들은 다시 한 번 자장가를 부르며 편래 노래에 맞섰다. 미노가 소년 무리로 달려가서 온 힘을 다해 같이 노래하기 시작했다.

그대 어렸을 적 바다가 부르기 시작했지
그대 이름 부르기를 멈추지 않았다네
그렇다오, 그대 어렸을 적 바다의 부름이 시작됐다네
결코 예전으로 돌아갈 수 없으리.

미노 목소리가 한겨울 보름달 빛처럼 강렬하게 터져 나왔다.

온 세상이 숨을 죽였다.

별빛이 갈라지고 파도가 부서졌다. 삽시간에 거칠어진 해류가 배를 부표처럼 이리저리 뒤흔들었다. 번갯불이 하늘을 갈가리 찢어버리자 바다 아이들이 기겁하고 바다로 뛰어들었다. 새 소년들과 페어리스, 편래, 그리고 가오리처럼 생긴 지느러미의 한 소년이 돛을 방패 삼아 뒤에 숨었다. 모두가 혼비백산한 얼굴만 간신히 밖으로 내밀어 미노를 쳐다봤다.

"네가 높새바람을 깨웠어."

강풍 너머로 소리치는 편래 얼굴은 의심 대신 놀란 기색이 역력했다. 허옇게 포말을 일으키며 파도가 갑판을 쓸어버리는 바람에 페어리스가 바닥에서 나뒹굴었다. 페어리스는 웃었지만 눈빛은 공포로 형형했다.

맹위를 떨치는 폭풍에 미노 심장이 빠르게 뛰었다. 미노가 노래를 그쳤는데도 바람이 잦아들지 않았다. 오히려 더 거세졌다.

"조리실로 들어가!"

통째로 배를 집어삼키려는 하늘의 기세에 미노가 악을 썼다. 천둥소리에 하늘이 산산조각이 났다.

바다 아이 무리가 허둥지둥 안으로 들어가자 미노도 뒤따라 들어가서 문을 잠갔다.

"이게 무슨 일이지?"

미노 가슴 속에 혼란과 두려움이 똬리를 틀었다. 바다 아이들은 탁자 밑에서 서로를 끌어안은 채 반은 어리둥절하고 반은 경외감이 깃든 눈빛으로 미노를 응시했다.

"네가 벌인 일이잖아. 네가 멈춰야 해."

펀래가 당황한 모습을 애써 감추며 말했다.

미노가 어두운 눈빛으로 펀래를 쏘아봤다.

"내가 왜 너를 믿어야 하지? 나한테 범고래 떼나 보내고 가장 소중한 친구를 납치한 게 넌데? 내 해령을 훔치려고 말이야!"

펀래가 침울하게 고개를 끄덕였다.

"빈터타이드에서 시페어 같은 해령을 본 건 정말 몇 년 만이었어. 갖고 싶었어."

페어리스 얼굴이 벌게지더니 급기야 흐느끼기 시작했다.

"우리는 그냥 배에 오를 동안에만 네가 딴 데 신경 쓰기를 바랐던 거야. 너한테는 다행이었지만 그렇게 빠를 줄 몰랐어."

악마가 보낸 돌풍처럼 바람이 울부짖고 번개가 돛대를 때렸다. 미노가 작은 목소리로 저주를 퍼부었다.

"어떻게 해야 멈추지?"

가오리 지느러미의 소년이 앞으로 나섰다. 이름은 스팅이었다.

"아무래도 높새바람이 너하고 얘기하고 싶은 것 같아."

미노가 얼굴을 찌푸렸다.

"높새바람?"

미노가 입을 열자마자 조리실 문이 마구 덜그럭거렸다. 사람이 손으로 문을 잡고 흔드는 것 같았다.

"폭풍이 안으로 들어오려는 거야. 너를 찾으려고."

미노가 한숨 쉬며 손으로 턱을 문질렀다. 너무 힘들었다. 이가 빠져서 입안 전체가 욱신거리고 죽을 것처럼 배도 고팠다. 이런 판국에 폭풍 한복판으로 들어가다니, 생각하기도 싫었다. 바람이 더욱 거세게 문을 긁어 댔다.

"내가 같이 갈게."

미노 홀로 물속에서 범고래와 싸우고 상어와 대적하는 동안 혼자 남아 걱정하느라 솔직히 라이프는 이미 죽을 만큼 괴로웠다. 하지만 미노는 고개를 저었다. 하도 단호해서 말싸움할 여지도 없었다.

"내 배에 남아 줘."

은니가 빠져서 이 사이에 틈이 생겼더니 미노가 더 무시무시해 보였다.

라이프가 고개를 끄덕였다.

"네 해령이겠지."

미노가 문을 여는 사이 라이프가 들릴 듯 말 듯한 목소리로 웅얼거렸다.

열린 문틈으로 갑판에 서 있는 키 큰 한 남자가 보였다. 햇빛에 닳은 듯한 남자는 바다보다도 나이가 많은 것 같았다. 갑판에 있는데도 떠다니는 느낌이었다. 남자 곁에는 유성 조각을 깎아 만든 것처럼 온몸이 반짝이는 여자가 서 있었다. 한참 전에 뤼미에르 등대 창문에서 목격한 바로 그 유령 같은 얼굴이었다. 키 큰 남자처럼 여자도 매우 사실적이지만, 한편으로는 둥둥 떠 있는 것 같았다.

미노가 폭풍 속으로 한 발 내딛자 라이프 코앞에서 문이 쾅 소리를 내며 닫혔다.

미노가 유령 같은 형상을 마주하자 주변 세상이 멈췄다.

두 형상의 목소리는 높은 산 정상이나 깎아지른 절벽에서 울리는 메아리처럼 우렁우렁했다.

노래를 부르지 말았어야 해.

"왜죠?"

여자가 가까이 다가오자 울부짖는 것 같은 비통함이 갈라지며 미노 위로 내려앉았다. 천둥을 맛본 것처럼 끔찍하지만 너무나도 근사한 느낌이었다. 휘몰아치는 폭풍 속에서 미노가 한 이름을 생각해냈다. 예전에 엄마가 알려준 이름인데, 그저 잠자리 동화 속에 나오는 이름이 아니라 절대적으로 실재하는 존재를 일컫는 말투였다.

"미스트랄*이군요!"

미노가 말했다.

여자는 미노 말이 마음에 든 것 같았다. 미노는 누군가가 번개로 짠 드레스를 입고 묵례하거나 허리 숙여 인사한 것 같은 기분이 들었다.

엄마가 했던 말이 기억났다.

"절대 미스트랄을 화나게 해선 안 돼. 사람도 죽일 폭풍을 일으키니까."

노래로 우리를 소환할 사람은 거의 없지. 네 엄마가 마지막이었어.

"우리 엄마를 알아요?"

단어 하나하나가 덩어리져서 미노 목구멍을 꽉 막았지만, 미노는 기를

---

* 미스트랄: 원래는 프랑스 남부 지방에서 주로 겨울에 부는 춥고 거센 바람

써서 덩어리를 뱉어냈다. 햇빛에 바랜 듯한 남자가 금빛 모래를 날려서 미노를 멈췄다. 떠오르는 달과 모닥불의 비밀처럼 따뜻한 남자는 바로 제피로스*라는 걸 미노가 알아챘다. 해안가를 따라 짓궂게 장난치면서 분다는 생명력 가득한 봄바람에 관한 이야기가 생각났다.

우리가 머시를 몰랐던 적은 없어. 머시가 바다를 떠날 때도 파 어버브까지 따라갔지. 어차피 거기까지 갈 수 있는 건 높새바람밖에 없어. 미노, 우린 네 평생 너를 지켜봤단다.

제피로스한테서는 느긋한 기운이 감돌았다. 캘리포니아 해변에서 파도를 즐기는 나이 든 파도타기 선수가 쉽게 떠올랐다. 제피로스는 시간에 얽매이지 않으면서도 굉장히 젊은 영혼이었다.

지금 우린 너한테 경고하려고 여기 있는 거야.

미노가 그 어느 때보다 위험한 처지인 건 두말하면 잔소리였다! 앞으로 더 감당할 수 있을는지 미노도 자신 없었다. 미스트랄이 새하얀 찌르레기 떼로 형태가 바뀌었다. 미노 머리 주변으로 날아든 자그마한 새들이 머리 가닥을 부드럽게 잡아당기는 바람에 땋은 머리가 풀어지며 풍성한 아프로**가 후광처럼 살아나자 미노는 긴장이 풀렸다.

---

* 제피로스: 그리스 신화에 나오는 바람의 신. 주로 봄을 알리는 서풍의 신으로 묘사된다.
** 아프로: 흑인들의 둥근 곱슬머리 모양

노래로 우리를 불러내는 바람에 넌 네 존재를 와일드 딥에 알렸어. 너한테는 문지기만 타고나는 희귀한 자질이 있어. 지금 문을 지키는 문지기가 없는 만큼 와일드 딥은 네가 남기를 원할 테지. 문이 너를 선택하는지 두고 보려고 말이야.

"하지만 난 와일드 딥에 남을 수 없어요. 엄마를 구하러 와일드 딥을 건너야 해요."

이해한다. 우리가 다크타이드를 건너게 해줄게. 폭풍이 네 수호자가 될 거야.

미노는 오랜 모험으로 지쳤는데도 웃음이 났다. 높새바람한테 진심으로 감사한 마음이 들었다. 소머타이드까지 폭풍이 이끌어준다는 게 무엇보다 기뻤다. 게다가 드디어 진짜 인어와 만날지도 모른다는 기대감으로 미노는 잔뜩 들떴다. 카리브해에 닿기 전 소머타이드가 마지막 해류였다. 몸은 녹초가 됐지만 미노는 지친 눈을 억지로 떴다.

지체할 시간이 없어. 어두운 바다는 캔들라이트라는 막강한 존재가 지키고 있지. 놈이 너의 능력을 알아채면 절대 너를 놔주지 않을 거야. 우리가 너를 여행의 다음 단계로 보내려면 다양한 목소리로 부르는 노래의 힘이 필요해. 지금은 좀 쉬렴. 우리가 배를 달의 해류로 보내줄게.

바다 아이들한테 도움을 부탁해야 할지도 모른다는 생각에 미노가 하얗게 질렸다.

제피로스가 다시 한 번 손가락으로 머리를 부드럽게 쓰다듬자 미노가 씩 웃었다. 땋은 머리를 하기 전, 따뜻한 여름날 산들바람이 어린 미노의 곱슬머리를 말아서 매듭짓곤 했는데 어린 미노한테 늘 있는 일이었다.

"그때도 아저씨였군요."

미노가 친근하게 말하며 머리카락이 흩날리도록 자유롭게 고개를 흔들었다.

언제나 나였지.

높새바람들이 미노 발목에서 소용돌이치는 금빛 모래 한 움큼을 남기고 허공 속으로 불어 들어갔다.

무리를 모으고 좀 쉬어라. 우리는 달의 해류로 간다.

바람이 멎었다. 폭풍우가 그치면서 퍼붓던 비도 잦아들어 갑판 위에서 가볍게 타닥타닥 소리를 냈다. 미노는 조리실 문을 열고 안으로 들어갔다. 미노는 얼음과 모래에서 깎여 나온 두 노인의 형상이 배의 타륜을 잡고 돌리는 광경을 못 봤다.

문에 대해서 말해줄 걸 그랬나?

아니야. 모르는 게 나아. 그게 머시 소망이었어.

14장. 잃어버린 은니

벽에 난 둥근 창으로 별빛이 드문드문 비춰 들어올 뿐, 조리실은 어두컴컴했다. 미노가 천천히 문을 닫아 잠갔다. 살을 에는 미스트랄의 차가운 입맞춤을 받은 손가락이 아직도 얼얼했다. 탁자 아래를 내려다보니 꽤 재미있는 장면이 펼쳐졌다. 피에르와 파블로라는 이름의 새 소년들이 커다란 두 날개를 이불처럼 넓게 펼쳐서 다른 아이들을 덮고 있었다. 두 소년 날개 아래에는 졸린 기색의 페어리스, 여전히 눈빛이 살아 있는 펀래, 바람에 시달린 라이프, 그리고 스팅이 있었다.

모두가 신중한 눈빛으로 미노를 쳐다봤다. 모래며 눈발을 뒤집어써서 반짝이는 머리카락이 죄다 하늘 높이 뻗친 미노는 왕관을 쓴 형상이었다. 미노는 눈도 제대로 뜨지 못하게 지쳤지만, 전사처럼 행동했다.

"높새바람들이 다큰타이드를 건너도록 도와준다고 했어. 하지만 너희들 도움도 필요해."

미노가 희망을 품고 빙긋 웃었다.

"우리가 같이 노래해야 해."

라이프가 결연하게 고개를 끄덕였다. 하지만 라이프만 설득해서 될 일이 아니었다.

미노가 머리카락을 뒤로 쓸어 넘기고 등잔에 불을 붙였다. 엄마의 비상 비스킷 통을 열고는 아이들 옆에 무릎을 꿇고 앉았다. 날개가 까만 새 소년이 날개 밑으로 미노를 기꺼이 넣어줬다.

"난 파 어버브에서 자랐어."

미노가 차분하게 말문을 열었다. 지금 같은 순간에 진가를 발휘할 이야기는 오직 진실밖에 없다는 것을 미노는 알고 있었다. 그렇지 않고서야 왜 모든 동화에 진실의 기운을 담았겠는가.

"난 상어 이빨 부족이고 와일드 딥에 속했어. 하지만 난 파 어버브에서 태어난 여자아이기도 해. 난 문을 열 수 있는 노래를 알아. 바람한테 무슨 노래를 불러줘야 하는지도 알기에 모든 것을 운에 맡기고 여기까지 왔어. 우린 와일드 딥을 가로질러서 소머타이드 문에 갈 작정이야. 이건 죽느냐 사느냐의 문제야."

미노 말이 끝나자 동요한 무리 사이로 침묵이 흘렀다. 은은한 등불 아래에서 페어리스가 앞으로 몸을 숙이며 미노 손을 잡았다.

"네 말은……."

페어리스가 숨을 가다듬었다. 눈물이 그렁그렁한 눈이 반짝였다.

"네가 진짜 문을 열었다는 거야?"

사촌이 시작한 문장을 편래가 대신 맺었다. 방 안 공기는 몹시도 탁했다. 미노가 신중하게 고개를 끄덕였다.

"네가 주술을 깨뜨렸구나."

스팅이 숨을 쉬며 미노 자체가 마법이라는 눈길로 미노를 쳐다봤다.

"캔들라이트가 걸어놓은 주술을 네가 없앤 거야."

"무슨 주술?"

놀란 티를 감추면서 미노가 물었다.

밖에서 파도가 갑판 위로 넘어오자 아이들이 깃털 담요 밑으로 더 파고들었다. 들뜬 분위기가 넘실대면서 아이들 사이로 빠르게 퍼졌다. 옛날이야기 시간이 시작할 참이었다. 먼바다에서 보내는 옛날이야기 시간이 어떤 건지 잘 아는 라이프가 주전자를 불 위에 올리고 사워도우* 한 덩이를 가져와서 당밀 통조림 뚜껑을 땄다.

"옛날 옛날 아주 옛날이었어."

파블로, 새 소년 중 하나가 이야기를 시작했다.

"그렇게까지 옛날은 아니야."

펀래가 키득거렸다.

"그 일이 벌어졌을 때 내가 세 살이었는데?"

"알았어. 그럼 십삼 년 전이네."

다른 새 소년 피에르가 대꾸했다.

"와일드 딥의 문지기가 임무를 저버렸어. 우리가 배신자라고 부르는 여자야."

미노가 눈에 띄게 뻣뻣해져서 라이프는 사워도우에 목이 막힐 뻔했다. 스팅이 새 소년들 뒤를 이어 이야기를 계속했다.

"배신자는 임무를 완수하지 않고 파 어브로 떠나 버렸어. 삶은 계속

---

* 사워도우: 독특한 신맛이 난다. 유럽에서 특히 호밀빵을 만들 때 필요한 반죽이다.

됐고 모두는 문이 다른 문지기를 선택하리라고 예상했지.”

“하지만 일은 그렇게 흘러가지 않았어.”

차례가 온 것을 기뻐하며 페어리스가 새처럼 지저귀었다.

“그러던 어느 날 녹색수염 부족 남자가 빈터타이드 문을 통해서 방랑자 부족 여자를 데리고 온 거야.”

“녹색수염 남자는 사랑에 빠졌다면서 방랑자 여자랑 결혼하겠다고 했어.”

페어리스가 펀래를 돌아보며 이야기를 이어갔다.

“머핀족은 경악했지.”

자줏빛 머리의 라이트 핀 소녀가 한숨지었다.

“머핀족의 가장 큰 적은 언제나 방랑자 부족이었어. 게다가 문지기도 없는 마당에 그 여자 부족에서 얼마나 더 많은 방랑자가 들어올지 누가 알겠느냐고.”

스팅이 침울하게 고개를 끄덕였다.

“해류끼리 끔찍한 전쟁을 벌인 것도 바로 그때였어. 녹색수염 남자는 사랑을 지키다가 죽었고, 방랑자족 여자는 나이 든 상어와 함께 탈출해서 파 어버브로 돌아갔지.”

“우와!”

라이프는 상어와 헤엄치는 장엄한 광경을 상상하며 감탄했다.

“캔들라이트가 고대 바다의 마법으로 문에 주술을 걸었어. 오직 다음 문지기만 문을 열 수 있도록……”

스팅 목소리가 흔들리더니 묘한 표정으로 다시 미노를 응시했다.

"그런데, 다음 문지기란 없었어. 문이 다른 문지기를 선택하지 않았거든."

"그랬구나."

돛대를 때리며 북소리를 내는 빗소리에 맞춰 가슴 속 심장이 방망이질 치지만, 미노는 차분하게 말했다.

"캔들라이트가 누구야?"

라이프가 물었다.

"일종의 평화유지군이라고 할까?"

파블로가 입을 열었다.

"하지만 그다지 마주치고 싶지는 않을 거야."

피에르가 재잘댔다.

펀래가 기다란 손가락으로 자줏빛 머리카락을 배배 꼬았다.

"문이 닫힌 뒤로 와일드 딥은 분열됐어."

목소리에 비통한 기색이 스며있었다.

"머핀족은 배신자 마음은 순수했다고, 악의를 품고 우리를 떠난 게 아니라고 믿었어. 하지만 와일드 딥의 다른 부족은 우리를 버린 배신자를 비난했지. 머핀족은 소머타이드에, 그리고 다른 부족은 빈터타이드에 살기로 했어. 다큰타이드는 캔들라이트의 영역이어서 아무도 얼씬거리지 않아. 보호해 줄 폭풍우라도 있으면 또 모르지."

미노는 숨을 깊이 들이마셨다. 라이프를 향해 눈을 깜빡거리자 라이프도 한쪽 초록색 눈을 찡긋했다. 좋아. 이내 비밀의 폭포가 터진 듯이 미노 입에서 말이 쏟아져 나왔다.

"배신자는 와일드 딥을 저버린 게 아니야. 머핀족이 맞았어. 틀리기도 하고. 여자는 방랑자 부족한테서 와일드 딥을 보호한 거였어. 하지만 무엇보다 나, 바로 자기 딸을 보호했던 거야."

놀라서 숨 들이마시는 소리가 조리실 곳곳에서 났다.

"배신자한테 딸이 있었……."

"그 여자 이름은 배신자가 아니야. 머시라는 이름이 있어. 내 엄마야."

미노가 격앙해서 말했다.

펀래가 소리를 꽥 지르는 바람에 모두가 놀랐다.

"문지기가 지켜야 할 규칙이 뭔지나 알고 있어?"

"아이를 가지면 안 된다는 거? 그래, 알아."

라이프가 방어적으로 말했다. 하지만 펀래가 즉시 되물었다.

"왜 안 되는지도 알아?"

그건 미노도 라이프도 몰랐다.

"그건 바다만큼이나 오래된 규칙이야."

펀래가 말을 이었다.

"문지기의 책임이 아이한테 대물림되기 때문에 아이를 가지면 안 되는 거라고."

미노가 숨을 길게 들이마셨다. 머릿속이 빙글빙글 돌기 시작했다. 라이프가 물을 갖다 주고 페어리스가 차갑고 작은 손을 미노 손 안으로 살며시 밀어 넣어 잡아줬다. 스팅이 미노 곁으로 다가와 쭈그려 앉더니 가오리 지느러미로 부채질을 했다. 푸른색 전기 불꽃이 파팍 튀었다.

"십삼 년 동안 문을 열 수 있는 사람은 없었어. 너 말고는."

스팅 목소리에서 깊이 고마워하는 기색이 묻어났다.

"넌 주술 파괴자 아니면 새로운 문지기 둘 중 하나일 거야."

미노는 몸이 마비된 것 같았다. 머릿속에서 수많은 생각이 뒤엉켜 돌아갔다. 야수, 미노의 상어. 상어는 미노를 사냥하던 것이 아니었다. 부르고 있었다. 깊고 검은 물속에서, 꿈속에서 미노를 찾고 있었다. 문으로 데리고 가려고 말이다.

미노의 노래, 미노의 자장가. 공포에 사로잡힌 미노를 달랠 수 있는 유일한 것. 엄마가 주문 외우듯이 그 노래를 거듭해서 부르고 또 부른 건 단순히 우연이었을까? 아니면 엄마도 문이 딸을 부르고 있다는 사실을 알았을까?

머시. 머시. 아름답고 무시무시한 나의 엄마. 엄마는 왜 딸한테 거짓말했지?

미노가 조리실을 서성이기 시작했다. 온몸에서 화가 치밀어 올랐다. 피부가 황금빛으로 이글거렸다. 앞에서 뭐가 걸리적거리면 사정없이 걷어차서 날려버렸다.

"엄마는 왜 이런 얘기를 나한테 하나도 안 했지? 왜 와일드 딥을 보여주지 않았느냐고?!"

미노가 으르렁거리며 항해대를 주먹으로 내리쳤다. 불가사리 문진이 허공으로 날아갔다. 바닥에 나뒹굴기 전에 스팅이 문진을 낚아챘다.

미노가 밖으로 나가 성큼성큼 갑판을 가로질렀다. 나머지 아이들이 조마조마하게 문에서 미노를 지켜봤다. 하늘에서 내리는 비수 같은 빗줄기가 미노 위로 쏟아졌고 미노는 큼직한 낡은 돛 뒤에 무릎을 꿇고 앉아 얼굴을 묻었다.

"엄마는 왜 바보 같은 동화만 들려줬을까?"

미노 위로 길게 그림자가 드리웠다. 수그러들지 않는 빗줄기 속에서 한 소년이 미노 곁에 서 있었다. 소년의 두 눈은 불안하게 요동치는 바다처럼 초록색이었다. 소년이 동화책을 펼쳐 들고 글이 적힌 한 쪽을 손가락으로 단호하게 가리켰다. 라이프가 미노 옆에 쭈그리고 앉아서 천둥 치는 빗소리를 뚫을 만큼 큰 소리로 읽었다.

때때로 무시무시한 폭풍우가 와일드 딥을 위협하면, 문지기는 와일드 딥을 안전하게 보호하기 위해서 머리 한 타래나 뼈 한 조각, 피 세 방울 등 자신의 일부를 바쳐야 했습니다. 심지어 목숨을 내놓은 예도 있었습니다.

"엄마는 너를 보호했던 거야. 아리엘카 할머니 말처럼."

미노는 가만히 앉아서 움직이지 않았다. 라이프도 미노 옆에 앉았다. 시간의 모래처럼 오래되고 기품 있는 유령 같은 두 형상이 근처를 부유하지만 두 아이 누구도 눈치채지 못했다. 미노와 라이프는 몸을 구부리고 앉은 채 둘만의 작은 천막을 세우듯 머리 위 검은색 돛을 내려서 주변을 감쌌다.

"무슨 의미인지 모르겠어."

미노가 숨을 몰아쉬며 말했다.

"문지기가 된다는 거 말이야."

라이프가 어깨를 으쓱했다.

"그냥 예전이랑 똑같은데 멋지고 근사한 걸 더 많이 할 수 있는 거 아닐까? 노래 부르면서 마법의 바다에 들어가고, 바람의 신인지 뭔지 그런 것도 소환하고. 그 노인들 말이야."

미노가 웃음을 터트렸다.

"높새바람!"

"그래, 내 말이, 그분들."

미노는 놀란 눈으로 라이프를 쳐다봤다. 라이프 말이 맞았다. 미노는 문자 그대로 두 세계의 소녀였다. 바다와 하늘의 소녀, 미노야말로 두 세계를 서로한테서 지켜낼 문지기일지도 몰랐다.

미노가 흠뻑 젖은 돛 밖으로 몸을 내밀어 다른 아이들을 불러 모았다.

"문지기든 아니든, 난 엄마를 구해야 해."

"너한테 제일 큰 문제는 그게 아니야."

스팅이 말했다.

"와일드 딥 부족들이 네가 새로운 문지기라는 걸 알아내면 절대 네가 떠나도록 내버려두지 않을 거야."

두려움에 미노는 오싹한 한기를 느꼈다.

"우리가 비밀을 지키면 돼."

페어리스가 미노 손 안으로 슬쩍 손을 밀어 넣으며 말했다. 미노는 주위를 둘러싼 이 말도 안 되는 무리를 바라봤다. 불과 얼마 전에 미노와 싸워서 배를 뺏으려고 한 바로 그 아이들이었다. 미노의 해령을 훔치려고 했다. 이 아이들을 믿어도 될까? 미노는 사납고 거칠게 생긴 얼굴과 살기 흐르는 미소를 가만히 바라봤다. 미노 심장이 답했다. 그래.

"우리도 같이 노래해서 네가 와일드 딥을 지나 소머타이드로 가는 걸 지켜볼 거야."

스팅이 말했다.

"하지만 앞으로 갈 길이 머니 일단 쉬자."

아이들이 조리실에 옹기종기 모였다. 새 소년들이 따뜻한 비둘기 품처럼 날개로 아이들을 감쌌다. 아이들은 졸리지 않았지만, 별빛 담은 바람과 바다의 위로에 잠잠해져서 이야기를 그치고 두 눈을 꼭 감았다.

한참 뒤, 미노가 몸을 뒤척였다. 엄마가 나오는 꿈을 꿔서 정신이 몽롱했다. 미노가 다급하게 두 손으로 턱을 감쌌다. 죽을 만큼 이가 아팠다. 아까 비가 내릴 때부터 약하게 치통이 시작되더니, 이제는 격렬하게 번쩍거리는 통증으로 턱 전체가 욱신거렸다. 미노는 살금살금 날개 밑에서 빠져나와 비틀거리며 조리실 뒤에 있는 긴 거울로 갔다. 거울에 비친 모습을 들여다봤다. 다정해 보이는 갈색 눈동자, 바람에 헝클어진 머리, 살짝 벌어진 꽃봉오리 같은 아가미 한 쌍, 그리고 은니가 반짝이는 입. 흔들리던 은니 하나가 사라진 지는 이미 오래였다. 남은 은니 세 개를 감싼 잇몸이 제일 아팠다. 미노가 은니를 하나씩 살짝 잡아당겼다. 분수처럼 피가 솟구치면서 은니가 모조리 빠지더니 고통이 약해졌다. 뾰족한 이가 입안에 가득한 느낌이었다. 미노는 세면대로 달려가 피를 뱉었다. 속이 메슥거리지만 애써 참으며 빠진 은니 세 개를 엄마의 목걸이 사진 갑 안에 조심스럽게 넣었다.

군데군데 틈이 생긴 잇몸을 혀로 훑어보니 이가 빠진 자리마다 뭔가 아주 자그마하고 뾰족한 것이 톡 튀어나와 있었다. 영구치가 자라고 있는 것이었다. 나 진짜 상어 이빨 소녀인가 봐. 미노는 가벼운 충격을 느꼈다. 하지만 난 문지기이기도 해. 흥분하자 머릿속 생각이 요동쳤다. 미노는 까치발로 라이프가 바다 이야기책을 둔 곳으로 갔다. 책을 펼쳐 들고 눅눅한 책장을 넘기며 문지기가 나오는 이야기를 찾았다. 고대 노르웨이어를 못 읽어도 상관없었다. 삽화를 보면서 가슴으로 알고 있는 이야기를 떠올렸다. 미노는 새로 깨어난 별처럼 영혼이 다시 한 번 환해지는 것을 느꼈다. 문지기는 단순히 문을 지키는 것보다 훨씬 많은 일을 할 수 있는 존재인 것 같았다.

비가 잦아들었다. 햇빛처럼 밝은 달빛이 수면을 비췄다. 문 두드리는 소리가 세 번 날카롭게 났다. 미노가 졸음 가득한 일행을 깨웠다. 달의 해류가 높이 일었고 높새바람이 도착했다.

15장. 다크타이드

무언가 와일드 딥을 가로질렀다. 해적의 꿈을 깎아 만든 해령이었다. 폭풍우가 일으킨 파도, 검은 물결을 타고 왔다. 그림자 같은 배가 영원히 변하지 않을 해류에 실려 높이 솟구치면서 포효했다. 해령은 두려움 없이 용감하게 바람과 경주를 벌였다.

저 멀리 뒤에서 아직도 레가타를 벌이고 있는 빈터타이드 부족들이 낯선 배를 눈치채고 방향을 돌렸다. 어딘가 정신없어 보이는 온갖 다양한 바다 아이들이 탔고 몸에서 빛이 나는 상어 이빨의 여자아이가 타륜을 잡은 해령이었다.

레가타 끝에서 웃음과 레몬 맥주에 취해 있던 녹색수염 부족 일행이 장식용 깃발로 만든 줄을 잡아 내려서 어설프게나마 올가미를 만들었다. 세 명의 녹색수염 남자 중에서 제일 키가 큰 건 세이지였다. 턱수염도 가장 빽빽하고 심하게 비비 꼬였다. 세이지가 요란하게 껄껄 웃으면서 재빨리 올가미를 던졌다. 올가미는 한 치 오차 없이 정확하게 날아갔다. 하지만 시페어호에 타고 있는 누구도 돛대가 뜬금없이 색색 깃발 올가미로 장식

된 것을 눈치채지 못했다. 스코다 트럭으로 만든 야릇한 작은 배가 뒤에 따라붙은 것도 알아채지 못했다.

갑판 중앙에 선 미노는 눈을 감고 바람의 흐름과 바다의 힘, 배의 기울기를 느꼈다. 타륜을 잡고 전심전력을 다해 노래했다. 즉흥적으로 떠오르거나 꿈에 나온 곡조, 동화에서 따온 서정시, 잃어버린 바다를 위한 자장가, 슬픈 영혼을 위로하는 노래를 불렀다. 바다 아이들이 주위를 둘러싸고 미노 목소리에 기묘한 민요풍 화음을 넣었다. 비의 목소리를 듣는 것 같았다. 소머타이드로 향하는 질주였다. 엄마를 구하려고 캔들라이트와 벌이는 경주였다.

노랫소리가 커질수록 발아래 파도가 높아졌다. 미노가 웃음을 터트리자 목소리가 갈라지며 경쾌한 음표가 되었다. 더욱 거세게 몰아치는 바람에 선체가 붕 뜨다시피 통째로 물 위로 떠올랐다. 놀란 미노가 눈을 휘둥그레 떴지만 그래도 노래는 용하게 계속 이어갔다. 라이프가 돛대 꼭대기에서 망대 테두리를 꽉 잡았다. 놀라서 턱이 빠질 정도로 입이 떡 벌어졌다. 새 소년들은 날개를 접어서 갑판 위에 박아 넣다시피 단단히 고정하고 다른 바다 아이들은 숨을 죽였다. 이젠 배가 파도를 타는 게 아니었다. 시페어호는 날고 있었다.

빈터타이드 끄트머리에서 날아오른 배가 다큰타이드 바다를 가로질렀다. 바다 아이들 모두 와일드 딥 너머 이렇게 멀리까지 와보기는 처음이었다. 새 소년들이 하늘 위에서 내려다본 적은 있지만 이렇게 가까이에서는 아니었다. 아이들이 배 옆에 올망졸망 모여서 단체로 경탄하며 한숨을 내쉬었다. 시커먼 바다는 마법이 꿈꾸는 대양이었다. 검은색에 가까운 짙은 쪽빛 바다는 한없이 깊어 보이고, 천 가지 휘황찬란한 존재가 자유롭게 파도 사이를 누비고 다니며 불꽃처럼 바다를 환히 밝혔다.

"살아 있는 등불들의 호수 같아."

페어리스가 웃으며 말했다.

몸이 반짝이는 다큰타이드 부족민이 시페어호를 향해서 모여들었다. 날치처럼 바다에서 뛰어올라 물갈퀴가 달린 기다란 손가락을 뻗어서 나무판자에 들러붙었다.

"왜 다 이리로 몰려오지?"

미노가 펀래한테 물었다. 불안감이 밀려들어서 가슴이 두근거렸다. 하지만 자줏빛 머리의 소녀 역시 근심 어린 눈빛으로 고개만 저으며 미노한테 금속 낚싯바늘을 도로 건넸다.

"다 캔들라이트 편이야. 우리가 못 지나가게 막으려는 거야."

아이들 발아래, 검은색 목선의 중심부에서 종소리가 애처롭게 울려 퍼졌다. 뻐꾸기시계다. 미노와 라이프 눈빛이 마주쳤다. 이번에는 무엇을 경고하는 거지?

"우리가 거의 다 건너기는 했어. 거의 다 왔다고. 하지만 캔들라이트 허가 없이 다큰타이드를 건너서는 안 되는 거였어."

스팅이 나직이 말했다.

미노와 라이프, 그리고 바다 아이들이 서로를 쳐다봤다. 하나같이 투지가 뜨겁게 타오르는 눈빛이었다. 똘똘 뭉친다. 하나 되어 싸운다. 무리가 더욱 가깝게 모였다. 미노가 담대하게 우뚝 섰다. 입을 열어 무리에게 명령하려는 순간, 바늘 돋은 천 개의 손이 바람결에서 배를 통째로 뜯어낸

듯 갑자기 물속으로 내려가기 시작했다. 밤바다 거친 파도가 일행 머리를 노리고 덮쳐 왔다.

미노는 대번에 라이프가 생각났다. 너무 깊이 끌려 내려가면 숨을 못 쉴 거야. 미노가 물속에서 낚싯바늘로 낚싯줄을 끊어가며 라이프한테로 헤엄쳐 갔다가 둘이 함께 새 소년들에게 갔다.

"위로 데리고 올라가. 공기를 마시게 해줘!"

라이프는 물속에서 말하는 미노 목소리가 들려서 몹시 놀랐다. 곧이어 흠뻑 젖은 날개가 부드럽게 몸을 감싸는 느낌에 라이프 가슴 속 어린 심장이 미소 지었다.

새 소년과 수면을 뚫고 날아오른 라이프 눈에 다큰타이드 바닷속으로 침몰하며 차차 흐려지는 시페어호가 보이지만, 크게 걱정하지 않았다. 적어도 미노는 걱정되지 않았다. 오히려 지금 자기가 처한 상황이 걱정스러웠다. 새 소년들과 하늘을 나는 것도 위험하지만, 하늘에서 너무 자주 떨어졌다. 다소 거칠어도 매번 도로 잡혀 올라가지만, 롤러코스터 타는 느낌에 아주 죽을 맛이었다. 문득 수면 위로 오르내리며 시페어호를 뒤쫓는 작은 배 한 척이 라이프 눈에 띄었다. 라이프는 화난 기색을 애써 누르며 손가락으로 아래를 가리켰다.

새 소년들이 고개를 끄덕이더니 스코틀랜드 국기로 만든 돛으로 돌진해서 구멍을 내버리고 스코다 트럭 배의 작은 정사각형 갑판 위로 떨어진 뒤 발에서 불이 나게 미끄러지다가 멈춰 섰다. 녹색수염 일행한테서 우렁찬 함성이 터져 나왔다. 싸움을 시작하자는 뜻인지 환영 잔치를 벌이자는 의미인지 알 수가 없었다.

라이프가 비틀비틀 일어나서 녹색수염 일행을 향해 조심스럽게 다가갔다. 녹색수염 부족민은 거의 사람처럼 생겼다. 머리카락은 짙은 담쟁이덩굴 색깔이고 피부는 해조류 같은 연두색으로 반짝였다. 가까이에서 보니 수염이 제법 근사했다. 이끼나 봄날 아침 같은 초록색 수염이 고목 가지처럼 비틀리고 옹이 졌다. 라이프는 언젠가 저런 수염을 기를 수만 있다면 뿌듯해서 가슴까지 따뜻해지겠다는 확신이 들었다. 새 소년들은 거칠어 보이는 녹색수염 남자들이 무서워서 깃털을 부르르 털었다. 하지만 바다를 사랑하는 이들 주위에서 평생을 보낸 라이프는 비록 서로 속한 세상은 달라도 행동 방식이나 예의범절은 같으리라 추측했다. 녹색수염 일행은 노련한 뱃사람들인 것 같았다.

"장식 깃발 줄을 끊어요."

라이프가 경례를 붙인 뒤 장식 깃발들이 달린 줄을 가리키며 외쳤다. 줄의 반대쪽 끝이 이제는 가라앉아 버린 시페어호에 여전히 연결된 채 물속에 잠겨 있었다.

녹색수염 일행이 조금도 망설이지 않고 "아이 아이!*"라고 크게 외치며 라이프 말대로 움직이자 새 소년들이 깜짝 놀랐다.

한편 시페어호는 깊은 바닷속에서 캔들라이트의 섬으로 끌려가고 있었다. 기이하게 생긴 수중 생물들이 바닷속을 흐르는 전류 고리를 타고 선체 위를 맴돌기 시작했다. 거기에는 최면과 비슷한 효과가 있었다. 바다

---

* 아이 아이!(Aye aye!): 영어권에서 주로 선박이나 비행기에서 상관에게 하는 대답

늑대가 달빛에 끌리듯이 미노가 그 형상에 끌렸다. 하지만 바다 아이들이 미노를 바짝 둘러쌌다.

"비늘을 보지 마."

스팅이 커다란 지느러미를 넓게 펴서 시야를 가로막으며 경고했다.

"해령에서 벗어나야 해. 헤엄쳐서 수면으로 올라가."

미노 안에서 분노의 불꽃이 튀었다. 배를 버릴 수는 없었다. 고개를 가로젓는 미노 시야 가장자리로 어떤 그림자가 얼핏 들어왔다.

섬뜩한 느낌이 스멀거리며 등줄기를 타고 내려왔다. 미노가 황급히 고개를 획 돌렸다. 아무것도 없었다.

아이들이 미노를 쳐다봤다. 같은 느낌을 받은 것이었다. 뒤숭숭한 분위기가 물속으로 퍼졌다. 배에서 떨어져. 집을 버리다니, 미노는 지금 무슨 짓을 하는 건지 애써 생각하지 않으며 서둘렀다. 방법은 이것뿐이야. 캔들라이트 수중에 배가 들어가면 최소한 도망칠 시간은 벌 터였다.

미노가 낚싯바늘을 꺼내 들고 줄을 끊자 배가 풀려났다. 하지만 아까 본 그림자가 어렴풋이 다시 보였다. 이번에는 어떻게 생긴 놈인지 봤다. 주름 장식처럼 촘촘한 이빨에 비늘이 덮인 기다란 몸체, 꼬리에 가시가 돋친 야수였다. 한 마리가 아니라 여러 마리였다.

저것들은 뭐지? 미노 머릿속에 떠오른 의문에 펀래가 답했다.

드라코미어(Draco-Mere), 해룡이야. 바다 용이 몸을 비틀며 접근하자 미노 심장이 쿵쿵 뛰었다. 그린란드 상어를 만났을 때 미노 몸에서 빛이 나자 상어가 얌전해진 일이 기억났다. 미노는 용기를 끌어모으고 전력을 다해서 눈부신 빛을 발했다.

빛이 일으킨 파장이 물결치며 넓게 퍼져서 용을 뒤로 밀어냈다.

차가운 손이 미노 손에 닿았다. 페어리스가 곁에서 미노를 지탱하며 지느러미를 날개처럼 일렁여서 힘을 보태고 있었다. 어둠 속에서 사악하고 음흉한 기운이 흘러나왔다. 미노는 라이트 핀을 향해 덤벼드는 뱀처럼 생긴 아가리와 선명한 붉은색 두 눈을 봤다.

"안 돼!"

두려움이 밀려들자 미노 안에서 아드레날린이 치솟았다. 입을 쩍 벌린 바다 괴물과 페이리스 사이로 치고 들어가며 야수를 향해 몸을 날렸다. 이를 드러낸 미노 몸이 번갯불처럼 번쩍거렸다.

공포에 사로잡힌 스팅과 편래가 뭉쳐서 간신히 페어리스 발목을 잡아 수면 쪽으로 잡아끌었다.

미노는 척추를 곧게 펴고 두 다리를 하나로 붙여서 쏜살처럼 바닷속을 가로질렀다. 적개심과 분노가 덩어리로 뭉쳐서 뼈 마디마디로 파고들었다. 엄마를 생각하며 낚싯바늘을 휘둘렀다. 해룡 여러 마리가 꼬리에 꼬리를 물고 이어져서 무한의 고리를 만들더니 한 마리 치명적인 뱀이 되어 미노를 위에서 덮쳤다.

모든 것이 끝났다고 절망한 순간, 난데없이 강력하고 선명하고 달콤한 화음이 바닷속에 가득 퍼졌다. 미노가 얼어붙었다. 해룡들은 탁한 심해로 물러갔다. 경이로움이 미노를 휘감았다. 인어는 항상 있었어. 미노가 낚싯바늘을 내렸다.

인어는 시간을 뛰어넘어 모든 문화에 존재해 왔지. 인어를 일컫는 이름도 밤만큼이나 다양해서 메로우, 온딘, 셀키, 사이렌 등 여러 개야. 하지만 와일드 딥에 사는 인어는 언제나 머핀이라고 불렀단다.

와일드 딥에 들어온 이후 처음으로 미노가 말문을 잃었다.

16장. 어핀

미노는 인어한테서 눈을 떼지 못했다. 바다의 빛으로 빚은 장엄한 존재, 인어의 피부는 어린 시절 꿈꾸던 밤의 어둠이고 두 눈은 달빛으로 찍은 반점이었다. 소금물에 흠뻑 젖은 쪽빛 머리카락을 큼직한 뿔고둥 껍데기로 친친 감아올렸다. 하지만 그 무엇보다 미노의 심장을 거의 멎게 한 것은 인어의 꼬리였다. 세상 최초의 불길에서 타오른 최초의 화염보다 환했다. 황금색과 보라색, 주황색으로 겹겹이 층진 비늘이 반짝이고 꼬리지느러미는 루비처럼 강렬한 붉은색이었다.

인어를 상상하면 뭐가 생각나지?

기억 속 엄마 목소리가 들렸다. 미노는 아주 어렸다. 네 살이 채 안 되었을지도 몰랐다. 배 갑판 위에 나란히 누운 두 사람 사이에서 엄마의 갈고리가 번쩍이고 있었다.

은색 물고기 꼬리 달렸고 얼굴이 달처럼 하얀 언니요.

어린 미노가 고개를 끄덕였다.

금색, 빨간색, 아니면 솜사탕 분홍색 머리카락 났어요.

어린 미노가 벌떡 일어나 엄마 의상 상자로 달음박질쳐서 분홍색 가발을 집어 들었다. 전설 속 존재가 되겠다고 단단히 마음먹은 터였다.

눈이 바다처럼 파래요. 아니면 눈부신 청록색이요.

어린 미노는 웃음을 터트렸지만, 엄마는 딸의 가냘픈 손목을 잡고 구부러진 갈고리 끝으로 미노 턱을 살짝 들어 올려서 말했다.

"아니."

엄마 미소는 단호했다.

"그건 동화책에 나오는 인어야. 진짜 인어는 더 마법 같아. 진짜 인어는 꼭 너처럼 생겼어."

인어가 빙긋 웃자 미노는 깊은 신뢰감을 느꼈다. 바다의 권위가 깃든 몸짓으로 인어가 굳세 보이는 두 팔을 활짝 펼치자 미노는 기꺼이 그 안으로 달려들었다. 미노는 그렇게 잠시 인어 품에 안겨서 인어가 뿜어내는 천상의 빛을 온몸으로 받았다.

"가자, 머시의 딸아."

인어가 쾌활하게 말했다.

"얼른 가서 친구들을 구해야지."

미노는 인어가 하는 말이라면 그게 무엇이든 무조건 따를 것이었다. 단지 곁에 있고 싶은 마음에 세상 어디라도 가고, 어떤 전투라도 벌이고 어떤 위험이 닥쳐도 맞설 것이었다. 마음속에서 수많은 감정이 회오리쳤다. 이 세계에서 너무 멀리 떨어진 채 성장했다는 자각에 문득 회한이 밀려들며 날카로운 통증이 일었다. 엄마가 자기를 보호하기 위해서 거짓말해야 했던 서글픈 이유가 이해됐다. 그런데 참 이상하게도, 왠지 모르지만, 바다 사냥꾼들한테 눈곱만큼 연민이 생겼다. 가령, 만에 하나 미노가 평범한 아이고 (평범한 게 뭔지는 모르지만) 어느 날 파도에 휩쓸려 바다에 빠졌다가 인어 덕분에 목숨을 건졌다면, 미노라고 그 경이로운 존재를 온 세계에 알리고 싶은 마음이 들지 않았겠는가 말이다. 바로 그런 것에서 인어가 보호받아야 한다는 사실을 깨닫고 미노는 잠깐 슬퍼졌다. 우리 세상이 감당하기엔 너무 놀라운 존재야. 인어가 꼬리로 바다를 힘차게 때리자 파도치는 속도가 빨라지면서 바다에 오색 줄무늬가 생기는 바람에 미노 마음속엔 경외심만 가득할 뿐, 다른 잡생각이 모두 사라졌다.

인어족 남자들이 잠수해서 가까이 다가오자 미노는 숨을 죽였다. 인어 남자 피부는 천둥처럼 어둡게 번들거리거나 잃어버린 보물처럼 구릿빛 윤기가 흘렀다. 그 어떤 물고기도 적수가 되지 못할 정도로 빨랐다. 녹슨 작은 닻이나 끝이 갈라진 창, 또는 가장자리가 날카로운 조개껍데기를 드레드락 가닥에 꽂아서 해저 축제장처럼 장식했다. 인어족 여자들 피부는 미노처럼 태양이 입을 맞춘 갈색이나 벌꿀 같은 금색으로 반짝였다. 깊은 밤이 온몸에 스며든 것처럼 보라색이기도 했다. 꼬리는 파도가 천국을 깎아서 만든 꿈이었다. 바다의 갖가지 색이 담긴 머리 가닥에는 백합을 엮고 산호 왕관을 올렸다. 인어 사이를 유영하는 미노는 황홀경에 빠져서 몽롱했다. 꼬리가 빨간 한 인어가 머리 가닥에서 짤막한 창을 뽑아서 빠르게 수면 위를 겨눴다. 그러자 인어들이 동시에 지느러미를 흔들며 쏜살같이 파도를 갈랐다.

라이프와 새 소년들, 그리고 녹색수염 세 남자는 좁은 스코다 배 안에 불편하게 끼어 앉아 레몬 맥주를 홀짝이고 있었다. 어둠 속에서도 라이프한테는 저 앞에서 특이하게 어른거리는 빛이 보였다. 오래전, 두 소년이 바베이도스에서 어떤 느낌을 받았을지 라이프는 단박 이해가 갔다. 머핀을 바라본다는 것은 신화의 얼굴을 정면에서 마주한다는 것이었다. 머릿속으로 상상할 수 있는 그 무엇보다 아름다운 전설이었다. 그런데 그 인어들과 미노가 나란히 헤엄치고 있었다!

미노와 머핀 무리가 작은 해령을 어두운 파도 너머로 밀어붙이기 시작하자, 라이프와 녹색수염 남자들은 경이로운 눈길로 이를 지켜봤다.

파도 위로 오르내리는 배 안에서 키가 가장 큰 녹색수염 남자 세이지가 라이프한테 조용한 목소리로 물었다.

"넌 와일드 딥 출신이 아니지?"

라이프가 죄책감을 느끼며 고개를 저었다. 이들은 요란한 복장에 속아넘어가지 않았다. 레몬 맥주를 몇 모금 홀짝거린 라이프는 머리가 어질어질하고 거짓말도 못 할 정도로 지쳤다.

"그런데 여긴 어떻게 들어왔지? 저 금색 여자아이가 한 거야?"

세이지가 물었다.

"제가 상어를 좀 알거든요."

라이프가 슬쩍 거들먹거렸다.

"그러니까 제 말은, 쟤가 문을 통과하도록 제가 좀 도왔다, 뭐 그렇다는 거죠."

세이지가 나지막이 껄껄 웃으며 호감 어린 눈길로 라이프를 살폈다.

"어이, 방랑자 친구, 네가 문을 통과하게 저 여자애가 도왔겠지. 그런데 너를 바꿔준 건 누구야?"

라이프가 멈칫했다.

"저를 바꿔요?"

세이지가 짐짓 점잖게 고개를 끄덕였다.

"알잖아, 너를 변하게 해줬다고. 그러니까 물에 안 빠져 죽고 이렇게 여기 있지. 아무리 봐도 꼬리도 없고 비늘이나 지느러미도 없구만."

라이프는 어안이 벙벙했다. 꼬리가 있어야 했나?

"어, 저는……."

세이지가 녹색 눈을 가늘게 뜨면서 라이프한테로 가까이 몸을 기울였다.

"고대 바다의 마법이지."

세이지가 연기 같은 목소리로 속삭였다.

"와일드 딥에 들어온 방랑자는 문지기가 영원히 바꿔 버려. 그래야 와일드 딥에서 살 수 있거든."

라이프가 금발을 가볍게 넘겼다.

"그게, 와일드 딥을 건너느라 제가 좀 바빴거든요. 뭐가 변했는지 아직 못 느끼나 봐요."

세이지가 우렁차게 껄껄 웃으면서 라이프 머리를 마구 헝클었다.

"아 나, 이 친구, 뭐가 변했는지 넌 벌써 느끼고 있어."

세이지가 생각에 잠겨 수염을 비비 꽜다.

"그런데 우리한테 아직 문지기가 없다는 사실을 고려하면 말이지, 아무래도 고대 바다의 마법을 잘 아는 누군가가 너를 바꾼 것 같아. 그렇지 않고서는 네가 와일드 딥에서 이렇게 멀쩡히 살아 있을 수가 없거든."

라이프가 미심쩍은 표정으로 빙긋 웃었다. 세이지가 아침나절 잔잔한 파도처럼 목소리를 낮췄다.

"꼬마야, 그게 의미하는 건 딱 하나란다."

라이프는 글자 그대로 아무 생각이 없었다.

"너한테 와일드 딥의 피가 흐르고 있다는 거야."

라이프가 고개를 끄덕였다.

"아, 네. 아무렴요."

이어서 다른 질문을 막 하려는 참에 어디선가 크게 외치는 소리가 들렸다.

"소머타이드가 보인다!"

결국 해냈다. 와일드 딥을 가로질러 인어의 고향이자 바베이도스에 닿기 전 마지막 목적지인 소머타이드에 도착했다. 쨍한 햇빛이 모두의 눈에 내리쬐었다. 라이프가 급히 손을 올려 얼굴을 가렸다. 배에 있는 친구들이 들떠서 수정처럼 맑고 푸른 바닷속으로 풍덩거리며 뛰어드는 소리가 어렴풋이 들렸다. 영원한 여름 바다에 준비된 이는 아무도 없었다.

라이프와 녹색수염 남자들, 그리고 시페어호에 탔던 무리까지 전부 다 물에 들어가서 미노를 끌어안았다. 경이로움과 놀라움에 사로잡힌 눈으로 인어를 보고 있는 이들 모두가 알고 있었다. 앞으로 남은 삶이 어떻게 펼쳐질지 몰라도, 인어 무리 속에 있는 이 순간은 꿈에서도 가닿을, 슬픈 순간에도 소중히 간직할 기억이라는 것을, 다른 모든 희망을 가능하게 할 마법이라는 것을 말이다.

"머시의 딸, 네가 빈터타이드 문을 열었구나."

붉은색 꼬리의 인어가 빙긋 웃었다.

"내 이름은 미노예요."

미노가 얌전하게 말했다.

인어가 위풍당당한 머리를 숙여서 인사했다.

"난 아마리네야."

아마리네가 찬란하고 따뜻한 바다를 향해 두 팔을 활짝 펼쳤다.

"소머타이드에 잘 왔어."

손톱만 한 작은 섬이 점점이 흩어져 있었다. 나무 한 그루 자랄 크기의 섬은 차라리 모래로 된 빙하에 가까웠다. 다른 아이들은 녹색수염 남자들이며 몇몇 인어와 함께 수영하게 놔두고 미노는 미끄러지듯 수면을 헤엄쳐서 야자수처럼 생긴 식물로 갔다. 산호색 나뭇가지에 파인애플만 한 크기의 진분홍 꽃이 뽐내듯이 피어 있었다. 반가운 그늘에서 얼굴을 식히며 미노는 빈터타이드에서 느꼈던 외로움과 고독을 떠올렸다. 그곳 공기에는 허우적거리는 느낌이 들러붙어 있었다. 미노는 풍요로운 소머타이드를 바라봤다. 물 위에 뜬 꽃들이 잔잔한 바다를 수놓고 있었다. 날쌔게 요리조리 헤엄치는 물고기가 보석처럼 반짝였다.

그런데 나무뿌리가 살짝 시커멓게 변해 있었다. 거의 썩은 것 같았다. 미노 생각을 읽은 듯이 아마리네가 미노 쪽으로 헤엄쳐 왔다.

"빈터타이드에 온기가 필요하듯이 이곳 나무한테는 눈이 내려야 해."

아마리네가 설명하면서 노란 모래를 한 움큼 뜨더니 미노 뺨에 대고 눌렀다. 불이 붙은 듯 뜨거웠다.

"얼음은 냉기를 유지하고 모래는 열기를 보존하지. 예전에는 해류가 자유롭게 오갔어. 하지만 지난 십이 년 동안에는 안 그랬지. 해류 사이에 큰 싸움이 있은 뒤로는."

미노가 움찔했다.

"엄마가 떠나서요?"

아마리네가 몸을 숙여서 미노 이마에 입을 맞췄다.

"작은 물고기야, 소머타이드에서 너를 탓하는 사람은 아무도 없어. 네가 엄마를 알고 사랑하듯이 우리도 머시를 알고 사랑했어. 머시가 왜 떠나야 했는지 우린 이해했단다. 너를 지켜야 했으니까. 자기 딸이니까. 아기가 문을 책임져서는 안 되지. 문은 어린 미노 네 생명을 앗아갔을 거다."

미노는 엄마가 선택해야 했던 끔찍한 상황을 생각하고 몸이 굳어버렸다. 엄마는 미노를 위해서 와일드 딥을 포기했다. 아마리네가 두 손으로 미노 얼굴을 감쌌다.

"머시는 네 작은 심장이 뛰는 것을 느끼는 순간부터 너를 사랑했어. 엄마한테는 세상에서 가장 쉬운 결정이었을 거야."

미노는 목구멍에 차오르는 흐느낌을 간신히 억누르며 아마리네를 쳐다봤다.

"그런데 엄마가 지금 위험해요. 그래서 제가 여기 온 거예요. 전 엄마를 구해야 해요.”

아마리네가 심각해진 얼굴을 미노한테 들이밀었다.

“위험하다고?”

점점 더 많은 인어가 미노한테로 시선을 돌리는 바람에 미노는 선뜻 말을 꺼내지 못했다.

미노 옆에 둥둥 떠 있는 라이프가 물었다.

“상어 이빨의 소녀라는 이야기를 아세요?”

아마리네가 가볍게 웃으며 저편에 있는 파란 수레국화 머리의 한 인어를 불렀다.

“그 얘기라면 누구보다 자비아가 잘 알지.”

자비아는 충격적일 만큼 아름다웠다. 진한 갈색 피부며 파란 마코앵무새 깃털 같은 비늘은 음영이 뚜렷한 데다 가장자리 은색이 선명했다. 자비아는 등을 아래로 한 채 멋들어진 꼬리를 하늘로 치켜들고 빙글빙글 회전했다. 꼬리 세 군데, 은색 비늘이 사라져서 드러난 피부를 미노와 라이프가 동시에 눈치챘다. 미노는 달빛이 비추던 자자 목에 걸린 펜던트를 기억하고 숨을 멈췄다.

“아줌마가 이야기에 나오는 인어군요. 그물에 걸렸던 인어요.”

미노가 탄식하듯 말했다.

자비아가 고개를 숙여 인사했다.

“바다 사냥꾼이 어디에 있는지 아세요?”

라이프가 완전히 정신을 놓지 않으려고 안간힘을 쓰면서 물었다.

자비아가 짓궂은 표정을 지으며 빙긋 웃었다.

"그야 물론이지. 어렸을 때 매일같이 와일드 딥을 드나들었는걸."

미노가 재빨리 라이프에게 시선을 던졌지만, 충격받기는 라이프도 매한가지였다.

"머시가 몰래 들어오게 했어. 문을 통과하는 사 분 동안 숨 참는 법도 가르쳐 줬고."

미노는 묻고 싶은 것이 너무 많았다. 머리를 열심히 굴리며 적당한 말을 골랐다.

"왜요?"

결국 이 한 마디가 나왔다.

"머시는 그렇게 할 수 있었으니까. 어렸는데도 머시는 규칙을 어기고 문이 아이들을 들여보내도록 강제했어. 마침내 나이 많은 문지기 하나가 고대 바다의 마법을 써서 문을 통과한 방랑자는 반드시 달라지게 했지. 두 번 다시 파 어버브로 돌아가지 못하도록 영원히 변하게 한 거야. 그제야 머시는 형제를 데려오는 것을 멈췄어. 하지만 당연히 때는 너무 늦었고 형제는 절대 와일드 딥을 포기할 수 없었지."

미노가 침을 삼켰다. 이 모든 것을 순식간에 빼앗긴 두 소년이 퍽 안쓰러웠다. 와일드 딥을 영원히 포기해야 했다. 한편, 처음부터 엄마가 규칙 파괴자였다고 생각하니 가벼운 희열감이 샘솟았다.

지혜롭고 막강해 보이는 한 인어족 남자가 물살을 가르며 나타난 순간, 소머타이드 끝에서 큰 외침이 들렸다. 솔로몬이라는 이름의 인어족 남자는 꼬리 전체가 상어처럼 회색이지만 보는 각도에 따라 가지각색으로 변하고 호랑이처럼 검은색 줄무늬가 있었다.

"캔들라이트가 왔어!"

솔로몬이 곧장 미노를 보고 말했다.

"너를 절대 놔주지 않을 거야."

다급한 기색이 어린 솔로몬의 목소리에 미노는 생각할 시간이 없다는 걸 알았다. 친구들이며 와일드 딥한테 작별을 고할 시간도 없었다.

"가자."

아마리네가 재촉하자 미노는 라이프 손을 꽉 잡았다. 인어들이 유연하고 강력한 꼬리를 묵직하고 완만하게 움직여서 두 아이를 해저로 내려보냈다. 꼬리가 서로 겹치면서 일련의 거대한 비늘 형상이 미노와 라이프를 가렸다. 두 아이는 다채로운 은신처 안에서 몸을 웅크렸다.

눈부시게 반짝이는 바다를 가로질러 그림자가 드리웠다. 그림자는 잠시 가만히 있더니 녹색수염 남자들이 타고 온 배를 향해서 느리게 움직였다. 미노는 바다 동료들이 무사하기를 간절히 바랐다. 작별 인사를 하지 못해서 찢어지는 가슴으로 인어족이 친구들을 지켜 주리라 믿는 수밖에 달리 미노가 할 수 있는 것이 없었다.

머핀들이 다이아몬드 형태로 대열을 바꾸자 꼬리로 만들었던 은신처가 드러났다. 미노와 라이프는 머핀의 안내에 따라 두 팔을 머핀 어깨에 걸치고 목을 끌어안아서 등에 힘껏 달라붙었다. 앞에 있는 아스트로라는 이름의 인어 소년 등에 라이프가 업혔다. 아스트로 머리는 미노랑 똑같고 꼬리는 하늘처럼 눈부신 청록색이었다. 솔로몬이 중앙에 자리 잡았고, 흑옥처럼 새카만 피부에 루비처럼 붉은 꼬리의 타미카라는 인어족 여자와 자비아가 솔로몬 양옆을 지켰다. 미노를 업은 아마리네가 맨 뒤였다. 일행이 두 바다 사이의 문을 향해 돌진했다. 미노를 엄마한테 데려다줄 문이었다.

　엄마!

1장. 바다 동굴

미노는 섬광처럼 바다를 가로지르고 있었다. 그저 머핀과 나란히 수영하고, 머핀이 나지막이 부르는 노랫말을 이해하고, 머핀의 잠자리를 구경하면서 머핀이 들려주는 이야기를 듣고 싶었다. 하지만 시간이 없었다. 막중한 임무가 멀리 떨어진 천둥을 예고하는 구름처럼 조금씩 모습을 드러내고 있었다. 미노는 앞에 가는 라이프를 보면서 어떻게 문을 통과할지 걱정했다. 지난번에 라이프를 구해준 힘이 무엇이든, 이번에도 기대할 수 있는지 확신이 없었다. 하지만 미노는 걱정할 필요가 없었다. 머핀들이 소머타이드 문이라면서 가리키는 곳을 보니 바다가 훨씬 얕았다. 잠깐 물속으로 들어가서 힘껏 수영한 뒤 위로 올라오면 카리브해였다. 라이프는 딱 4분만 숨을 참으면 될 것 같았다. 그것으로 충분하기를 바랐다.

문이 다시 한 번 미노 뼈를 잡아당겼다. 지난번에는 의식을 잃은 채 두 바다 사이를 통과한 라이프가 이번에는 완전히 경외감에 사로잡혔다. 일행이 소용돌이를 그리며 문으로 돌진하는 순간, 미노가 입술을 열어 노래를 시작하자 광분한 주변 바다가 이내 잠잠해졌다.

'나는 물의 영혼, 물의 노래

나는 별의 지느러미, 별의 뼈

나는 파도와 달빛이 꾸는 꿈이라네

내 심장은 멀리까지 헤엄쳐 왔구나.

그대 어렸을 적 바다가 부르기 시작했지

그대 이름 부르기를 멈추지 않았다네

그렇다오, 그대 어렸을 적 바다의 부름이 시작됐다네

결코 예전으로 돌아갈 수 없으리.

'아, 내 비밀을 아는 바다여

물결과 바람이 지키리니

저곳 먼 위 방랑자들한테 가려진 곳

그곳은 거칠고 깊구나.

그대 어렸을 적 바다가 부르기 시작했지

그대 이름 부르기를 멈추지 않았다네

그렇다오, 그대 어렸을 적 바다의 부름이 시작됐다네

결코 예전으로 돌아갈 수 없으리.

나는 신화와 신비의 조각

비늘과 이빨과 바다라네

심해의 불가사의를 내 지키리니
그대 나를 자유롭게 해주오.

그대 어렸을 적 바다가 부르기 시작했지
그대 이름 부르기를 멈추지 않았다네
그렇다오, 그대 어렸을 적 바다의 부름이 시작됐다네
결코 예전으로 돌아갈 수 없으리.

별빛을 향해 날아오르네
노래로 파도를 달래네
그대 방랑자 감히 따라오라
달콤한 삶은 오래가지 않으리.

나는 물의 영혼, 물의 노래
나는 별의 지느러미, 별의 뼈
나는 파도와 달빛이 꾸는 꿈이라네
내 심장은 멀리까지 헤엄쳐 왔구나.

노래의 마지막 음절이 울려 퍼지자 해저가 진동하면서 모래가 일었다. 눈부시게 환한 바다가 일행 앞에서 쪼개지고 수정 같은 빛이 뜨겁게 내리쬐어 모든 것이 별가루 색으로 변했다. 미노는 입을 더 크게 벌리고 빛을 향해 부르짖었다. 온 세계가 번갯불처럼 갈라졌다. 무대 위 휘장처럼 해류가 열리면서 가공할 푸른 세계가 펼쳐졌다. 미노와 라이프, 그리고 인어 일행이 순식간에 파 어버브 바닷속으로 휩쓸려 들어갔다.

거센 물살이 일행을 낚아채듯 들어 올려서 춤추는 플랑크톤과 모래의 소용돌이 속으로 던져버렸다. 황금 바다에 있는 것 같았다. 머핀들이 미노와 라이프의 손을 잡았다. 미노는 위아래조차 가늠할 수 없었지만, 자비아가 좌우 어디로 수영해야 하는지 알려주며 노련하게 미노를 이끌었다. 눈부신 모래와 바다 먼지 너머 저 멀리에서 묵직한 응답의 소리가 들려왔다. 파도와 세월을 함께한 지혜의 목소리, 느리게 두근거리는 심장 소리였다. 무언가 일행을 향해 다가왔다. 수월하게 움직이는 그 존재는 지혜롭지만 가차 없었다. 미노는 사력을 다해 헤엄쳐 가서 바다처럼 환한 두 눈의 존재와 정면으로 마주했다. 상어 이빨의 소녀와 거대한 장수거북이 만났다.

거북의 피부는 단단한 흑단처럼 윤기가 흐르고, 등껍질 대신 둥그렇고 납작한 검은 철갑을 둘렀다. 등에는 류트* 현처럼 일곱 개의 홈이 파였는데, 그 홈마다 미노의 상어 이빨처럼 뾰족하고 날카로운 가시가 수천 개 박혔다. 미노는 눈을 감고 거북의 존재를 느꼈다. 거북은 건너편 문의 수호자였다. 미노 일행을 안전한 곳으로 안내할 것이었다. 미노가 힐끔 뒤를 돌아보니 일행이 전부 일사불란하게 줄을 지어 태곳적 야수를 따라 수면을 향해 올라오고 있었다.

미노가 먼저 숨을 들이마시며 수면 위로 올랐고 일행이 그 뒤를 따랐다. 라이프가 미노 곁에서 식식거리기는 해도 다른 건 괜찮아 보였다. 머리

---

* 류트: 현악기의 일종

위는 가장 청명한 여름날의 푸른 하늘이었다. 바다가 은은하게 반짝이고 잔잔하게 물결치는 파도에서 흰 포말이 폴폴 날렸다. 배는 한 척도 없었다. 방랑자도 없고 해안선이 들어간 만에는 바위 그림자뿐이었다. 저 멀리 수평선 위로 어렴풋이 육지가 보였다. 바베이도스였다.

라이프가 콜록거렸다. 소금이 목구멍을 할퀴었다.

"수영할 수 있겠어?"

미노 목소리에서 의심이 묻어났다. 라이프는 자신감에 차서 고개를 끄덕이고 싶었지만 이미 안색이 창백할 대로 창백했다.

물속에서 열대 상어 무리처럼 대형을 이뤄 움직이는 머핀들의 그림자가 어른거렸다. 자비아가 기품 있게 수면 위 두 사람 사이로 올라왔다.

"방파제까지는 우리가 데려다줄게."

미노는 걱정으로 목구멍이 죄이는 기분이었다.

"너무 위험해요. 누가 보면 어떡해요?"

인어가 그럼 어쩌겠냐는 듯 한쪽 눈썹을 장난스럽게 들어 올렸다. 그저 빨리 헤엄칠 수밖에 없었다.

미노가 입술을 깨물자 뜻밖에도 너무 아프고 피가 흘러서 그만 악 소리를 내고 말았다. 머핀들이 물개처럼 유연하게 수면 위로 모습을 드러내고 영롱한 눈빛으로 미노를 돌아봤다.

"네 이가…… 이젠 진짜 상어 이빨 같아."

라이프가 숨을 몰아쉬었다. 미노는 얼굴을 붉혔지만, 머핀들은 그저 은은하게 웃고 있었다.

머핀들이 미노와 라이프를 업고 해안가로 향했다. 물속을 헤엄치다가 돌고래처럼 호를 그리며 물 위로 올랐다. 다시 물속으로 들어갈 때는 등을 아래로 하고 유리 날처럼 깨끗하게 물살을 가르며 시야에서 사라졌다. 그런데도 미노는 조금도 즐겁지 않았다. 다른 방랑자들, 즉 인간이나 바다 사냥꾼들을 조심해야 했다. 이 일로 인어들이 사람 손에 잡히지 않도록 확실히 해두어야 했다. 미노가 엄마를 찾아 나서기 전부터 바다 사냥꾼들이 찾고 있는 것이 바로 인어라는 사실을 미노는 잘 알았다.

지금 미노가 있는 이곳은 정말 바베이도스였다. 와일드 딥을 건너고야 말았다. 모든 것이 깜짝 놀랄 만큼 현실적으로 다가왔다. 하지만 실제로는 어디에서 엄마를 찾아야 하고 만에 하나 엄마를 제때 찾지 못하면 그땐 바다 사냥꾼을 어떻게 막아야 하는지 아무 생각이 없었다. 일행과 함께 수면을 오르내리면서도 라이프와 미노가 속삭이며 계획을 세웠다. 밀물과 썰물처럼 날카로운 반전과 전환이 겹겹이 깔리고, 상어를 낚는 나일론 줄처럼 섬세하게 짜인 계획이었다. 라이프와 미노는 작전을 마련하고 생기를 되찾았지만, 그와 동시에 깊은 두려움도 느꼈다. 그날 밤 푸른 달이 뜨기 전 머시를 구할 마지막 기회인 터였다.

바다 사냥꾼들이 머시를 가둬놓은 곳을 찾는 일이 급선무였다. 형제가 성장한 언덕 위 분홍색 집을 수색하거나 자자가 해저에서 건져 올린 보물을 보관할 만한, 또는 갈고리의 여자를 숨겨놨을 법한 장소를 찾아야 했다. 미노와 라이프가 머핀들한테 작별의 입맞춤을 한 뒤 해안선까지 남은 거리는 헤엄쳐서 갔다. 바닷가로 올라온 미노는 발아래에서 푹푹 꺼지는 젖은 모래를 느끼며 불안하게 걸었다. 한 번에 한 걸음씩. 미노가 속으로 말했다. 걸음마를 배우는 인어처럼 라이프 팔을 붙들고 균형을 잡았다.

일 단계. 바다 사냥꾼들의 본거지, 언덕 위 분홍색 집을 찾아야 해.

햇빛에 바짝 달궈진 모래에 발이 델 듯했다. 미노는 녹초가 된 몸에서 힘을 쥐어 짜내서 나뭇잎이 휘장처럼 늘어지고 몸통이 초승달처럼 휘어진 야자수 그늘을 향해 달렸다. 미노 뒤에 오던 라이프가 바닥에 넘어지더니 그대로 엎드려서 기기 시작했다. 미노는 도저히 멈출 수가 없었다. 아이스크림처럼 달콤한 그늘, 차가운 바닥으로 몸을 날렸다. 야자수 나무 그늘에 주저앉은 채 미노가 숨을 가다듬으며 천천히 주위를 살폈다. 허공에는 실잠자리가 떼를 지어 나지막이 윙윙거리고 강한 코코넛 향이 코를 찔러도 평화로운 곳이었다. 미노 발 주변 모래에는 떨어진 난초와 베고니아가 곳곳에 흩어져 있었다. 공기 중에 퍼지는 새들의 사랑스러운 지저귐이 꾸준히 찰싹거리는 파도 소리와 잘 어우러졌다. 미노는 이곳에 도착하자마자 첫눈에 반해버렸다. 기억 속에 영원히 각인될 만큼 뛰어나게 아름답다고 생각했다. 하지만 미노는 이곳의 부름에 마음을 닫았다. 엄마를 찾아.

"물."

라이프가 미노 옆에서 쓰러지며 다 죽어가는 목소리로 말했다. 미노는 초조하게 주변을 둘러봤다. 카페 같은 데라도 있으면 물을 구할 수 있을 텐데. 얼마 떨어지지 않은 나무 옆에 가만히 앉아 있는 한 남자가 눈에 띄었다. 친구가 도착하기를 기다리는지 앞에 펼쳐진 접이식 탁자 위에 도미노로 보이는 놀잇감이 놓여 있었다. 남자가 미노와 라이프를 약간 우스꽝스럽게 찡그린 표정으로 바라봤다. 발치에 잔뜩 쌓인 초록색 코코넛 더미에서 큼직한 걸 하나 집어 들고 작은 손도끼로 열매 윗부분을 따더니 종이 빨대까지 하나 꽂아서 느긋하게 걸어와 한마디 말도 없이 미노한테 건넸다. 미노 목구멍도 물을 내놓으라고 아우성이지만, 미노는 무릎을 꿇고 앉아서 라이프한테 빨대를 물렸다. 감격한 라이프가 길게 코코넛 물을 빨아들이더니 금세 되살아났다. 미노 역시 조금 마셨을 뿐인데도 활력이 돌았다. 달면서도 짭짤하고 놀랍도록 차가웠다. 남자가 두 아이를 향해서 모자 끝을 살짝 들어 올렸다가 내렸다. 햇볕에 완전히 그은 두 얼굴, 특히 라이프를 보더니 알로에 이파리를 하나 가져와 반으로 갈라서 아이들한테 주었다. 라이프 평생에 가장 감사한 시간이었다.

미노는 전율하는 희망을 느꼈다. 아마리네는 두 아이한테 상냥하고 예의 바르게 행동하라고 말했다. 어디로 가는지 아무한테도 말하지 말라고, 특히 언덕 위 분홍색 집에 대해서는 입도 뻥긋하지 말라고 했다. 하지만 눈앞의 이 남자는 진솔해 보이고 도움도 받을 수 있을 것 같았다. 미노는 자기 생각이 맞기를 바라는 희망에 맞서고 싶었지만, 결국 앙다문 입술 사이로 질문을 밀어냈다.

"언덕 위에 있다는 분홍색 집을 아세요?"

남자가 머리에 쓴 모자를 뒤로 더 젖혔다.

"스타스 형제 집?"

미노가 머뭇거렸다. 바다 사냥꾼들 이름은 알지만 성은 몰랐다. 그래서 되는 대로 일단 고개를 끄덕였다.

"알지."

남자가 씩 웃었다.

미노는 남자가 방향을 가르쳐주기를 기다렸지만, 더는 아무 말이 없었다.

라이프가 무릎을 털었다.

"자자하고 얘기하고 싶어서요."

미노가 움찔했지만 라이프는 모른 척했다.

"바닷속 보물찾기에 정말 관심이 많거든요. 그래서 잠수에 관해 얘기 좀 나눠보려고요."

얜 정말 타고난 거짓말쟁이라니까!

미노가 생각했다.

"그럼 스타스 형제의 바다 동굴로 가는 게 나을 거야. 길 끝 해안선이 안으로 휘어진 곳 옆이야. 스페이츠타운 바로 지나서."

남자가 바닷가에서 떨어진 길을 한 손으로 가리키며 말했다. 미노가 라이프를 쳐다봤다. 흥분해서 두 눈이 반짝이고 있었다. 자자의 바다 동굴! 과연 엄마가 있을 법한 장소였다.

둘은 남자가 가르쳐준 방향으로 서둘러 향했지만 열기가 몹시 심했다. 안락한 그늘을 벗어나자마자 뾰족한 자갈투성이 거친 길이 발밑에 펼쳐졌다. 미노의 불같은 성격에는 하찮은 일조차 전부 자극이었다. 라이프의 숨소리며 지나가는 모페드*의 시끄러운 소리, 살을 태울 정도로 태양이 벌써 이글거리는 판에 바람에 머리카락은 왜 이렇게 엉키고 시간은 왜 또 이렇게 오래 걸리느냐 말이다. 길가로 조금만 가까워졌다 하면 사람들이 자꾸 뭘 팔려고 들이댔다. 라이프는 관광객 취급받는 데에 열통이 터졌다. 하지만 미노는 내심 아기자기하게 생긴 예쁜 물건이 보고 싶었다. 작

---

* 모페드: 모터 달린 자전거나 초경량 오토바이

은 돌 거북상이며 반짝이는 머리쓰개, 산호 팔찌도 있었다. 사람이 모인 곳에서 흘러나오는 음악도 듣고 생선튀김도 맛보고 싶었다. 하지만 째깍째깍 시간이 가고 있었다. 엄마를 찾아.

인내심이 바닥난 미노 심장에서 날개가 돋아 가슴 밖으로 튀어나와 날아가겠다 싶은 순간, 휘어진 바닷가 곡선 안쪽에서 허물어지기 직전의 건물 한 채가 모습을 보였다.

"바다 동굴이다!"

미노는 전신이 부들부들 떨렸다. 자자의 바다 동굴은 진짜 동굴이 아니었다. 투철한 저항 정신으로 나무판에 녹슨 못을 박아서 지었고 바람에 닳은 판잣집이었다.

"바닷가 풀숲에 숨어 있어. 누가 있는지 가서 볼게."

라이프가 말했다.

"우리 엄마가 어떻게 생겼는지 알아?"

미노가 물었다.

"당연하지. 갈고리, 은니, 그리고 빨간 머리. 절대 안 놓쳐."

라이프가 대답했다.

송곳 같은 두려움이 미노를 찔렀다. 미노는 혼자 남기 싫었다. 라이프 홀로 바다 사냥꾼을 대면하는 것도 싫었다. 하지만 미노는 바다 사냥꾼한테 모습을 들킬지도 모르는 위험을 감수할 수 없었다. 아직은 아니었다. 미노는 고개를 끄덕이고 라이프를 있는 힘껏 꽉 끌어안은 뒤 허리띠에서 낚싯바늘을 풀어서 라이프 손에 쥐여줬다.

"혹시 모르니까……."

라이프는 불안해 보이지 않으려고 최선을 다했다. 미노가 높이 자란 수풀 속으로 꾸물꾸물 들어가자 라이프도 판잣집을 향해 걷기 시작했다. 최대한 침착하고 차분하게 움직였다.

라이프가 문에서 팔 뻗으면 닿을 거리까지 왔는데 허리케인에 뜯긴 듯이 문이 세차게 열렸다. 한 남자가 서 있었다. 끓어오르는 분노로 세상을 살아가는 사람 같았다. 목에 걸린 인어 비늘이 반짝였다. 자자였다.

미노가 헉 소리를 냈다. 모르긴 몰라도 자자는 라이프가 지금껏 만난 그 누구보다 강력한 카리스마를 뿜어낼 터였다. 실제로 라이프는 잠시 할 말을 잃었다.

"뭐지?"

자자가 으르렁댔다.

라이프는 직감을 따랐다.

"우와, 드디어 만났네요."

이내 라이프가 목소리를 한껏 높여서 독백을 시작했다. 죽음의 바위가 있는 만 주변에서 난파선 수색 작업을 벌여서 오래전 잃어버린 황금을 찾아낸 뒤 육지로 돌아오고 싶다는 둥, 리프 상어와 유영하기를 꿈꿔 왔다는 둥 멋대로 늘어놨다. 자자는 흥미롭다는 표정으로 히죽히죽 웃으며 라이프를 뜯어봤다.

"어이, 꼬마. 원하는 게 뭐야?"

놀랍게도 자자 목소리는 부드러웠다.

"같이 있게 해주세요."

라이프가 선언하듯 말했다. 연극이 반드시 먹혀들어야 했다. 자자가 쩌

렁쩌렁하게 웃어젖혔다.

"아저씨가 잠수에 관해서 알고 있는 걸 다 배우고 싶어요. 아저씨가 사용하는 지도랑 장비도 보고 싶고 그렇게 깊은 곳까지 잠수하는 법은 어떻게 익혔는지도 알고 싶어요. 그런데, 진짜 진짜 원하는 건 아저씨의 바다 동굴을 구경하는 거예요."

자자는 입술 끝을 잘근잘근 씹으며 눈앞에 서 있는 남자아이를 찬찬히 뜯어봤다.

"돈이 들 텐데."

자자가 씩 웃었다.

"뭐, 한 십 달러만 내."

라이프한테는 한 푼도 없었지만, 동화책의 한 대목을 기억해내고는 빙긋 웃었다.

한편, 같은 시간 바베이도스 바닷가에서는 어린 두 형제가 배 한 척을 두고 흥정을 벌이고 있었습니다. 형제는 신발에다가 훔쳐 온 외바퀴 수레, 심지어 카드 내기에서 딴 시계까지 다 내놨습니다.

"엄마 럼주* 사는 데 돈을 다 써버렸어요. 내기에 져서 신발도 잃고 싸움에 휘말리는 바람에 지갑도 뺏겼어요. 하지만 안으로 들여보내 주시기만 하면, 제가 잠수해서 찾은 건 다 드릴게요."

자자가 눈알을 굴리면서 막 문을 닫으려는데 여전히 라이프 손에 쥐어

---

* 럼주: 바베이도스는 당밀이나 사탕수수를 발효해서 증류한 럼주의 생산지로 유명하다.

진 낚싯바늘이 눈에 들어왔다. 자자는 낚싯바늘을 한참 쳐다봤다.

"옛날에 이런 낚싯바늘을 어떤 여자애한테 준 적이 있어."

자자가 거의 혼잣말하듯 중얼거렸다.

"멋진 선물이었겠어요."

라이프가 활짝 웃었다.

"그 여자애가 낚시를 좋아했어요?"

자자가 슬픈 표정으로 눈을 깜빡였다.

"전혀. 폭풍우가 몰려와서 문이 여자애 뼈를 하나 뺏어가 버렸어."

라이프는 기침을 해서 놀란 기색을 숨겼다. 자자가 몽롱한 상태에서 화들짝 깨어나더니 맘먹은 듯 고개를 끄덕였다.

"좋아. 들어와. 딱 오 분이다. 대신 아무것도 손대지 마."

그렇게 라이프는 가장 대담한 상상력으로도 그리지 못할 경이로운 동굴로 발을 들였다.

18장. 푸른 달

　판잣집 안은 녹슨 배며 인양한 선수상*, 움푹 파인 대리석 등 오래전에 잊힌 온갖 다양한 인공물의 집합소였다. 잡동사니는 바닥 곳곳에 흩어지거나 위아래로 겹쳐진 채 아슬아슬하게 균형을 잡고 있었다. 어떤 녹슨 배에는 활짝 열린 궤짝이 있는데, 진짜 해적선에 실린 보물처럼 궤짝 안이 금화로 가득했다. 방 한복판에는 갖가지 조개로 채워 넣고 물거품이 보글거리는 주사위 모양의 수조가 있었다. 조용히 전설을 기다리고 있는 걸까?

　실내를 둘러본 라이프는 이 안에 있는 물건만으로도 자자가 이미 백만장자가 되고도 남는다는 걸 파악했다. 박물관 하나쯤은 너끈히 열 만하고, 인류 역사를 다시 써야 할 만큼 기이하고 훌륭한 물건이 많았다. 빠진 것은 인어뿐이었다. 이곳 자체가 바다와 그곳의 야성을 사랑하고 바다에 얽힌 이야기를 진심으로 아끼는 한 사람의 애정을 보여주는 증거였다. 라이프는 죽은 침몰선을 되살려온 여인의 아들로서 난파선과 보물에 관해

＊ 선수상: 배의 앞머리에 장식으로 붙이는 사람이나 동물의 상. 시페어호의 인어 목상 같은 것

꽤 많은 것을 알았다. 그런 라이프가 한눈에 자자에 관한 세 가지를 알아냈다.

1) 자자의 용기는 가늠 못 할 정도로 대단했다. 고가이거나 최신 잠수 장비가 없었다. 그저 보물이 있다고 추정되는 지점을 대충 그려놓은 그림이나 낡은 지도 몇 장을 아무렇게나 벽에 붙여 놨다. 자자가 직접 잠수해서 금을 찾아 육지로 올라온 것이 틀림없었다.

2) 자자는 거들먹거리는 사람이 아니었다. 믿기 힘든 일과 물건을 수없이 보고 위기도 수차례 겪었음이 분명한데 실제로는 그다지 유명해 보이지 않았다. 어쩌면 세상 눈을 피하고 싶은 것일지도 몰랐다. 으스대는 일은 실제 모험은 떠나지 않고 모험에 나서는 꿈만 꾸는 사람들 몫으로 넘겨버린 것 같았다.

3) 자자는 절대 와일드 딥을 포기할 것 같지 않았다. 판잣집에 있는 그 모든 황홀하고 멋진 물건도 자자한테는 아무런 의미가 없었다. 인어라는 결실이 없는 한 그 어떤 난파선도 자자에게 영광스럽지 않을 터였다.

판잣집 밖 풀숲에 있는 미노는 갈수록 안절부절못했다. 물결치는 파란 파도가 저렇게도 근사해 보이건만, 덥고 끈적거리는 데다가 해변 모래 절반을 머리카락에 뒤집어쓴 것 같았다. 미노가 벌떡 일어나서 몸을 털었다. 더는 가만히 있을 수가 없었다. 너무 오랫동안 육지에 혼자 있었더니 불안감이 차올랐다. 잠깐 물장구치면서 몸 식히는 정도는 괜찮을 거야.

미노는 조끼를 벗어서 모래에 파묻고 곧장 바다를 향해 걸었다.

별안간 지프차 한 대가 모래밭을 가로질러 돌진해 오더니 물가 바로 앞에 정지했다. 햇볕에 머리가 그은 한 남자가 차 밖으로 뛰어내리는 모습을 보고 미노가 그 자리에 얼어붙었다. 루이스. 심장이 가슴뼈를 때리도록 뛰었다. 루이스가 봤으면 어쩌지? 풀숲으로 되돌아가기에는 이미 늦었다.

미노는 절망적으로 주변을 살폈다. 저녁 수영을 준비하는 현지인 가족들로 해변이 분주했다. 바닷속에서 물을 튀기며 노는 한 무리의 여자아이를 발견한 미노가 안도하며 미소 지었다. 아이들이 나랑 비슷하게 생겼어. 미노가 입을 벌리고 웃지 않는 한, 저 속에 섞이면 도드라져 보이지 않을 터였다. 무릎 위로 차갑고 비단결처럼 부드러운 파도가 쳤다. 수면 아래로 잠수해서 내려간 미노가 밀려드는 파도 밑에서 루이스를 엿보았다.

루이스는 뭔가 가늘고 야들야들한 것을 어깨에 걸쳐 메고 있었다. 지프차 뒤에서 작은 제트 스키를 한 대 내리더니 뒤이어 경량 고무보트며 햇빛으로 만들어진 듯 빛나는 구조물을 차례대로 내렸다. 구조물이 뭔지 미노가 파악하는 데는 일 분도 걸리지 않았다. 그건 유리섬유로 만든 우리였다. 사람이나 돌고래도 들어갈 만큼 컸다. 아니면……. 미노가 물밑에서 저주를 퍼부었다. 절대 그런 일이 벌어지게 놔두지 않을 작정이었다. 가만히 누워서 근심에 시달린 마음을 시원한 물로 달랬다.

미노는 루이스가 유리섬유 우리를 고무보트에 묶고, 고무보트를 다시 제트 스키에 매달아서 한꺼번에 파도 너머로 밀고 가는 광경을 지켜봤다. 루이스가 제트 스키에 올라타더니 시동을 걸었다. 미노는 최대한 얼굴이 드러나지 않도록 눈까지만 수면 위로 내밀고 수평선 쪽으로 멀어지는 루이스를 응시했다. 붉은색 가느다란 선이 죽음의 바위가 있는 만 안쪽으로 사라졌다. 바다가 차갑게 식으면서 하늘이 빙글빙글 돌았다. 미노는 몸속 모든 뼈와 입안 이빨과 가슴 속 심장으로 바로 저곳이 엄마가 갇힌 곳이라는 걸 알았다.

미노는 바다에서 튀어나와 길을 향해 내달리다가 판잣집에서 나와 딴 데 정신이 팔린 듯이 걸어오던 라이프와 부딪칠 뻔했다.

"머시 아줌마는 저기 없었어."

라이프가 말했다.

"엄마는 죽음의 바위에 있어."

미노가 다급하게 말했다.

"한 가지 더."

라이프가 눈살을 찌푸리며 태양을 올려다봤다.

"너 머시 아줌마가 왜 갈고리를 달았는지 알아?"

미노는 어리둥절해서 어깨만 으쓱했다. 미노한테 갈고리는 의문의 대상이 아니라 그저 엄마의 일부였다. 사방으로 빛을 뿌리는 은빛 곡선, 그뿐이었다. 누구라도 엄마의 갈고리를 한 번 보기만 하면 순식간에 자아를 잊어버리고 오직 한 여인, 자신의 꿈을 잿더미로 만들어버릴 수도 있는 여인한테 빠져버렸다.

"아니, 몰라. 왜?"

미노가 짜증을 냈다.

라이프가 긴장한 듯 모래로 눈길을 떨어뜨렸다.

"있잖아, 아무래도 문이 아줌마한테서 뼈를 가져갔고, 그래서 자자가 갈고리를 만들어준 것 같아."

미노 머릿속이 빙빙 돌기 시작했다.

"그러니까 문이 정말로 문지기한테 대가를 치르게 한다 이거네."

라이프가 굳은 표정으로 고개를 끄덕였다.

"하지만 자자가 왜 우리 엄마를 도왔지?"

두 사람은 잠시 이 문제를 곱씹었다.

"아리엘카 할머니가 말한 그대로인 것 같아. 머시 아줌마가 문지기가 되기 전까지는 다들 친구였다면서. 혹시 자자는 우정을 되찾고 싶은 건 아니었을까?"

라이프는 방금 만난 남자를 생각했다. 심장 속에서 바다가 고동치는 듯한 남자한테는 마음을 사로잡는 폭풍 같은 구석이 있었다. 하지만 자자는 갈고리의 여자아이와 문을 얘기하면서 슬픔에 휩싸이기도 했다.

"글쎄. 아무래도 자자가 아줌마를 도와줬던 것 같아."

라이프의 말에 미노는 혼란스럽고 약해지는 기분이 들었다.

"상관없어. 그때는 어땠는지 몰라도 지금은 엄마를 돕는 게 아니잖아. 우리 엄마를 죽음의 바위에 가둬놨다고."

라이프가 투덜거리면서 풀숲에 털썩 주저앉았다. 둘 다 지쳤고 만까지 수영해서 가기엔 너무 먼 거리였다. 아무리 상어 이빨 부족이라 해도 말이다.

"미노, 이젠 작전 이 단계로 넘어갈 시간이야. 배를 훔치자."

미노는 웃어보려고 했다. 해가 지고 푸른 달이 뜨기 전에 육지에서 엄마를 구출하기를 간절히 바랐다. 하지만 이젠 다 틀렸다.

라이프가 낚싯바늘을 도로 미노 손에 쥐여줬다.

"네가 문지기라는 걸 잊지 마. 넌 뭐든 할 수 있어."

미노가 똑바로 일어섰다. 라이프를 믿고 싶었다. 궁극의 두려움만 빼고 무엇이든 느끼기를 바랐다. 푸른 달이 뜨는 밤이 무엇을 요구할지 모른다는 공포에 사로잡히기 싫었다. 문이 뼈를 빼앗을지도 몰랐다. 땋은 머리 가닥 마지막 하나까지 전부 다, 어쩌면 목숨까지도.

"책에서 읽은 문지기 이야기는 기억나는 대로 다 말해 줘."

라이프가 고개를 끄덕였다.

미노와 함께 배를 훔치러 가면서 머릿속에 떠오르는 얘기를 하나씩 다시 들려줬다. 녹색수염 세이지와 나눈 대화로 시작해서 동화책에 나온 이야기들로 끝났다. 미노는 하나도 빠짐없이 귀 기울여 들었다. 머릿속에서 새로운 계획이 반짝 떠오르더니 어렴풋이 틀을 잡아갔다. 다른 계획이 전부 수포로 돌아갈 경우를 대비한 것이었다. 지독히 위험하겠지만, 미노는 기꺼이 감당할 터였다.

서인도 제도에 밤이 내려앉았다. 짙고 깊은 멋진 어둠이었다. 파도가 부드럽게 철썩이고 귀뚜라미가 울자 작은 개구리들이 화답했다. 밤이 고동치자 비밀과 웃음이 메아리치고 바다 내음과 야생화 향기가 퍼져나갔다. 어둠을 가로지르며 속삭이는 시원한 바람이 스페이츠타운의 긴 풀밭을 누비는 어린아이처럼 종종걸음치고 깡충깡충 뛰었다.

모래를 헤집어 벌새 떼처럼 춤추게 했다. 늦은 밤에 배를 띄운 선원들의 돛에 부대고 파도를 떠밀어서 사람들이 바다에서 물러나 안전하게 배를 정박시키고 오이스틴 수산 시장*에서 펀치를 홀짝이거나 서로의 집 포치**에 모여 이야기꽃을 피우게 했다.

사막처럼 고요하고 더운 열기로 내륙의 밤은 뜨거웠다. 머리를 스치거나 목을 간질거리는 산들바람에 사람들은 행복한 꿈을 꿨다. 나무들이 흔들리며 속삭이고 밤새들이 합창했다. 여유롭고 점잖게 섬을 가로지르는 지혜롭고 다정한 바람에 사람들은 하나같이 만족해하며 바닷가에서 멀찌감치 떨어져 밤을 보냈다. 배라고는 작은 것 한 척밖에 없었다. 카누와 안락의자를 다듬어서 만든 듯한 배에 사롱***을 잘라 만든 것 같은 돛이 부풀어 있었다. 훔치기에 마땅한 배를 찾지 못한 미노와 라이프는 그냥 그 배를 적당히 손봤다. 그런데 결과물은 두 사람이 보기에 신기하리만치 완벽했다.

달빛이 비추자 바다는 은빛 파란색으로 물결치고 죽음의 바위는 먼바다로 길게 그림자를 드리웠다. 미노는 임시방편으로 만든 돛대에 붙어 서서 앞을 내다봤다. 계획대로 안 되면……. 그럴 리 없었다. 잘못되면 안 되었다. 미노가 그렇게 내버려두지 않을 터였다. 미노는 떨리는 손으로 죽음의 바위 바깥쪽 가장자리 울퉁불퉁한 곳에 배를 대고 밧줄을 묶어 고정하고는, 라이프를 한 번 안은 뒤 바다 위로 드러난 암초를 조심스럽게 올라가기 시작했다. 바위에 발이 베여 피부가 벗겨지고 팔꿈치를 가로질러 피가 흐르고 셀 수 없게 손이 긁혔지만 고통은 거의 느끼지 못했다. 미노

---

* 오이스틴 수산 시장: 특히 생선튀김으로 유명한 바베이도스 남쪽 해안의 명소
** 포치: 건물의 현관이나 출입구 바깥으로 튀어나온 부분에 지붕을 덮은 곳
*** 사롱: 남녀 구분 없이 허리에 천을 둘러 입는 민속 의상

는 숨도 안 쉬고 서둘러 바위를 올랐다. 마침내 해변에서 부서지는 파도처럼 바위가 앞으로 말린 곳에 이르자 미노는 꼭대기 너머로 맞은편을 엿볼 수 있었다.

꼭대기 너머로 밑바닥이 유리처럼 투명한 낚싯배 한 척이 정박해 있는 것이 보였다. 휴가를 즐기는 사람처럼 느긋하게 배에 기댄 사람이 안에 있으니, 바로 엄마였다. 미노는 엄마 팔다리가 쇠사슬에 묶여 있는 모습을 보고 비명을 지를 뻔했다. 엄마의 다이아몬드 갈고리로도 절대 끊어내지 못할 것 같은 쇠사슬이었다. 미노는 입을 꽉 다물었다. 맥박이 빨라졌다. 엄마를 구해. 각자 제트 스키를 탄 바다 사냥꾼들이 배 주위를 둘러싸고 있었다. 일행에 합류한 자자가 엄마 가장 가까운 곳에 머물러 있었다. 팔짱을 낀 채 고개를 숙이고 있어서 표정 읽기가 어려웠다. 하나로 묶은 머리를 틀어 올렸더니 바다에 비친 그림자가 왕관을 쓴 형상이었다. 자자 옆에는 루이스가 있었다. 햇볕에 탄 피부가 별빛을 받아 더 창백했다. 가만히 있기가 힘든 듯, 산만한 분위기였다. 미노는 루이스 무릎 위에 놓은 작살을 보고 움찔했다. 루이스 뒤에 작은 고무보트와 유리섬유 우리가 있었다. 전설이 이뤄지기를 기다리는 거야. 미노가 침을 삼켰다. 일리는 일행과 조금 떨어진 곳에 있었다. 피부는 여전히 밤하늘처럼 검고, 초조한 눈빛은 머시한테 못 박힌 듯 떨어질 줄 몰랐다.

"곧 달이 뜰 거야."

루이스가 말했다.

"노래할 준비는 됐지?"

자자의 어조는 낮았다. 얼핏 슬픔이 묻어났다.

머시가 고개를 들어 별을 쳐다봤다.

"신청곡은 없어?"

머시는 지금 처한 상황이 안중에도 없는 기색이었다.

자자는 웃었지만 왠지 공허하게 들렸다. 더운 밤인데도 미노가 몸을 떨었다.

"너한테는 두 가지 선택권이 있어. 첫째, 노래해서 문을 연다, 우리는 필요한 것을 손에 넣는다, 모두 행복하게 집으로 돌아간다."

머시가 배 한쪽 구석에 침을 뱉었다.

"둘째, 노래를 안 한다, 누군가 죽는다."

머시가 갑자기 뱀처럼 일어섰다. 본능적으로 세 남자가 전부 뒤로 몸을 뺐다. 미노도 눈을 질끈 감았지만 어떤 폭력도 오지 않았다.

"자자, 언제까지 이럴 거야?"

엄마가 사납게 말했다.

"네가 인어 한 마리로 끝낼 것 같아?"

"한 마리만 있어도 세상을 바꿀 수 있을 것 같은데?"

미노는 자자를 증오하지만, 자자 소망에 깃든 강력한 자력에 심장이 끌리는 것을 느꼈다.

머시가 건조하게 웃었다.

"우린 윤리적인 사람들이라고."

루이스가 합리화에 나섰다.

"우린 바다를 너무 몰라. 인어 같은 존재한테서 배울 수 있는 게 정말 많을 거야."

머시가 보란 듯이 쇠사슬에 감긴 갈고리와 손목을 들어 올렸다.

"하, 윤리적?"

"아가씨가 한쪽 눈알을 후벼 파내려고 했잖아."

루이스가 덤덤하게 말했다.

"나도 나를 지켜야 했다고."

머시가 루이스를 차갑게 쏘아봤다. 달빛을 받은 갈고리가 번쩍 빛났다.

"그런데 네 몫은 뭐지?"

"난 해양 보호 활동을 해."

루이스가 젠체하며 말했다.

"딸 때문에 인어가 필요한 거잖아. 딸이 원하는 걸 해주기 위해서라면 어떤 대가든지 기꺼이 치를 테고."

머시가 한숨을 쉬었다.

루이스가 당황하며 어깨를 으쓱했다.

"물론 우리 막내딸이 인어를 만나고 싶어 하긴 해. 딸 소원을 이뤄주고 싶기도 하고. 뭐, 바다도 보호하고."

머시가 이렇게 멍청한 인간은 처음 본다는 눈빛으로 루이스를 쳐다봤다.

미노는 입술에서 피가 나지 않게 조심해서 입술을 깨물었다. 다음 단계로 넘어가야 할 시간이었다. 작전 삼 단계. 몸을 떨면서 뒤로 돌아 저 아래 배에 있는 라이프를 향해 손을 흔들었다. 신호다. 라이프가 일어나 심호흡한 뒤 용기를 끌어모아 소리쳤다.

"말도 안 돼!"

만 안쪽에 있는 자자가 고개를 휙 들더니 일리에게 지시했다.

"무슨 일인지 가서 확인해 봐."

"난 아무 데도 안 가."

일리가 차분하게 말했다. 긴 침묵이 흘렀다.

만 밖에 있는 라이프가 조용히 열까지 세고는 다시 한 번 힘차게 외쳤다.

"저건, 아니야, 그럴 리 없어. 이, 인, 인어다!!!"

머시 안색이 눈에 띄게 창백해지자 미노는 엄마한테 소리쳐서 알리고 싶었다. 엄마, 괜찮아요, 다 작전이야. 하지만 미노는 소리치는 대신 입을 굳게 다물고 무릎을 굽혀서 물속으로 뛰어들 준비를 했다. 자자는 분노가 이글거리는 눈빛으로 형제를 쏘아보고는 제트스키 시동을 걸었다. 미노는 아무렇지도 않게 작살을 어깨에 메는 루이스를 초조하게 지켜봤다.

일리 얼굴이 일그러지고 목도 뻣뻣해졌지만, 비단처럼 부드러운 목소리로 말했다.

"그건 내려놔도 돼. 흥분할 필요 없어."

루이스는 꿈쩍도 하지 않았다. 일리가 소리 하나 내지 않고 물속으로 미끄러져 들어가 유리 바닥 배로 헤엄쳐 가더니 힘 하나 안 들이고 배에 올라 머시 앞에 자리를 잡았다. 루이스가 작살로 머시를 쏘면 일리를 꿰뚫을 판이었다. 미노는 안도의 한숨을 내쉬었다. 바로 그때 자자가 요란한 소리를 내며 제트스키를 타고 만 안으로 들어왔다. 라이프가 제트스키 앞에 비스듬히 매달려 있었다. 자자한테 멱살을 잡힌 라이프 모습에 미노는 헉 소리를 내려다가 간신히 참았다. 예상한 일이었다. 두 아이는 그렇게

하기로 동의했다. 하지만 거칠게 다뤄지는 라이프를 보니 미노 눈에 눈물이 차올랐다.

"여긴 어떻게 왔지?"

자자가 으르렁댔다.

"배를 타고 따라왔어요. 그냥 아저씨가 잠수하는 걸 보고 싶었어요."

라이프가 캑캑거렸다.

자자가 나지막이 탄식했다.

"꼬마야, 오늘 밤은 안 돼. 제트스키 타고 가라. 바닷가로 돌아가."

"하지만 저기 저 밖에 인어가 있는데요? 진짜라고요. 꼬리가 사파이어처럼 새파랗고 지느러미는 별빛처럼 은색이었어요. 비늘은 아저씨 목걸이에 달린 거랑 진짜 똑같았다고요."

순간 정적이 흐르는가 싶더니 너무 많은 일이 한꺼번에 벌어졌다.

자자가 라이프를 실은 채 제트스키 방향을 급하게 돌렸다.

"어디인지 안내해!"

날듯이 만을 빠져나가면서 자자가 외쳤다. 루이스도 유리섬유 우리를 매달고 자자 뒤를 따랐다.

배 안에서 일리가 두 손으로 머시의 얼굴을 감쌌다.

"그냥 가. 저 둘은 절대 포기하지 않을 거야."

미노가 바다로 뛰어들기 위해 가파른 절벽 끝에 섰다. 엄마를 구할 시간이었다. 미노가 두 팔을 올리고 화살촉처럼 하나로 붙였다.

머시가 고개를 저으며 눈물을 털어냈다.

"그러니까 나여야 해. 자자는 죽을 때까지 와일드 딥을 포기하지 않을 거야."

미노가 다이빙 자세로 무릎을 굽히고 동작을 멈춘 채 깊이 숨을 들이마셨다.

일리가 배 위에서 무릎을 꿇자 배가 흔들렸다. 화가 난 표정이지만 절망적으로 슬퍼 보였다.

"머시, 자자랑 싸우는 일은 다른 사람한테 맡겨. 돌아가서 우리 딸 곁에 있어 줘. 흔적은 내가 지울게. 시간을 벌어줄게."

벼랑 끝에 섰던 미노가 얼어붙었다. 우리 딸. 숨이 안 쉬어졌다. 별빛이 너무 밝았다. 달빛이 너무 맹렬했다. 발이 부들거렸다. 미노가 위태롭게 비틀거렸다. 두 팔을 날개처럼 펼치고 균형을 잡았다. 하지만 현기증이 일어서 구름이 낀 듯 시야가 뿌옜다. 미노가 주저앉았다. 바위를 꽉 움켜쥐고 울지 않으려고 안간힘을 썼다.

머릿속에서 어떤 기억이 빠르고 선명하게 떠올랐다. 미노가 어렸을 때, 여섯 살쯤 되었을까, 엄마를 도와서 물에 잠긴 선체를 닦고 있었다. 어린 미노가 숨 쉬려고 물 밖으로 나올 때마다 가족들이 미노한테 미소 지으며 가까이 모여들었다. 미노 가족과는 달라 보였다.

머시가 미노를 물 밖으로 건져 올려서 이야기를 들려줬다. 동화였다.

"옛날에 파도와 섬이 사랑에 빠져서 아이를 낳았어. 작은 여자아이였지. 아이는 바다이자 땅이었어. 하지만 이들은 함께 있을 수 없었어. 파도한테는 달이 필요하고 섬한테는 태양이 필요했거든. 파도와 섬은 서로 멀리 떨어져서 사랑하기로 마음먹었어. 작은 여자아이는 엄마와 살면서 세월이 흐르고 또 흘러서 언젠가 섬에 갈 준비가 될 때까지 바다의 호흡과

땅의 이야기를 배웠단다."

어린 미노는 이를 받아들였다. 미노한테는 엄마와 미유키가 세상 전부였다. 가족이었다. 지난 세월 동안 엄마랑 아빠 얘기를 할 때마다 마치 이 세상에 실재하지 않는 사람을 상상해서 말하는 기분이 들곤 했다. 그런데 여기 아빠가 있었다.

요란하게 부르릉거리면서 자자의 제트스키가 돌아왔다. 뜨거운 눈물이 미노 눈에서 뚝뚝 떨어졌다. 잠수할 기회를 놓치고 말았다.

미노한테는 만 안쪽에서 벌어지는 언쟁이 거의 들리지 않았다. 두 형제가 서로를 향해 소리를 질러대더니 자자가 머시를 만 밖으로 끌고 나갔다. 미노는 잡생각을 전부 떨쳐버리고 오로지 이 밤에 집중했다. 마비된 것 같은 몸으로 바위를 기어 내려와 눈에 띄지 않고 바닷속으로 미끄러져 들어갔다.

푸른 달이 뜨자 바다가 섬뜩한 청록색으로 번득였다. 조수가 바뀌고 물이 빠르게 빠지면서 수심이 꾸준히 낮아졌다. 만 밖에서 루이스가 외쳤다.

"문이 보여! 죽여주는데?"

제트스키가 칙칙 소리를 내면서 유리 바닥 배를 끌고 나왔다. 입술을 굳게 다문 머시가 그 안에 있었다.

이제는 루이스 제트스키에 연결된 고무보트에 걸터앉은 라이프가 조마조마한 눈빛으로 주변을 두리번거렸다. 미노는 어딨지? 속으로 계획을 되짚어 보면서 바위 구석구석을 살폈다. 하지만 미노는 없었다. 잠수 계획이 실패했다는 의미였다. 그렇다면 네 번째 단계가 필요했다.

미노는 배를 끌고 나오는 제트스키를 수면 바로 밑에서 지켜보고 있었다. 도전적으로 앉은 채 꿈쩍도 하지 않는 엄마한테 온 신경을 집중했다. 머시 옆에 앉은 일리의 갈색 두 눈동자가 근심의 빛으로 가득했다.

루이스가 작살을 들어 올렸다.

"자, 이제 노래할 시간이네."

머시는 아무 소리도 내지 않고 그저 분노로 이글거리면서 작살을 향해 가슴을 정면으로 들이대고 우뚝 섰다. 일리가 다시 머시 앞을 가로막고 섰다. 자자는 당장에라도 제트스키에서 배로 건너뛰어 형제를 한 대 후려칠 기색이었다.

"봐요, 저기 물속에서 뭔가 반짝여요."

라이프가 반쯤 낮춘 소리로 외쳤다. 마음이 놓여서 심장이 뻐근할 지경이었다. 모두가 몸을 앞으로 쭉 뺐다. 바닷속에서 미노가 발길질로 몸을 팽이처럼 돌리며 번개보다도 빠르게 조수를 탔다. 온몸이 바다의 빛을 받아 황홀하게 반짝였다. 눈부시게 환했다. 위에서 내려다본 미노를 한마디로 표현하기란 불가능했다. 물고기, 여자아이, 아니면 신화.

"저기 인어다!"

루이스가 외쳤다.

미노가 재빨리 배에서 멀어졌다. 안전한 거리에 이르자 두 발을 한데 모으고 돌고래처럼 등을 뒤로 젖힌 채 호를 그리며 바다에서 솟구쳐 올랐다. 미노 입술 사이로 노래가 터져 나왔다. 라이프가 숨을 멈췄다. 정말 인어 같잖아.

배 안에 있는 머시 얼굴이 공포로 하얗게 질렸다.

"안 돼!"

머시가 비명을 질렀다. 어찌 된 일인지 갈고리가 쇠사슬을 끊어냈다. 대번에 일리가 머시를 도왔다.

제트스키를 탄 자자와 루이스가 총알처럼 인어를 뒤쫓았다.

미노는 바다 사냥꾼들을 문에서 떨어뜨려 놓으려고 지그재그를 그리며 물 아래로 더 깊이 내려갔다. 하지만 자자와 루이스가 더 빨랐다. 오래전 자비아가 그랬듯이, 미노 역시 너무 늦게 그물을 눈치챘다.

거미줄 같은 그물은 거의 보이지도 않게 가늘었다. 상어 이빨로 물어뜯어도 소용없었다. 눈 깜짝할 사이에 미노가 위로 확 들렸다. 바다 사냥꾼들이 미노의 두 다리를 보는 순간 모든 것이 끝이었다. 자자가 미노가 누구인지 알아내든지 아니면 결국 머시가 굴복할 터였다. 엄마! 바다 사냥꾼들이 미노가 진짜 문지기라는 사실을 깨달으면 미노한테 억지로 노래를 시킬 것이었다. 미노는 엄마와 와일드 딥을 구해야 했다. 그것이 미노의 임무였다. 머시가 바로 그 일에서 미노를 벗어나게 하려던 것이었는데 이미 늦었다. 미노가 시도할 수 있는 작전도 이제 마지막 하나밖에 안 남았다. 최후의 수단을 생각만 해도 미노는 겁이 나서 토할 것만 같았다. 하지만 어째서인지 미노는 결국 이렇게 되리란 걸 줄곧 알고 있었다. 미노는 바닷물과 함께 용기를 들이마셨다. 입을 활짝 열고 영혼 밑바닥에서 끌어올린 노래를 터트렸다.

쩍! 귀가 먹을 것 같은 소리가 나면서 바다가 쪼개졌다. 해류가 충돌하는 격랑 한복판에서 은색 빛이 어른댔다. 자자와 루이스가 뒤로 물러났다. 문이 열리고 있었다. 이젠 쇠사슬에서 풀려난 머시가 유리 배에서 물속으로 뛰어들었다. 시선은 그물에서 떨어질 줄 몰랐다. 하지만 자자의 마음은 이미 그물에서 떠났다. 자자의 심장에는 와일드 딥을 향한 그리움뿐이었다.

"들어가자!"

자자가 소리치자 루이스는 미노를 끌어올리려고 용을 쓰면서 고개를 저었다.

"인어를 잡았어, 집으로 돌아갈 거야."

루이스 옆에서 수면 위로 올라온 머시가 루이스를 후려갈겼다. 어찌나 세게 올려붙였는지 루이스는 거의 정신을 잃었다. 그물이 놓여났다. 머시가 미노를 찾으러 다시 물속으로 내려갔다. 경이로운 순간은 찰나였다. 미노는 엄마의 따스한 품과 부드럽고 차가운 피부, 갈고리의 익숙한 곡선을 느꼈다. 두 사람은 함께였다. 이제 머시는 거의 안전했다. 검고 깊은 바다에서 서로를 꼭 안고 있는 사이, 미노 심장에서 통증이 사라졌다. 엄마. 하지만 자자가 문을 향해 헤엄치고 있었다. 미노가 머시의 품에서 벗어나 엄마와 딸이 자자를 따라 총알처럼 물살을 가르며 치고 나갔다. 나란히 헤엄쳤다.

머시가 먼저 자자한테 닿았다. 바다의 영혼처럼 자자 앞으로 불쑥 올라와서 다이아몬드가 박힌 갈고리를 들이대며 뒤로 물러가게 했다.

"넌 통과 못 해. 문이 너를 죽일 거야."

그 순간 일리가 옆에 나타나더니 문에서 자자를 멀어지게 하려고 몸싸움을 벌였다. 라이프도 고무보트에서 뛰어내려 자자 발목을 향해 손을 뻗었다.

루이스는 얻어맞은 충격으로 아직 어지러웠지만 자자를 불렀다.

"자자, 이 봐, 친구, 내 말 들어. 바다가 너무 깊어. 우린 절대 통과하지 못해."

하지만 자자는 멈추지 않았다. 자자의 강렬한 욕망은 다른 이들이 힘을 합친 것보다 더 강했다. 자자는 일리와 머시를 그대로 매단 채 어렴풋이 빛나는 문을 향해 아래로 더 깊이 빠르게 내려갔다. 수면 위에서는 미노와 라이프가 달빛을 받으며 서로를 쳐다보고 있었다. 루이스는 이미 해안가로 돌아갔다. 도움을 구하러 간 건지, 가족이 기다리는 집으로 돌아가서 지금 벌어진 사건 따위는 전부 잊어버리려는 건지 모를 일이었다. 두 친구가 손을 맞잡았다. 시간은 많지 않았다. 혹시라도 마법이 정말 먹힌다면, 무슨 일이 일어날지 누가 알겠는가. 미노는 대가를 치러야 할 것이고 라이프는 절대 예전으로 돌아가지 못할 터였다. 더 나쁜 일이 벌어질지도 몰랐다.

"난 준비됐어."

라이프가 씩 웃었다. 미노는 두 번 다시 놓지 않을 기세로 라이프의 손을 꽉 잡았다.

"넌 내 인생 최고의 친구야."

미노가 나직이 속삭이자 라이프가 쑥스러운 듯 고개를 끄덕였다.

"응, 너도 마찬가지야."

라이프는 입술만 뻐끔거렸다.

그렇게, 두 친구는 함께 물속으로 잠수했다.

미노는 바다가 내쉬는 한숨만 받아들이고 나머지 세상은 닫아 버렸다.

문지기는 미노였다. 두 세계로 누가 넘나들지는 미노한테 달렸다. 그리고 규칙대로라면, 방랑자가 와일드 딥에 발을 들인 이상 그대로 죽일지 아니면 영원히 변하게 할지 결정하는 것도 미노였다.

오직 미노만이 인간을 바꿔서 살릴 수 있었다. 이전에 수없이 그랬듯이 죽일 수도 있었다. 네 영혼 속에 무엇이 있는지 찾아내. 미노한테는 상어의 영혼이 깃들었다. 그것이 미노의 혈통이었다. 가장 오래된 혈통이자 인어족의 근본, 전설을 만들어낸 영감이었다. 미노 어린 시절 전반에 새겨진 인어에 관한 노래와 문화, 이야기들이 미노의 영혼 속에서 쉬고 있었다. 미노는 마음에 집중하며 소망했다. 나머지는 고대 바다의 마법 몫이었다.

미노와 라이프가 두 바다 사이에 있는 문을 박차고 통과하자 환한 물속에 어둠이 깔렸다. 미노 입에서 피 맛이 났다. 고통에 신음이 흘러나왔다. 그러고는 평화가 찾아왔다.

두 사람 뒤로 조용히 문이 닫혔다. 물살이 모두를 휩쓸어 와일드 딥 바다로 실어다 놨다. 미노, 라이프, 그리고 머시가 함께 수면을 가르며 떠올랐다. 소머타이드는 눈이 부시게 황홀하고 공기도 그에 어울리게 비현실적이었다. 미노가 주변을 둘러봤다. 바다 사냥꾼은 어디에 있지? 사라졌나? 죽었나?

격심한 통증이 턱을 꿰뚫었다. 미노는 너무 아파서 헉 소리가 났다. 머릿속이 아찔했다.

"네 상어 이빨."

라이프가 웅얼거렸다. 라이프가 말하는 중에도 미노의 상어 이빨 네 개가 어제 은니가 그랬듯이 잇몸에서 튀어나오더니 안개처럼 물속에서 녹아버렸다. 머시 얼굴이 슬픔으로 굳었다. 머시가 미노를 품에 안았다.

"아, 사랑하는 우리 아가, 도대체 무슨 짓을 한 거니."

19장. 미노의 소망

　서로를 품에 꼭 안은 머시와 미노가 라이프를 두 사람 사이로 끌어당겼다. 미노는 끔찍이도 두려웠다. 내가 무슨 짓을 했지? 바닷속 깊은 곳에서 무엇인가 깨어나 살아 숨쉬기 시작했다. 미노를 잡아당기는 힘과 발길질이 느껴졌다. 터무니없는 불신과 배신당한 분노, 그리고 경이로움으로 가득한 어떤 것이 수면 위로 올라와 은색 파도를 타고 다가왔다. 두 마리 아름다운 인어였다. 미노는 줄곧 가슴 한구석에서 방랑자를 와일드 딥으로 데리고 오면 결과가 어떨지 알고 있었다. 하지만 막상 눈으로 보고, 자기가 저 일의 원인이라고 생각하니 소름 끼치게 슬프면서도 놀라워서 조용히 몸을 떨었다.

　자자가 미친 듯이 요동치고 있었다. 짙은 초록색 지느러미가 달린 자자의 선명한 보라색 꼬리는 황홀할 정도로 멋졌다.

　"이게 뭐지? 이게 왜 나한테 달린 거야?"

　깊은 후회가 묻어나는 자자의 목소리는 듣기 괴로웠다.

　"나한테 무슨 짓을 했지?"

자자가 숨을 몰아쉬며 원망 가득한 눈으로 미노를 쏘아봐서 미노는 눈길을 돌려야 했다.

"결국 너만의 인어를 손에 넣었네, 자자."

머시는 경고하듯 나직이 말했지만 일리는 차분하게 상황을 정리했다. 형제를 끌어안고 품어서 분노를 달래주었다. 부드러운 어조로 모든 것을 설명하면서 자기 허리 아래에 달린 꼬리를 쳐다봤다. 태어나서 처음으로 나비를 보는 어린아이의 시선으로 산호처럼 눈부시고 은빛 비늘이 뒤덮은 꼬리를 응시했다.

미노는 여전히 엄마 품에 꼭 안겨 있었다. 엄마. 그토록 할 말이 많았는데 안심하고 나니 어디론가 다 사라져 버렸다. 미노는 엄마한테 입을 맞췄다. 짠 내 나는 진과 레몬 향을 들이마셨다. 그러다가 급히 라이프를 돌아봤다.

"넌 괜찮아? 너도 변했어? 아무 일도 없어?"

가장 큰 위험을 감수해야 했던 작전이 바로 이것, 바다 사냥꾼을 영원히 변화시킴으로써 목숨을 구하는 것이었다. 미노가 죽을 수도, 라이프마저 마법에 걸려서 영원히 모습이 바뀔 수도 있었다. 라이프가 어깨를 으쓱했다.

"없음. 일도 변하지 않았음. 문을 세 번이나 왔다 갔다 했는데 달라진 건 못 느끼겠어."

이상했다. 하지만 그 일을 궁금해할 시간이 없었다. 깊이 잠수하거나 수면을 가르며 일행을 향해서 빠르게 다가오는 멋진 꼬리의 인어들로 주변 바다가 환해지고 있었다. 자비아가 날다시피 머시 품으로 파고들었고 두 여인은 거센 파도도 떼어놓지 못할 정도로 서로를 힘차게 끌어안았다. 그런 뒤 자비아가 기품 있게 자자를 향해 돌아서 턱밑까지 헤엄쳐 가더니 갈색 눈동자로 자자의 갈색 눈동자를 마주 봤다. 자비아를 응시하던 자자가 마침내 잠잠해졌다. 수년 전, 우연히 자자의 그물에 걸려들면서 자자의 심장을 사로잡은 인어가 바로 눈앞에 있었다.

주변에서 빈터타이드 부족들을 태운 다른 해령들이 속속 등장했다. 다큰타이드에 사는 존재들도 도착하자 밤의 마법으로 바다가 빛나기 시작했다. 도대체 미노가 누구고 왜 폭풍우를 뚫고 와일드 딥을 건넜는지 궁금해하는 건 비단 세이지를 비롯한 녹색수염 남자들만이 아닌 것 같았다. 머시의 갈고리가 바다 빛을 받아 번쩍이자 미노는 몸이 떨렸다. 와일드 딥은 그 모든 것을 저버린 엄마를 용서할까? 일리와 자자를 받아줄까? 와일드 딥이 나를 억지로 남게 할까?

반은 물고기이고 반은 화염인 한 남자가 바다에서 나오더니 빙산처럼 생긴 모래 섬 위로 올라갔다. 미노는 남자가 아주 많이 늙은 건지, 아니면 그저 대단한 위엄이 깃든 건지 분간이 안 갔다. 미노가 처음 보는 짙은 검은색 피부에 한없이 새파란 눈동자, 등뼈와 팔다리를 따라 불꽃처럼 이글거리며 움직이는 가시가 돋친 지느러미, 캔들라이트였다.

미노는 옆에 있는 엄마가 긴장하는 것을 느꼈다. 인어족을 보니 빛나는 눈동자를 돌려서 캔들라이트를 정면으로 바라보고 있었다. 바다 아이들 무리한테 눈길을 돌리자 녹색수염 부족 해령에 탄 채 하나같이 입을 다물고 있었다.

미노 역시 두려움에 소름이 오소소 돋았다. 하지만 애써 두려움을 떨쳐냈다. 지금까지 상어와 대면하고 높새바람도 소환하고 바다 사냥꾼을 속여 넘기기까지 했다. 두려움에 잡아먹히지 않을 작정이었다. 물밑에서 라이프가 미노 손을 꽉 잡았다. 미노가 고마움에 가득 찬 눈빛을 보냈다.

"기억해. 넌 문지기야."

옅게 미소 지으며 머시와 라이프한테서 벗어난 미노가 그대로 앞으로 나아가 캔들라이트의 일렁이는 지느러미가 발하는 빛 속으로 헤엄쳐 들어갔다.

"와일드 딥은 마법의 공간, 신화와 꿈의 나라다. 네가 문을 열었으니 문이 새로운 문지기를 선택할 때까지 여기 남아서 문지기의 임무를 수행해야 한다."

캔들라이트의 목소리에는 감히 반박할 수 없는 권위가 서려 있었다.

하지만 또 다른 목소리가 얼음으로 만든 칼처럼 그 목소리를 베어 버렸다.

"아니요."

머시가 모래 언덕 위로 올라와 우뚝 섰다. 갈고리가 위협적으로 번득였다. 와일드 딥 부족들이 머시의 모습에 경악하며 뒤로 물러났다.

"미노는 열두 살입니다. 벌써 문이 미노의 상어 이빨을 가져갔어요. 미노의 삶마저 앗아가게 내가 내버려두지 않을 겁니다."

이미 한 번 와일드 딥을 배신한 문지기 머시를 겨냥하고 분노와 실망으로 가득한 비난의 함성이 날아들었다. 미노는 바뀌기 시작한 조수를 느꼈다. 고개를 들고 하늘을 향해 노래했다.

얼음장 같은 바람이 와일드 딥 전체에 몰아치며 빈터타이드와 다큰타이드에서 온 부족은 물론 소머타이드의 인어족까지 모두 한곳으로 쓸어가서 모아버렸다. 그 누구도 미스트랄한테 맞설 수 없었다. 이내 와일드 딥 안에 있는 모든 존재가 한자리에 모였다.

제피로스가 한쪽 팔로 미노를 들어 올리고 반대편 손을 하늘로 짠 호주머니에 넣더니 한 주먹쯤 되는 황금빛 모래를 아래로 다 털어냈다. 모래가 바다에 닿자 은색 야자수 한 그루가 자라나고 가지들이 가운데 쪽으로 말리면서 왕좌의 형상을 만들었다. 사향 냄새가 나는 줄기와 이파리, 그리고 바다 안개가 만든 옥좌였다. 제피로스가 미노를 조심스럽게 내려서 왕좌에 앉혔다. 미노는 한데 모인 군중을 응시했다. 초조함이 가시처럼 미노를 찔렀다. 무리 속에서 미소 짓고 있는 바다 아이들과 눈이 마주치자 그제야 힘이 났다.

"내가 바로 상어 이빨의 소녀였어요."

안타까운 마음에 미노는 가슴이 먹먹했다.

"우리 엄마 이름은 머시, 그러니까 내가 와일드 딥의 문지기입니다."

충격을 받은 무리가 내지르는 함성이 하늘을 갈랐다.

몇몇은 머시가 아이를 가져서 규칙을 어겼다는 데에 여전히 분노했다. 연민으로 가득한 이들도 있었다. 높새바람이 위협적으로 하늘을 찢는 폭풍을 일으켜서 군중을 조용히 시켰다.

"내가 문을 열었습니다. 여기 있는 방랑자들을 지키기 위해서, 그리고 우리를 보호하기 위해서 방랑자들을 바꿨어요. 방랑자들은 이곳 소머타이드에서 인어족과 함께 살 거예요."

놀라움에 휩싸인 와일드 딥 부족의 시선을 한 몸에 받으며 미노가 잠시 말을 멈췄다. 정답은 무엇일까. 문지기로서 여기에 남아야 할까? 엄마도 환영받을 수 있을까? 엄마와 함께 집으로 돌아간다는 것은 와일드 딥에 게 무엇을 의미할까?

여름날 바다처럼 맑고 차분한 목소리가 들려왔다. 일리였다.

"문이 새로운 문지기를 선택할 때까지 내가 문을 수호하겠습니다. 미노 는 방랑족, 즉 인간이기도 해요. 양쪽 세계에서 자유롭게 살 수 있어야 합 니다."

모두가 방금 목소리를 낸 인어 남자를 이글거리는 눈빛으로 돌아봤다. 신기하게도 미노 눈에는 일리가 장엄해 보였다. 깔끔하게 땋은 머리 가닥 이 전부 청록색으로 바뀌었다.

"와일드 딥을 보호한다는 게 무슨 의미인지나 압니까?"

회의적으로 외치는 소리가 들렸다.

머시가 군중을 향해 부드럽게 말했다. 속삭이듯 나직한 목소리였다.

"일리는 살면서 줄곧 와일드 딥을 보호해 왔어요. 단지 저쪽 세계에 있 었을 뿐, 문의 비밀을 지켰습니다. 방랑자 부족에 관해서도 누구보다 잘 압니다."

이쯤에서 머시가 시험 삼아 자자를 흘긋 봤다. 아직도 죽음처럼 음울한 분위기를 풍기고 있었다.

"사람이 인어를 잡기 위해 어디까지 갈 수 있는지 일리는 알고 있어요."

자자가 발끈하며 침을 뱉었다.

하지만 자비아가 달래듯이 한 손을 자자 팔 위에 올렸다. 미노 눈에는 자자가 누그러지는 게 확연히 보였다.

　모두의 이야기를 들은 뒤 캔들라이트가 최종 결정을 내렸다. 머시 의견을 참고하고 인어 부족을 포함한 양쪽 세계 부족민의 이야기를 들었다. 새로 들어온 자자와 일리와도 얘기를 나누고는 마침내 미노와 단독으로 시간을 보냈다. 일말의 두려움도 없는 미노를 본 캔들라이트는 미노가 훌륭한 문지기가 되리란 것을 한눈에 알아봤다. 꼭 제 엄마를 닮았어. 하지만 미노를 여기에 남기면 감수해야 할 위험이 적지 않다는 점도 알았다. 어차피 앞으로 일 년이었다. 13년에 한 번씩 그래 왔듯이, 문이 다음 문지기를 선택하기까지 단 일 년 남았을 뿐이었다. 지금까지도 미노 없이 지냈으니, 조금쯤은 더 버틸 수 있을 터였다. 일리의 눈을 깊이 들여다본 캔들라이트는, 확실히 이 인어 남자라면 그때까지 문을 지켜 내리라는 걸 알았다. 여자아이만큼 막강하지는 않겠지만, 충분히 강력할 터였다. 그렇게 해서 해류의 의례에 따라 문이 다음 문지기를 선택할 때까지 일리가 문지기 역할을 수행한다는 데 동의했다. 머핀의 마법을 이해하고, 폭풍우 속에서 와일드 딥을 처음으로 목격한 그 짧은 순간부터 와일드 딥과 사랑에 빠진 남자였다. 이전 문지기와 인연이 깊은 남자였다.

　와일드 딥은 미노와 머시가 두 바다, 즉 파 어버브의 바다와 와일드 딥의 바다를 자유롭게 오갈 수 있다는 것을 매우 못마땅하게 받아들였다. 머시가 용서받기까지는 시간이 걸릴 것이었다. 하지만 이미 인어족이 머시 편이고 와일드 딥 대부분은 머시가 와일드 딥을 저버린 것이 아니라는 데에 내심 안도하고 있었다. 머시 웃음소리를 듣고 머시의 미소를 보기를 오랫동안 바랐다.

이제 해류는 나뉘어 흐르지 않을 것이었다. 일리의 보호 아래에서 다음 문지기가 탄생할 때까지 와일드 딥은 앞으로 할 일이 아주 많았다. 다음 상어 이빨 부족 문지기를 훈련하려면 세 해류가 힘을 합쳐야 할 터였다.

마지막으로 머시가 미소 짓자 캔들라이트가 고개를 끄덕여서 모임이 끝났음을 알렸다. 제피로스는 장난스럽게 미노 머리를 헝클었고 미스트랄은 쏟아지는 제비 떼 구름이 되었다. 미노는 밀려드는 안도감을 느꼈다. 바다 아이들이 미친 듯이 날개를 펄럭이고 섬세한 지느러미를 요란하게 흔들며 미노 주위로 모여들었다.

미노는 옥좌에서 아이들 가운데로 뛰어내렸다.

"일이 좀 희한하게 됐네."

미노가 활짝 웃었다.

"네가 말한 대로 넌 엄마를 구했어."

스팅이 다정하게 말했다.

"바다 사냥꾼도 바꿔 버리고."

페어리스가 덧붙였다.

"이빨도 잃어버렸어."

편래가 경쾌하게 말했다.

"하지만 아무도 안 죽었어."

새 소년들이 지저귀었다.

"너희들이 없었으면 아무것도 못 했을 거야."

미노가 조용히 말했다. 갑자기 감정이 복받쳐서 울음이 터질 것 같았다.

"넌 정말 행운아야."

라이프가 활짝 웃었다.

"두 세계에 속했잖아."

미노는 늘 그래 왔다. 흑과 백, 방랑자와 상어 부족, 동화와 현실 양쪽 모두 미노였다.

가볍게 물장구치는 소리에 미노가 돌아보니 산호처럼 환한 꼬리에 반색하는 미소를 머금은 인어 남자가 있었다. 얼굴을 맞대고 보니 여지없이 둘은 닮은꼴이었다. 같은 미소, 같은 갈색 눈동자, 하지만 치아는 서로 달랐다. 일리의 두 눈에 기쁨의 눈물이 차올랐다. 일리가 손을 뻗어 미노 뺨을 가볍게 쓰다듬었다.

"안녕, 작은 물고기."

노래하는 것 같은 목소리로 일리가 인사했다.

미노가 슬쩍 미소 짓자 일리 손이 가볍게 떨렸다.

"난 일리우스야. 하지만 다들 일리라고 불러."

"내 친구들은 나를 미노라고 불러요."

미노는 머리를 만지작거리는 높새바람의 손길을 느끼면서 답했다.

"하지만 진짜 이름은 아밀리에예요."

미노 주변 바다 아이들과 라이프가 모두 놀라서 눈을 껌뻑였다. 새 소년들만 알겠다는 듯 깍깍 울었다. 둘이 합창하듯 동시에 외쳤다.

"물론 그건 수호자*라는 뜻이지요."

---

* 수호자: 라틴어와 고대 독일어에서 유래한 아밀리에(Amelie)라는 이름의 원래 뜻은 '성실함'이다.

일리와 미노가 천천히 무리에서 떨어져 나와 조용한 모래 언덕으로 자리를 옮겨 나란히 앉았다. 바닷속 아빠의 눈부시게 아름다운 꼬리 옆으로 미노의 갈색 다리가 따라갔다.

"인어로 살아가도……. 괜찮겠어요?"

일리가 부드럽게 미소 지었다. 일리한테는 말로 설명 못 할 평화로움이 있었다. 미노가 정신을 차려보니 어느새 아빠 어깨에 머리를 기대고 있었다.

"익숙해질 것 같아. 물론 바다를 망치는 비닐봉지를 조심해야 하고 리프 상어를 따돌릴 만큼 빨리 헤엄쳐야 하겠지. 하지만 또 누가 이런 꿈같은 세상에서 살 수 있겠어."

미노가 고개를 끄덕였다.

"고향이 그리우면 달빛을 벗 삼아 바닷가에서 헤엄치면 돼."

"하지만……."

미노가 뭔가 말하려고 했다.

"피부가 검은 인어를 찾는 사람은 아무도 없을 거야."

일리가 환히 웃었다.

"사람들 눈에 띄지 않게 다닐 수 있어."

"그래도 저는 잘 모르겠어요."

섬 주변에서 휘날리는 바베이도스 깃발을 떠올리며 미노가 외쳤다.

"깃발에 삼지창 그림이 있어요. 사람들은 줄곧 카리브해에 머핀이 산다고 생각했을지도 몰라요. 사람들이 기다리는 게 바로 아빠일지도 모른다고요."

미노 말에 일리가 나직이 껄껄 웃는 순간, 눈길을 사로잡는 또 다른 인어 남자가 이쪽으로 헤엄쳐 오는 모습이 보였다. 이마에 주름이 잡히도록 인상은 쓰고 있지만 체념한 분위기의 자자였다. 여전히 분노가 다 사그라지지는 않았어도, 그 오랜 세월 뒤 자비아를 다시 만나서 그나마 편안해졌다. 일단 자자는 인생에서 그 오랜 시간을 자비아를 쫓으며 보낸 것이 후회스러웠다. 다음에는 카리브해가 인어의 고향이라는 사실을 증명한 인류 최초의 사람이 절대 되지 못한다는 사실에 화가 났다. 마지막으로는 신기하게도 예상치 못한 기쁨을 느꼈다.

미노는 조심스럽게 자자를 흘깃 보고 나서 또 한 번 놀랐다. 바다가 심장을 씻어내기라도 한 듯이 자자한테서 뇌우 같은 기품이 흐르고 있었다. 바닷속에서도 능숙하고 신속하게 움직였다. 자자의 꼬리는 이미 위험할 정도로 위엄이 넘쳤다. 미노보다 오히려 더 상어 같았다.

"내 물건은 다 어쩔 거지?"

자자가 물었다.

미노는 라이프가 묘사했던 기이한 것으로 가득 찬 판잣집을 떠올렸다.

"우리가 박물관을 열면 어떨까요? 아저씨 이름으로요."

미노가 제안했다.

자자가 미노를 힐끔 쳐다봤다. 아직 화가 난 것 같지만 점점 가라앉고 있었다. 자자가 고개를 한 번 끄덕이더니 미노 머리를 손으로 헝클었다. 미노는 자자가 마음에 들기 시작했다.

물론 아직 루이스와 인어를 사랑하는 루이스 딸이 문제이긴 했다. 돌아오지 않는 일리와 자자가 가끔 생각나도 그저 두 사람이 물에 빠져 죽었다 여기고 다른 일에 집중하기만을 바랄 뿐이었다. 만에 하나 바베이도스에서 마주친다 해도, 뭐, 머시한테 깨나 진절머리가 났을 테니 아마도 기꺼이 거리를 둘 것이었다.

소머타이드 곳곳으로 시선을 돌리던 미노 눈에 녹색수염 부족민이 다 같이 라이프한테서 솔로몬의 노래를 배우는 풍경이 들어왔다. 펀래와 스팅은 다크타이드 부족민 몇몇과 모래 언덕에 앉아서 이야기꽃을 피우고 있었다. 새 소년들은 옥좌에 앉아서 망고 하나를 사이에 두고 아웅다웅하고, 페어리스는 나이 어린 인어들과 술래잡기를 하고 있었다. 그리고 캔들라이트는 미노의 사랑하는 배를 수면으로 올리고 있었다.

미노는 캔들라이트한테 가서 배와 위풍당당한 인어상을 한낮 태양 아래로 끌어올리는 일을 도왔다. 인어상은 아마리네를 닮은 듯도 했다. 미노가 용수철처럼 가볍게 갑판 위로 튀어 올라가 돛이 마르도록 활짝 펼쳤다. 집이다. 모든 것이 제자리에 잘 있는 것 같았다. 등잔 불빛으로 따뜻한 조리실, 시간보다 더 많은 것을 알려주는 뻐꾸기시계, 고래 가죽 지도를 항해대에 대고 안전하게 누르고 있는 불가사리 문진까지 그대로였다. 그 옆에 놓인 동화책은 상어 이빨의 소녀 이야기에 펼쳐져 있었다.

미노는 갑판을 가로질러 가서 인어 목상 옆에 섰다.

햇살이 쏟아지는 바다에서 두 형상이 얼굴을 마주 보며 서 있었다. 인어 남자와 갈고리의 여자, 미노는 소리 없이 둘을 지켜봤다. 무슨 얘기를 나누는지 몰라도 미노는 저런 눈길로 남자를 쳐다보는 엄마를 처음 봤다. 엄마가 남자를 상대하는 방식은 거의 정해져 있었다. 죽이려 들거나 매혹적인 미소를 보내거나, 뭔가를 얻어내려고 했다. 무슨 얘기를 하건 두 사람한테서 고요하고 평온한 기운이 어른거렸다. 한 줄기 돌풍이 해를 가로질러 어두운 구름을 걷쳐냈다. 일리가 몸을 숙여 머시한테 입을 맞췄다. 단 한 번의 입맞춤이었다. 일리가 머시를 놔주고는 그 어느 때보다 아름답게 수영하며 멀어지는 머시의 모습을 지켜봤다. 그제야 미노는 이제 엄마, 라이프와 함께 떠나야 할 시간이라는 것을 깨달았다. 심장이 쿵 떨어졌다.

작별 인사는 없었다. 다음에 만날 때까지 잠시 동료와 떨어지는 것일 뿐, 이별이 아니었으니까. 셋은 바람을 가르는 환호와 우렁찬 함성 속에서 와일드 딥을 가로질러 항해했다. 항해에 오르는 라이프가 왠지 조용했다. 라이프는 언제가 될지 몰라도 반드시 돌아오기를 간절히 바랐다. 이 모든 것을 포기한다는 건 상상할 수 없었다.

빠르게 물속으로 잠수한 미노가 힘차게 자장가를 불러서 문을 열었다. 말없이 곁에서 지켜보는 머시는 정말로 기적 같은 딸의 존재에 그저 경탄할 뿐이었다. 상어를 향해 물속으로 뛰어들고, 라이프가 또 다른 꿈을 살아갈 수 있도록 곁에서 함께 나아가고, 뼛속을 흐르는 바다의 힘으로 수영했다. 어린 딸을 위험에서 보호하려고 그토록 애를 썼는데, 결국 모험이 미노를 찾아냈다. 앞으로 두 사람이 함께할 일이 너무나도 많았다. 와일드 딥에서 그리고 파 어버브에서.

예스럽고 독특한 레이캬비크의 항구에 가까워지자 달이라도 가닿을 듯 크고 길게 우는 소리가 미노 심장을 때렸다. 미노는 갑판 너머 물속으로 몸을 날려서 한 마리 새처럼 우아하고 빠르게 해안가를 향해 헤엄쳤다. 동화책에 나올 법한 집들 앞에서 위아래로 겅중대고 펄쩍거리며 미유키가 돌진해 오고 있었다. 미노는 물에서 박차고 나와 사방으로 진주알 같은 소금 물방울을 흩날리며 내달려서 허스키 목을 두 팔로 휘감았다. 미노는 늑대 같은 털에 얼굴을 묻고 흐느껴 울었다. 가장 소중한 친구가 몹시도 그리웠다.

라이프가 배에서 뛰어내려 굵은 밧줄을 8자 매듭으로 묶고 있는데 머시도 단숨에 배에서 뛰어내려 옆으로 왔다. 그때 어디선가 자갈길 위를 구르는 바퀴 소리가 났다. 두 사람이 눈을 들어보니 군나르 할아버지가 다 낡아빠지고 반쯤은 불에 탄 것 같은 차를 몰고 다가오고 있었다. 라이프는 적잖이 놀랐다. 늙은 낚시꾼이 차를 모는 것은 처음 봤다. 뭐가 깨지는 소리를 내면서 차 문이 열리고 모자를 손에 든 할아버지가 내렸다. 그런데 조수석에 누군가 다른 사람이 타고 있었다. 안색이 유령처럼 창백했다.

"할머니!"

미노가 목이 터지도록 외치면서 총알처럼 튀어 나가 차 바로 앞에서 급하게 멈춰 섰다. 뭔가 이상했다. 느낄 수 있었다. 미노가 천천히 녹슨 차 문을 열었다. 미노의 할머니가, 그토록 격렬한 자연의 기운인 할머니가 바스러질 것 같았다. 몹시도 지쳐 보이는 할머니 두 눈이 탁했다. 바로 그 순간 미노는 시간이 많지 않다는 것을 깨달았다. 산소가 할머니를 아프게 하고 있었다. 전사의 영혼을 가졌지만, 할머니한테는 바다가 필요했다.

"바다로 돌아가시려는 거죠, 그렇죠?"

미노가 울음을 터트렸다. 눈물이 시내처럼 얼굴 위로 흘러내렸다.

아리엘카 할머니가 고개를 끄덕였다.

"시간이 된 거야."

미노가 할머니 품으로 뛰어들었다. 나이 많은 할머니를 어찌나 세게 껴안았는지 바다로 돌아가기도 전에 미노가 할머니한테서 영혼을 쥐어짤 판이었다.

이내 머시와 라이프도 아리엘카 할머니 곁으로 왔다.

"그래서 내 외동딸을 수호자도 없이 와일드 딥으로 보냈나요?"

머시가 엄마를 끌어당겨 다정하게 안으며 말했다.

"미노가 자신이 어디에서 왔는지도 모르는데 이대로 사라지기는 싫었어. 가족 하나 없이 아이슬란드에 홀로 남겨둘 수도 없었지."

목이 바짝 마른 듯 아리엘카 할머니가 건조하게 갈라지는 웃음소리를 냈다.

미노가 휘둥그렇게 뜬 눈으로 할머니를 봤다.

"제가 와일드 딥에 간 걸 아셨어요?"

아리엘카 할머니가 두 손으로 손녀 얼굴을 감싸고 입을 맞췄다.

"할머니들은 언제나 모든 것을 알지. 진작 다 해봤거든. 우리 미노, 삶은 원을 그리며 돌아요. 꼭 네 상어처럼 말이다."

아리엘카 할머니가 차에서 힘겹게 내려서 부둣가로 향하자 미노가 등을 곧게 펴고 두 손을 힘껏 마주 잡았다.

"사랑하는 내 손녀, 나를 어디에서 만날 수 있는지 넌 알아. 와일드 딥에서 파도를 타며 헤엄치고 있으마."

미노는 억지로나마 빙긋 웃었다. 미유키가 미노 손을 핥더니 부드러운 털로 덮인 몸을 다리에 기댔다. 세상에서 가장 따뜻한 위로였다.

아리엘카가 딸을 바라봤다.

"바다의 딸아, 나를 용서해주겠니?"

"용서할 게 어디 있어요. 엄마, 엄마가 옳았어요. 미노도 알아야 했어요. 자기가 누구……."

하지만 머시는 말을 끝맺지 못하고 고개를 돌렸다. 얼굴이 눈물로 흥건했다.

"미노는 자기가 누구인지 모든 것을 알아야 했어요."

아리엘카가 남은 힘을 그러모아 두 팔을 벌려서 모두를 품에 끌어안고 차례대로 이마와 뺨에 입을 맞췄다. 그러고는 눈을 들어 지는 해를 잠깐 봤다. 아리엘카한테만 들리는 선율에 귀를 기울인 채 주변 사람들의 존재는 이미 다 잊은 것 같았다. 신발을 벗고 미끄러지듯 바다로 들어갔다. 번개가 치듯 물속에서 새하얀 빛이 한 번 번쩍했다. 아리엘카 할머니는 사라지고 없었다.

그날 밤엔 다 같이 시페어호에서 잤다. 야생의 심장을 가졌던 아리엘카 할머니에 관한 이야기를 나누거나 옆에서 길게 우는 미유키와 함께 와일드 딥의 노래를 불렀다. 노란색 건물에 있는 아파트는 미노 것이 되었다. 이젠 미노와 머시도 필요할 때면 언제든 쓸 수 있는 육지 집이 생겼다. 어차피 매년 여름을 보내는 곳이었다. 미노는 침실에서 뤼미에르 등대가 발하는 기묘한 불빛을 볼 수 있으리라 확신했다. 한두 번은 회색 긴 머리에 별처럼 빛나는 눈의 여자가 멀고 깊은 바다에서 수영하는 걸 본 것 같기도 하지만, 확실하지 않았다.

　미노는 『바다 전설 모음집: 바다 이야기』 책을 라이프한테 선물로 줬다. 늦어도 다음 여름에는 다시 만날 터였다. 게다가 일단 휴대전화기만 새로 장만하면, 언제라도 통화할 수 있었다. 전화기를 산다고 생각하니 기분이 희한했다. 주변 어디로든 눈만 돌리면 경이로운 세상이 통째로 펼쳐지건만, 그토록 작은 것을 부여잡고 모든 정신을 집중한다는 일이 낯설기만 했다. 하지만 두 사람 다 어떻게든 적응해야 할 터였다. 다시 신발 신는 일에 익숙해져야 하듯이 말이다. 아, 이상해.

　라이프는 소중한 책을 팔 아래 단단히 끼고 서둘러 집으로 돌아왔다. 집 안에 들어선 라이프를 본 엄마와 빅토르는 라이프의 옷차림을 대단히 흥미로워했다.

"이렇게 화려한 옷에 관심 있는 줄은 또 몰랐네!"

빅토르가 놀렸다.

라이프는 그저 어깨를 으쓱했다.

"저도 몰랐어요."

엄마가 소금기로 끈적끈적한 라이프의 머리를 마구 쓰다듬었다.

"물고기 학교는 재밌었어?"

엄마가 다정하게 물었다.

"물고기 학교요? 아! 어, 그, 그럼요, 재밌었어요, 환상적이었어요."

　라이프가 씩 웃었다. 라이프는 엉망이 된 얼굴을 씻으려고 욕실로 황급히 들어갔다. 턱을 살펴보니 까칠까칠한 수염이 드문드문 났다. 이상한 거 하나 더. 욕실 불빛에 비친 수염이 아무래도……. 초록색 같았다. 녹색수염이 났다고 상상해 보라. 라이프가 그대로 얼어붙었다. 라이프의 영혼 가장 깊숙한 곳에서 작은 불꽃 하나가 깜빡거리기 시작했다. 라이프는 미노와 영상 통화를 하려고 위층으로 내달렸다.

미노는 배의 타륜을 잡고 서 있었다. 머시는 밧줄을 타고 돛대 절반까지 올라가서 찢어진 돛을 손보고 있었다. 내일이면 바베이도스로 출항할 예정이었다. 이번에는 미유키도 데리고 우회하는 항로로 천천히 여행할 것이었다. 미노 사촌도 찾고, 이모와 함께 언덕 위 분홍색 집에 한동안 머물면서 섬에 얽힌 재미있는 이야기를 많이 들을 것이었다. 밤이면 바다 사이 문을 지나 경이로운 전설 속 존재들과 수영도 할 생각인데 그중에는 미노 아빠도 있을 터였다. 허리케인 철이 지나면 브라이턴 집으로 돌아가서 부두 풍경을 한눈에 담기도 하고 한밤중 해류를 따라 멀리까지 헤엄쳐서 나갈 것이었다. 뭐가 됐든, 어디에서 모험을 하건, 높새바람의 이끄는 손길과 입맞춤이 함께 할 것이었다.

머시가 훌쩍 뛰어내려 와 소금기 가득한 품 안으로 딸을 꼭 안았다.

"우리 작은 물고기, 엄마가 말해줬어야 했어."

머시는 목이 메었다.

미노가 고개를 끄덕였다.

"그래야 했을지도 모르죠."

머시가 갈고리 끝으로 미노 턱을 가볍게 들어서 위로 올렸다.

"하지만 그랬다면 거기 데려가 달라고 졸라댔겠지. 와일드 딥을 보여

달라고, 문을 여는 노래를 불러 달라고 말이야. 뭐든지 내키는 대로 가져가는 문인데 난 너를 잃을 수 없었어."

미노가 고개를 끄덕였다. 마법 같은 세상, 미노 자신의 흥미진진한 역사, 그 모든 것이 노래와 이야기에 담겨 있었다. 단지 그게 진짜라는 걸 몰랐을 뿐이었다. 미노는 뱃머리에 새겨진 아름다운 인어 목상을 바라봤다.

"저 인어가 나라는 생각을 자주 했어요."

미노가 빙긋 웃었다.

"하지만 이젠 진짜 머핀들이 어떻게 생겼는지 알아요. 저 인어가 인어 부족민 중 하나라는 것도요."

미노는 아직도 발목에 묶여 있는 가느다란 낚싯줄을 만지작거렸다. 라이프 발목에 묶인 줄과 정확히 똑같았다. 피곤함에 미노는 졸음이 쏟아졌다. 미노는 초록색 그물침대에 풀썩 누워서 갈색 두 눈을 감았다. 아프로 머리가 그럴듯한 베개 역할을 해줬다. 자면서도 두 발이 가볍게 움직였다. 바다 깊은 곳 어두운 세상 어딘가에서 상어 한 마리가 노래하고 있었다. 미노 꿈속에서 부드럽게 미노의 이름을 불렀다. 미노의 상어 심장이 은은하게 빛났다.

작가의 말

세 살인가 네 살 무렵, 나한테는 갈고리가 있었다. 해적 팔에 달린 갈고리가 아니라 구부러진 플라스틱 집게발인데, 열렸다 닫혔다 해서 물건을 집을 수도 있었다. 나는 팔이 하나뿐이어서 집게발이 있으면 편하겠다고 몇몇 의사가 생각한 것이었다. 의사들 생각이 틀렸다. 갈고리 때문에 모든 일이 어려워졌다. 하루는 보육원에서 피터 팬 연극을 했다. 나는 아주 날씬하고 친절하고 도토리/입맞춤 목걸이*도 있는 웬디가 되기를 간절히 바랐다. 하지만 웬디 역을 맡을 아이는 이미 정해져 있었다. 그래서 혹시 팅커벨을 할 수는 없는지 물었다. 팅커벨은 자그마하고 변덕쟁이에 질투심도 많지만, 날 수도 있고 별처럼 반짝였다. 하지만 팅커벨 역도 벌써 누군가한테 돌아간 뒤였다. 그럼 나는 뭐가 될 수 있어요? "넌 후크 선장 하면 되겠다." 그 말이 잠시 허공에 머무른 것 같은 망설임의 순간은 찰나였다. 말하기도 전에 내 귀에는 들린 기분이었다. 메아리와는 정반대였다. 수치심이 온몸을 휘감았다. 나는 얼굴을 붉힌 채 도망쳤다. 뾰족한 모자를 쓰고 악어를 무서워하는 턱수염 남자가 되기 싫었다. 멋지고 근사한 사람이 되고 싶었다.

곧 나는 갈고리로 아빠 한쪽 눈을 때리고, 나중에는 문에 대고 휘둘러서 구멍을 냈다. 그것으로 갈고리와는 안녕이었다. 하지만 난 못된 남자 해적에 비유되던 순간을 결코 잊지 못했다. 좋아하고 싶은 무시무시한 여자 해적이나 갈고리를 휘두르는 멋진 여자 주인공이 하나도 없었다. 이미 아는 동화에도 여자아이들이 잔뜩 등장하지만, 나한테는 하나같이 고만고만해 보였다. 앨리스, 골디락스, 파어웨이 트리**에 나오는 아이 중 손이 하나인 사람은 아무도 없었다. 닫힌 문을 열어젖힐 만큼 반항적이지도 않았다.

---

* 도토리/입맞춤 목걸이: 피터 팬이 웬디한테 선물로 준 도토리 목걸이 덕분에 나중에 웬디가 목숨을 구한다.

** 파어웨이 트리(The Faraway Tree): 가지가 구름에 닿을 정도로 거대한 나무를 발견한 아이들과 나무 꼭대기에 있는 마법의 나라가 나오는 어린이 판타지 소설 시리즈

오랜 시간이 흐른 뒤, 나도 고집 세고 제멋대로인 아이의 엄마가 되었다. 아름다운 꼬마 아가씨 아밀리에는 각기 다른 두 개의 핏줄과 유산을 물려받았다. 아밀리에와 똑같이 생긴 아이들이 나오는 책을 찾고 싶어서 당장 서점으로 달려갔다. 하지만 그런 책은 많지 않았다. 그래서 내가 작가가 되었다. 이건 사실이다. 어차피 내 마음 속에서는 늘 이야기들이 저절로 펼쳐지고 있었는데 이제는 써야 할 목표와 분명한 이유가 생긴 것이었다. 아이들이 상상력을 발휘해서 이야기 중심으로 들어가려면, 저마다의 방식으로 그려낸 인어와 해적, 공주가 필요하기 때문이다.

아밀리에가 대여섯 살일 때, 상어는 물론 온갖 흥미로운 것에 호기심이 왕성한 한 꼬마 아가씨 다섯 번째 생일잔치에 갔다. 생일잔치에 온 친구들한테 깜짝 선물 보따리를 나눠줬는데, 우리 보따리에서 진짜 모형 상어 이빨이 나왔을 때는 정말 기뻤다. 아밀리에가 이제 막 윗니 구석에 있는 어금니가 빠진 터였다. "엄마, 이거 봐, 난 상어야!" 아밀리에가 환호성을 지르며 모형 상어 이빨을 높이 들었다. 아밀리에의 어금니가 빠진 자리에 마법처럼 그 상어 이빨이 딱 들어맞았다.

심장이 멈춘 그 순간, 두 사람이 눈앞에 나타났다. 환한 눈빛에 갈색 피부의 상어 이빨 소녀, 그리고 어두운 폭풍과 신비로운 마법의 바다를 항해하는 해적 엄마. 어떻게든지 두 사람을 찾아야 했다. 그 둘을 이야기로 써야 했다. 그렇게 해서 와일드 딥이 생겨나고, 정확히 인간의 골격은 아니어도 은빛 흉터와 상어 이빨의 미노가 태어났다.

내가 이 책을 쓰면서 즐거워한 만큼 독자도 이 책을 읽으면서 즐거워하면 좋겠다. 어디까지나 허구인 소설이지만, 우리 가족한테서 뽑아낸 가느다란 은색 실이 이야기 처음부터 같이 짜이기 시작해서 끝까지 끊어지지 않았다.

그리고 혹시, 나처럼, 만에 하나라도 인어가 있다고 믿는 독자라면, 그 부분만큼은 정말이지 어디까지나 진짜 사실임을 알아볼 것이다. 책 속 아리엘카 할머니가 말하듯이 "인어는 시간을 뛰어넘어 모든 문화에 존재해 왔다."

케리 베넬

옮긴이 김래경

김래경은 경희대학교에서 영어교육을 전공했습니다. 옮긴 책으로는 ≪포그≫ ≪붉은 저택의 비밀≫ ≪투명 인간≫ ≪플랜더스의 개≫ ≪닭다리가 달린 집≫이 있습니다. 현재 좋은 책을 찾아 기획하고 번역하는 전문 번역가로 활동하고 있습니다.

상어 이빨 소녀

2020년 10월 23일 1판 1쇄 발행

글쓴이 | 케리 버넬
옮긴이 | 김래경

발행인 | 지준섭
책임편집 | 구미진

출판등록 | 2018년 10월 25일 제25100-2018-000071호
주소 | 서울시 노원구 노원로 428, 206동 406호
전화 | 010-5342-4466 팩스 | 02-933-4456

ISBN 979-11-90618-13-7 43840

잘못된 책은 구입하신 곳에서 바꾸어 드립니다. 책값은 뒤표지에 있습니다.